황제의
외동딸

황제의 외동딸

5

윤슬 장편소설

파피루스

스헤르토 헨보스 신성제국
s-Hertogenbosch
안드루스 왕국
Andrus
부레티 왕국
Bureti
유프레히트 4개 연합국
Uprehit
레이덴 왕국
Leiden
코벤트리 왕국
Coventry
헤센 공화국
Hessen
벨베르 악몽의 숲
Belver
파르텐-키헤른 4개 연합국
Parten Kicheren
앤시프 왕국
Annsip
아그리젠트 제국
Agrigent
사막
랑그르 왕국
Langres
사막
토로레 왕국
Torore
이차르타 왕국
Izarta
에스니아 공화국
E-snia
프레치아 제국
Praezia
Equator
전쟁전 제국 영토
전쟁전 국경
정복 전쟁후 국경

1. I'll never betray

1. I'll never betray

아무래도 내 인생은 마가 낀 게 틀림없었다.

우리 아빠의 딸로 태어난 이래로 한 번도 그 생각엔 변함이 없었지만 이번 일로 깨달았다. 난 진짜 앞으로 넘어져도 코가 깨지는 여자라는 걸!

어쩌면 지금까지 살아 있는 게 기적이 아니었을까? 아, 원래 그건 기적이고.

아무리 곰곰이 생각해 봐도 지금 내 상황이라는 게 이해가 가지 않았다. 아니, 가출한 건 그렇다 치고. 대체 어떻게 해야 잠을 자고 일어났는데, 하루아침에 본 적도 없는 큰아빠의 손아귀에 내가 덜컥 붙잡혀 있는 거지?

대체 어떻게?!

"꿈인가."

……아, 헛소리.

정말 말도 안 되는 헛소리였지만 지금 상상할 수 있는 정도는 그것뿐이었다. 이게 다 마법이라는 거.

아무래도 내가 미친 모양이네.

뭐, 사실 미쳤다고 해도 이해해 줄 수 있을 정도로 상황이 최악이었지만.

그러니까 지금 내가— 일종의 납치 같은 걸 당한 것 같았다.

뭐랄까, 경험이 없어서 확신이 안 서는데.

"아직 정신이 없는 모양이구나. 하긴 그럴 법도 하지."

이제 좀 정신이 돌아온다. 비아냥거리는 목소리를 들으니 이 꿈 같은 상황이 점점 현실로 다가왔다.

이 상황에서 잠이 안 깨면 그건 정말 둘 중 하나였다. 일주일 정도 밤을 새워서 육체가 잠의 노예가 되었거나, 그냥 제정신이 아니거나. 다행히 나는 둘 다 아니었다.

아, 일단 침부터 삼켜 보고.

그래, 꿈은 아니구나.

정신을 차리고 다시 찬찬히 살펴보니 눈에 들어오는 건 큰아빠라고 주장하는 어떤 남자 하나.

그 뭐랄까. 진짜 큰아빠인가?

일단 우리 아빠보다는 나이가 많아 보였다. 하지만 그렇다고 큰아빠구나 확신하기엔 우리 아빠랑 너무 안 닮았다. 확실히 머리색이 특이하긴 하다. 저건 결코 쉽게 흉내 낼 수 없는 색감이었다.

그럼 진짜 큰아빠인 건가?

그렇다고 확신하기도, 아니라고 단언하기도 애매하다.

아, 뭐 자기가 큰아빠라니까 큰아빠인갑다 하는 거지 그게 사실인지 아닌지는 잘 몰랐다. 작정하고 속이려고 들면 거짓말인지 아닌지 내가 어떻게 알아? 얼굴도 모르는데.

아무튼 중요한 건 그게 아니고.

나는 애써 현실을 외면하려고 애쓰는 정신을 붙잡았다.

"우리가 직접 얼굴을 보는 건 처음이지?"

"네, 처음 뵙네요. 안녕하세요?"

순식간에 방 안에 내려앉는 정적. 싸늘하게 식은 공기에 나는 고개를 갸웃했다.

내가 뭐 잘못 말했나?

"으하하하하하!"

갑자기 눈앞의 남자가 미친 듯이 웃기 시작한다. 나는 기겁했다.

뭐야, 이거 무서워.

아마 내 대답이 뭔가 이상했던 모양이었다.

대체 뭐가 웃긴 거지? 나름 친근함을 유발해 보려 한 건데, 씨알도 안 먹힌 모양이었다.

그건 좀 슬프네.

"인사성이 참 밝구나."

"아, 감사합니다. 제가 좀 성격이 좋아요."

"그런가? 그건 잘 모르겠는데."

……적어도 댁보단 좋다고 확신합니다.

아니, 우리 집안 그 누구보다 좋다고 확신했다. 그나저나 요새 무슨 날인 모양이었다. 존재하는지도 몰랐던 외할아버지에, 이모에 이어 거기다가 큰아빠라니.

이제 보니 우리 집 대가족이었잖아?

물론 이모와 외할아버지와 달리 눈앞에 큰 아빠는 어쩐지 영 친해질 수 없을 것 같은 느낌을 받았다.

아, 이 느낌. 낯설지 않아.

"으음……."

서늘한 시선이 내 얼굴에 닿았다가 밑으로 내려간다. 그러고도 한참을 시선이 떨어지지 않고 내게 머물렀다.

왜? 눈을 떼지 못하겠나?

하긴 내가 좀 예쁘지. 제가 좀 한 예쁨 합니다.

노골적으로 위아래를 훑는 시선이 제법 불쾌하긴 했지만 그걸 티 낼 만큼 어리진 않아서 다행이었다. 그건 그렇고 이렇게 대놓고 관찰하는 시선이라니. 이건 백 프로 불쾌하라고 하는 행동이었다. 그런다고 내가 인상 쓸 줄 알고! 너의 공격 패턴은 이미 다 파악되었다!

"예쁘구나. 좋다는 남자들이 많겠어."

"제가 인기가 좀 많기는 하죠."

당찬 대꾸에 6황자가 웃는다.

그래 봤자 어린 게 귀엽네 하는 정도인지라 별로 크게 신경 쓸 건 아니었다. 얼결에 덩달아 같이 웃고 있기는 한데, 어째 얼굴 근육이 벌써부터 당겨 왔다.

그래도 웃고 있는 게 낫겠지? 내가 머리 회전이 빨리 돌아가는 인간은 아니었지만 적어도 이런 상황에서 나에 대한 경계는 어느 정도 풀어 놓는 게 좋다는 정도는 알았다.

그래, 웃자. 웃는다고 내 얼굴이 닳는 것도 아닌데, 뭐.

"제법 자신감이 넘치는구나. 그래, 미래를 약속한 정혼자는 있나?"

있는 게 당연하다는 투의 질문이었는데, 나는 그저 허허롭게 웃을 뿐이었다.

산은 산이오, 물은 물이다.

정혼자는커녕 카이텔의 철통 보호 덕에 연애는 꿈도 못 꾸고 자랐다! 모태솔로라니! ―굳이 결혼을 하겠다는 건 아니지만 이건 좀 슬픈데.

"아니요. 제가 워낙 곱게 자라서……."

"저런, 여자의 삶은 결혼으로 좌우되는 법이거늘."

하하, 뭐래?

남자도 똑같이 배우자에 인생에 좌우된다고 지껄여 주고 싶었지만 일단 참았다.

후, 진정하자. 개개면 안 된다니까. 그나마 내가 감성적인 사람은 아니라 다행이었다. 대체 이게 얼마 만의 가부장적인 사고더냐. 아주 반가워서 죽을 것 같네.

"배고프지? 네가 좋아할 만한 걸로 준비해 봤단다."

화를 가라앉히려고 혼자 애쓰고 있는데, 6황자가 말한다.

너그러운 목소리와 함께 방 안에 들어온 건 작은 트레이였다. 그거까진 그냥 심드렁했다만 트레이 위에 놓인 음식들을 보자 어째 기분이 싸해졌다.

어째 들어오는 음식이 하나같이 낯이 익다?

내가 궁에 있었을 때 자주 먹던 식단과 후식이었다.

알고 주는 건가? 자세한 건 몰라도 제법 꺼림칙하다. 내 뒷조사라도 한 건가. 저절로 얼굴이 굳었다. 우연이라고 치기엔 식단의 구성이나 장식까지 너무 똑같은데?

"감사합니다. 맛있게 먹을게요."

그래도 준다니 거절할 이유는 없었다. 무엇보다 막상 밥을 보니 배고파졌다.

이제 와서 깨달은 건데, 위장이 꽤나 오랫동안 비어 있었다. 부레티를 출발한 이후부터는 끼니를 대충 때웠으니 근 사나흘만의 제대로 된 식사였다. 그 제대로 된 식사가 이런 곳에서 이런 식인 건 유감이었지만 어쨌든 주는 거니 먹었다.

뭐, 맛은 있네.

내가 밥을 먹기 시작하자 그나마 간헐적으로 들리던 소음이 완전히 사라져 버렸다. 워낙 소리를 내며 먹는 걸 주의하며 살았던 터라 식기 부딪히는 소리조차 나지 않으니 마치 방 자체가 소리를 잡아먹는 것 같았다.

이건 좀 싫은데. 결국 내가 지껄여야 한단 말인가.

"여기는 어디예요?"

알려 줄 거라고 기대하고 물은 건 아니었다. 그냥 지껄일 말이 그거밖에 없어서 물어본 거니까. 아니나 다를까 돌아온 대답 또한 가관이었다.

"비밀."

"그럼 뭐 작은 힌트라도?"

"음, 아직 유프레치아 안이라는 것만 알려 주도록 할까."

의미심장한 미소가 마음에 걸렸으나 대충 넘어갔다. 아직 유프레치아 안이라는 말은 곧 유프레치아를 넘어 다른 데라도 간다는 소리인가.

어쨌든 아직은 유프레치아 안이라는 말에 안도한 건 사실이었다. 내가 어느 정도 잠들어 있었는지를 몰라서 납치당한 지 얼마나 지났는지는 알 수 없었지만 아주 나쁜 상황은 아니었다. 적어도 아빠가 나를 금방 찾을 수 있는 범위 내니까.

물론 찾기 쉽지는 않겠지만 그래도 그럴 거라고 믿고 싶었다.

……할 수 있는 게 그것밖에 없잖아. 망할.

"절 데리고 어쩔 셈이세요?"

"글쎄."

"저 되게 쓸모없는데. 요리도 못해요."

"하하."

사냥도 못하고, 청소도 못하고, 빨래도 못한다. 그렇다고 말을 탈 줄 아는 것도 아니고.

하, 나 진짜 쓸모없네.

너스레가 아니었는데, 웃으라고 한 소리인 줄 알았나 보다. 6황자 놈이 소리까지 내서 웃더니 기어코 한마디를 덧붙인다.

"그런 건 못하는 게 당연한 거지."

"그래요?"

"여자의 쓸모는 미모와 잠자리에서 결정되는 거니까."

이 인간이 뭐래?

일단 간신히 웃음을 유지하고는 있었지만 나도 모르게 정색할 뻔했다. 뭐야, 이 개소리는. 저기, 큰아버님? 사람이 생각하는 건 자유지만 입 밖으로 꺼낼 땐 자제라는 게 필요한 법이에요.

아니, 뭐 이런 생각을 하는 인간들이 이 세상에 아예 없다고는 말할 수 없지만 적어도 내 주변에서는 없었던지라 더 충격이었다.

내가 곱게 자란 건가? 아닌데!

우리 아빠보다 더 심한 인간이 있었다니.

잠깐 개소리에 할 말을 잃어 뭐라 대답해야 할지 모르겠다.

"나에 대해 들어 본 적 없었나?"

내가 어떻게 이 난관을 버텨야 할지 열심히 고민하는 도중에 나온 질문. 뭐래? 들어 본 적 없었냐니. 이 뜬금없는 질문을 어떻게 받아쳐야 할지 살짝 난감해졌다.

뭐지. 뭘 원하는 거야?

의도를 알 수 없어서 뭐라 대답해야 좋은지 판단이 서지 않았다. 아, 모르겠다.

"아니요. 가끔 들었는데요."

"가끔?"

"네, 가끔."

흥미로운 대답인지 6황자의 표정이 살짝 바뀌었다. 너무 미묘한 차이라 나도 계속 주시하고 있지 않았으면 몰랐을 변화였다. 더 지껄여 보라는 듯 6황자가 턱짓을 한다. 잔뜩 땀이 나는 손을 쥐고 나는 내가 아는 사실들을 하나씩 떠올려 보았다.

"이반 황제의 여섯 번째 황자, 시오른."

"용케 내 이름을 아는군."

"카이텔이 아직은 황자였을 무렵 죽이려 했고, 카이텔이 황제가 된 날 황궁을 도망친 정적."

내 말을 이어 받아 시오른이 무언가를 덧붙여 말한다.

"그리고."

그가 비스듬히 웃었다. 입가에 걸린 비틀린 미소가 더없이 냉혹했다.

"아그리젠트 내전과 정복 전쟁의 원인."

너무 긴장을 한 탓인지 가쁜 내 숨소리가 너무 크게 들린다.

이런, 분위기 좋지 않은데.

마치 내가 어떤 반응을 하는지 지켜보기라도 하는 양 6황자는 턱을 괸 채 내 앞에 앉아 나를 빤히 쳐다보았다. 나는 그냥 산뜻하게 웃었다.

우는 것보단 낫잖아?

"그거 말고는 없나?"

또 뭐가 있겠니. 대답 대신 어깨를 으쓱인다.

내 태도에 6황자가 또 웃었다.

내가 그렇게 웃긴가. 딴생각도 잠시, 새삼 눈앞의 남자를 바라본다. 아까도 본 것 같았지만 지금은 뭔가 조금 다르게 느껴졌다.

아직 건장한 몸은 마흔이 넘는 나이가 느껴지지 않을 정도로 젊었다. 마치 우리 아빠처럼.

그러나 머리색만은 다르다. 내가 가진 것과 아빠가 가진 것보다 조금 더 진하고 선명한 붉은빛. 우리가 혈연으로 이어져 있다는 걸 증명하는 유일한 증표.

혈연이라는 건 생각보다 질기구나. 그게 어떤 식으로든 벗어나고 싶어도 쉽게 벗어 버릴 수 없는 굴레라는 걸 이제야 깨닫게 될 모양이었다.

가족이 내 인생의 가장 큰 적이라니. 이건 비극이 맞구나.

"아빠랑은 어떤 사이였어요?"

"글쎄, 별로 좋지 않았다는 건 알 수 있지 않나?"

그걸 몰라서 물어본 게 아니거든요.

계속되는 탐색전에 안타깝게도 먼저 지친 건 나였다. 이 자리에 내가 아니라 페르델이 있었다면 더 나았을 텐데.

스승님, 왜 이런 건 안 가르쳐 주셨나요?

아까부터 계속 느낀 거지만 좀 힘들다. 분명 6황자는 웃고 있는데 웃는 것 같지 않았고, 다정하고 부드럽게 말하고 있는데, 어딘가 날이 서 있었다. 그래서 계속 거북했던 건가.

하긴 자길 몰아낸 동생의 딸이니까. 모르는 바는 아니었다.

내가 예쁘게 보이는 게 비정상이지.

"형제로 태어난 게 아니라면 서로 쳐다보지도 않았을 사이였지."

뭐랄까. 상당한 혹평인데.

하지만 이 말이 진심이라는 걸 잘 알고 있어서 나는 뭐라 대꾸할 수 없었다.

형제로 태어났지만 사실 그 누구보다 먼 사이. 누군가 하나는 죽어야 나머지 하나가 살아남는 관계. 한 번도 누군가를 죽여야만 내가 살아남는 상황을 경험해 보지 못해서일까. 나는 아직도 둘의 관계를 이해할 수 없었다. 이해하고 싶지도 않았지만.

왜 이제 와서 두 사람을 이해해 보려는 마음이 드는 걸까. 나도 참 이상해, 진짜.

나는 결국 조용히 음식이나 먹어 치웠다.

"맛있나? 특별히 널 위해 준비한 음식들이란다."

"독이라도 탔나요?"

진짜 탔을 거란 생각은 안 했지만 내 대꾸가 뭐가 그리 웃긴지 6황자가 또 웃는다.

뭐야, 찔려서 웃는 건가.

진짜 독을 탄 건가 싶어 수저질을 멈추니 6황자가 자신의 손을 내저었다.

"그런 건 안 탔어. 그럴 바엔 잡자마자 널 죽이는 게 더 빠르지 않았겠나?"

"뭐, 그건 그렇죠."

적당히 대꾸하며 다시 수저를 잡았다.

독을 안 탔다니, 마저 먹어야지. 일단 배에 뭐라도 들어가야 머리가 제대로 굴러갈 것 같았다. 이렇게 맛있는 음식을 남긴다는 것 자체가 우주 평화에 저해되는 일이었으니까.

아, 맛있어.

"사실 카이텔이 널 처음 살려 놓고 키우기로 결정했을 때, 널 죽이려 사람을 보낸 적이 있었단다."

날 죽이려고 했다고? 대체 무슨 의도로 꺼내는 이야기인지 모르겠다. 하지만 놀랍게도 이야기를 듣자마자 문득 생각나는 게 있었다.

설마 그건가. 잊고 싶어도 잊을 수가 없는 그 기억.

그건 내가 태어나서 처음 받아 봤던 살의였다. 그렇게 무서워하던 카이텔이 바로 코앞에 있는데도 울음을 참지 못한 역사적인 사건이었지. 워낙 충격적인 사건인지라 기억을 못하려야 못할 수가 없다.

내 표정이 변하자 6황자가 신이라도 나는 듯 활짝 웃었다.

"그땐 대체 왜 그랬는지. 카이텔에게 후계가 생긴다는 사실이 거슬려서 그랬었는데, 이제 와 생각하면 황궁의 경비가 삼엄했던 것이 오히려 내게 이득이 되었구나."

아, 그러세요. 내겐 평생의 트라우마로 남을 사건이었는데, 막상 그 사건의 가해자를 만나니 기분이 묘하다.

내가 그때 놀랐던 거만 생각하면 아직도 간담이 서늘해지는데.

그때 카이텔이 구해 주지 않았다면 난 이미 저세상 사람이었다.

"그래. 그것 말고도 더 있지. 내가 보낸 다른 선물은 마음에 들었나?"

"선물이요?"

"그래, 귀여운 녀석을 하나 보냈었는데."

귀여운 녀석은 또 뭐야?

나 모르게 내게 끼친 악영향이 대체 몇 개인지 물어보려다 나는 입술을 깨물었다. 아까까지만 해도 아무 감정도 없었는데 갑자기 확 악감정이 생기려고 한다. 이게 바로 존재하는 것만으로도 광역 민폐를 끼친다는 새로운 인간 종種인가.

"널 닮은 귀여운 사내아이를 한 번 보냈었는데. 흠, 이건 기억을 못하는 건가?"

"설마……."

짐작 가는 게 하나 있다.

이젠 가끔 어떻게 사는지 나름 관심도 가지고, 굳이 다가가진 않았지만 신경은 쓰고 있는 한 사람.

아빠와 나, 그리고 눈앞의 6황자를 제외하면 딱 하나 존재하는 아그리젠트의 황족.

내 표정을 살펴보더니 마치 네가 생각하는 그게 맞다는 듯 6황자가 고개를 끄덕인다. 나는 믿을 수 없었다.

그 아이를 보낸 게 이 인간이라고?
"잔뜩 기대했는데, 예상보다 반응이 재미가 없어서 실망했었단다."
투정 부리는 어린아이 같은 모습에 어떤 반응을 보여야 할지 몰라 난감했다.
내가 그거 때문에 얼마나 심란했는데! 저 머리를 해부해 보고 싶다. 대체 무슨 생각을 어떻게 하면 그런 일들을 벌일 수 있는 거지? 난 아직도 어쩌면 우리 아빠 아들일지도 모른다고 생각하고 있었는데…….
아빠, 미안.
"그것뿐이에요?"
"아마 더 있을걸?"
그게 뭔지는 가르쳐 주지 않을 모양이었다.
궁금해서 죽으라 이거지.
굳이 알고 싶진 않았지만 모르고 있는 것도 여전히 찝찝했다. 처음에도 느낀 거지만 이 인간 진짜 또라이였다.
아오, 우리 아빠도 이 정도는 아니다.
역시 진성 콩가루 집안.
"듣던 대로 사랑스럽구나. 네가 카이텔의 딸이라는 게 좀 아깝네. 그것만 아니었다면 거둬들이고 싶을 만큼 어여쁘거늘."
거둬 준다고 누가 들어간다냐. 나에게도 취향과 선호라는 게 있다고 외치고 싶었지만 안타깝게도 내겐 용기가 부족했다. 망할.
무엇보다 그 말을 내뱉으면 돌아올 후폭풍이 더 무서웠다.
얌전히 입 다물자.

얌전히 입을 다물고 있자니 6황자의 말에서 뭔가 찜찜한 구석이 느껴진다.

가만, 듣던 대로?

"……저에 대해 많은 걸 들으셨나 봐요."

"많이 진해 들었지. 늘 들었단다. 네가 뭘 하는지, 뭘 좋아하는지, 어딜 가는지까지도."

그렇게 제 열렬한 팬이신 줄은 미처 몰라 뵀네요.

인상 쓰지 않으려고 했는데 저절로 미간이 좁혀졌다. 어쩐지 얼떨떨하다. 아무리 내가 멍청하다지만 저 말이 풍기는 뉘앙스마저 못 알아들을 정도로 멍청하진 않았다. 아니, 그러니까.

"항상 기다렸단다."

내가 뭔가를 제대로 생각하기도 전에 떨어진 말이 사고의 흐름을 끊는다. 저절로 입술을 깨물었다. 내 표정이 초조하게 변하는 게 6황자의 흥미를 건드린 모양이었다.

"네가 더 사랑스러워지길, 네가 더 아름다워지길."

저절로 숨소리가 잦아든다. 긴장으로 떨리는 손을 들키지 않으려고 나는 애써 침착한 척 되물었다.

"왜요?"

대체 내가 아름다워지는 거랑 자신이랑 무슨 상관이 있어서 기다렸단 말인가. 나는 모르는 누군가가 나에 대해 잘 알고 있다는 건 상상 이상으로 소름 끼쳤다.

그리고 그 순간, 되돌아온 대답.

그것은 잔인하리만치 느긋한 대답이었다.

"그래야 카이텔이 널 위해 죽을 테니까."

"……!"

머릿속이 새하얗게 변한다는 게 이런 기분이었구나.

무어라 대꾸를 해야 하는데 안타깝게도 나는 어떤 말도 입 밖에 낼 수가 없었다. 알고는 있었고, 예상도 했었고, 나름 마음의 준비도 했는데, 막상 눈앞에서 들은 선언은 형용할 수 없을 만큼 내게 큰 파문을 일으켰다.

마치 너 때문에 아빠가 죽는다는 말을 듣는 기분이다.

뭐랄까? 비통하진 않았다. 하지만 적어도 상큼한 기분은 아니었다.

"제가 순순히 협조할 거라 생각하세요?"

저도 모르게 날이 선 대꾸에 6황자가 가만히 웃었다.

화를 내거나 정색을 했으면 무서웠겠지만 이건 뭔가 찝찝했다. 꿍꿍이라도 있는 듯한 웃음. 자상하긴 하지만 어딘가 비릿한 웃음. 안쓰럽다는 듯한 시선이었다. 마치 발버둥을 치는 지렁이를 보는 것과 같은.

그 시선이 말하는 바를 나는 간단하게 읽을 수 있었다.

네깟 게 발버둥 쳐 봤자…….

아, 이 인간이 우리 아빠랑 형제인 게 맞구나.

재수 없어.

그런 내 시선을 어떻게 받아들인 건지 6황자가 환하게 웃었다.

"괜찮아. 넌 아무것도 안 해도 되거든."

마치 자비를 베푼다는 양 너그럽게 내게 말한다. 나는 어이가 없었다.

"이렇게까지 하는 이유가 뭐예요? 대체 뭘 얻는다고?"

격정 어린 분노에도 흔들리지 않는 시선이 내게 와 닿는다. 그 시선에 나는 온몸이 꽁꽁 묶이는 기분이었다. 소름이 끼칠 만큼 어두운 눈빛. 집요하리만큼 끈질긴 시선이 내게 대답했다.

"내 자리—."

짧지만 단호한 한마디.

"네 아비가 빼앗은 내 왕좌."

진심이구나.

마주하는 눈동자의 가장 깊숙이 숨겨진 감정과 마주치자 나는 그 어떤 말도 할 수 없었다. 그리고 동시에 깨달았다. 이 까맣게 타오르는 분노를 막을 수 있는 건 아무것도 없다는 걸.

"이젠 돌려받아야 할 때가 왔단다."

* * *

그놈의 왕좌가 뭐길래 나를 이리도 울린단 말인가. 진짜 울고 있는 건 아니지만 정말 울고 싶은 기분이었다.

하, 썩을. 내가 어쩌다 이런 처지에 처하게 된 거지? 어딘지 모르는 곳에 붙잡힌 것도 모자라 그대로 감옥에 처박혀 있다니.

정말 통탄할 노릇이었다. 귀빈 대접을 바란 건 아니지만 솔직히 이 상황은 좀 그렇다고. 반역 이상의 죄를 범한 죄수들이나 처박히는 지하 속 지하 감옥이라니!

내가 무슨 대역죄라도 지었나?

살면서 절대 스쳐 지나갈 일도 없을 곳에 처박혀 있으니 온갖 잡생각이 머리를 스쳐 갔다.

퀴퀴한 냄새가 나는 방은 절대 앉거나 만지고 싶지 않을 정도로 더러웠다. 이끼와 곰팡이가 핀 벽에, 방 전체에 진하게 배어 있는 누린내. 간간이 죽은 벌레의 시체들까지 눈에 들어온다.

윽, 눈 버렸다.

살다 살다 내가 정말 별의별 경험을 다해 보는구나. 이게 단순히 경험으로 끝나는 거면 그나마 다행이지만.

절로 한숨이 나온다.

카이텔이 없는 나는 얼마나 볼품없고 쓸모없는지 다시 한 번 깨달았다.

그래, 페르델이 누누이 말했던 것도 결국 이런 거였겠지. 아리아드나라는 나란 인간은 결국 아빠가 얼마만큼 잘나가느냐에 따라 운명이 좌우된다는 걸.

내 운명이 누군가의 손에 달려 있다는 걸 깨닫는 건 참 미묘한 기분이었다. 아무리 스스로 개척해 보려고 해도 거스를 수 없을 만큼 카이텔이 내게 드리우는 그늘이 너무나 크다.

그만큼 우리 아빠가 대단한 사람이라는 거겠지.

몸을 조금만 움직였을 뿐이었는데, 감옥 안에 쌓여 있는 먼지가 풀풀 날렸다.

아, 이런 곳에서 살다간 분명 폐병으로 먼저 죽고 말 거야. 하고많은 장소 중 굳이 여기다 처박아 놓은 6황자 놈팡이의 속내를 조금은 알 것 같아서 슬슬 열이 받았다.

한번 엿먹어 보라 이거지?

"아, 추워."

담요라도 줄 것이지, 완전 비매너들.

지하 깊이 있는 감옥이었는데, 어째 추위가 바깥 못지않았다. 두 팔을 끌어안고 그대로 총총총 방 안을 돌아다녀 봤지만 그렇다고 추위가 가시진 않았다.

하, 망할 인생. 이렇게 내 인생의 빛이 바래는구나.

내가 이대로 죽는다면 그건 분명히 얼어서 죽는 거다. 확실해. 할 수 있다면 내기라도 할 수 있었다.

남자로 태어나지 않아서인지, 아니면 단순히 내가 야망이 없어서 그런 건지 나는 6황자를 도무지 이해할 수 없었다. 그놈의 왕이 대체 뭐기에 이런 짓까지 서슴지 않는 걸까.

왕 되면 뭐 주나? 내가 모르는?

"주긴 개뿔!"

뺏어 가는 것만 더럽게 많겠지.

당연히 태어나길 왕족으로 태어나고 자라나길 공주로 자라 왔기에 황제가 어떤 건지 나는 잘 알았다. 아주 귀찮고 힘들고 엄청 대단한 거.

하긴 그 넓은 땅을 한 사람이 다스린다는 것 자체가 애초에 말이 안 되는 이야기였다. 물론 그 땅의 거의 전부 다는 귀족들의 영지였지만 그래도 황제 혼자서 결정을 내려야 하는 사안이 매일 분에 넘치도록 많았다. 내가 왕위를 이어받지 않으려는 것도 다 그 때문이었으니까.

힘들고 귀찮은 건 둘째 치고 내가 과연 이 땅을 제대로 다스릴 수 있을지 확신이 서지 않는다. 누군가를 다스린다는 건, 정말 어려운 일이었으니까. 무엇보다 누구에게도 치우치지 않는 중립을 지키는 것부터가 나에겐 너무 어려운 일이었으니까.

"뭐……."

그건 내 입장이고, 6황자 입장은 또 다른 거겠지.

모르는 바는 아니었다. 왕이 되려고 태어난 남자, 6황자의 입장에선 오로지 왕이 되기 위해 평생을 살았는데 난데없이 우리 아빠가 나타나 그 왕위를 중간에서 가로챈 거겠지. 증오하는 것도 이해가 되지 않는 건 아니었다.

그렇다고 동정이 생기는 건 아니지만.

"아빠를 죽이려고 했던 건 어쨌든 6황자가 먼저였잖아?"

완전 적반하장 아니야? 죽이려고 하는데 그냥 죽어 주는 인간이 어디 있어.

애초에 무엇보다 나는 왕이 되고자 하는 그 마음을 이해할 수가 없었다. 그냥 야망인가. 높은 곳에 올라가고자 하는 그런 마음?

모르겠다. 나처럼 소시민적인 사람은 도무지 이해할 수 없는 사고였다.

"하……."

당연한 말이지만 나는 6황자가 어떤 인간인지 몰랐다. 오늘까지는. 아니, 사실 살아 있다는 것도 까먹은 상태였으니까.

아빠가 황위에 오르던 날, 6황자가 그렇게 사라지고 나서 이어진 건 정말 끝이 없는 전쟁이었다. 오로지 6황자를 잡아들이기 위해 벌인 전쟁. 처음엔 6황자를 지지했던 여타 모든 귀족들을 잡아들여 숙청하는 일이었다. 으레 새 왕이 등극하면 있는 그런 일. 그러나 카이텔은 아예 6황자의 지지 세력의 씨를 말려 버리려고 했고, 그게 곧 수많은 내전으로 이어졌다.

결론은 카이텔 전승.

당연한 결과지.

하지만 그 때문에 아그리젠트는 풍비박산이 났고, 전쟁으로 모든 영토가 피폐해졌다고 했다.

그때도 재상이었던 페르델은 내전 당시를 회상하며 정말 카이텔을 죽여 버리고 싶었다고 회고했다. 그 표정이 얼마나 살벌하던지. 그러나 카이텔은 나라가 그 꼴인데도 여전히 6황자를 잡아들이려는 생각밖에 없었다고도 했지.

너무나 카이텔답다고 해야 하나.

결국 국내에 더 이상 있을 곳이 없어 6황자가 해외로 도망쳤다. 당연히 도망친 6황자를 잡기 위해 카이텔이 정. 중. 히. 주변국에 6황자를 인도해 달라는 요청을 했으나 안타깝게도 앤시프를 제외한 모든 나라가 거절했다고 한다.

그 뒤엔 누구나 아는 그 전쟁이 일어났다.

일명 아그리젠트 정복 전쟁.

그 결과가 지금의 아그리젠트 제국이었다.

시작은 단순히 분풀이 같은 형제 싸움이었지만 결국엔 주변의 거의 모든 나라가 아그리젠트에 복속되었고, 전쟁이 끝났을 땐 더 이상 그 누구도 아그리젠트를 무시할 수 없을 만큼 거대한 제국으로 부상했다.

그렇게 만든 것이 카이텔.

6황자는 잡지 못했지만 그가 이루어 낸 제국이 너무나 거대하기에 그 누구도 6황자에 대한 이야기는 입도 벙긋할 수 없었다. 조금이라도 연관이 되어 있다는 게 알려지게 되면 어김없이 카이텔이 칼을 뽑아 들었으니까.

"형제는 형제구나, 정말."

한 놈은 세계를 뒤집고, 한 놈은 내 속을 뒤집고, 어휴.

카이텔이 날뛰면 날뛸수록 6황자는 점점 더 음지로 숨어 들어갈 수밖에 없었겠지.

하지만 알고 보니 단순히 거기서 끝나는 이야기가 아니었다는 거다. 6황자 또한 준비하고 있었던 것이다. 스케일은 참 쪼잔하지만.

"그래도 이만큼 확실한 방법도 없겠지."

정말 아빠가 날 구하려고 멍청하게 달려온다면 말이지.

"구하러 오긴 올까?"

어째 자신이 없는데…….

어렸을 때부터 그런 생각을 했었다. 내가 만약 죽는다면 그건 아빠한테 죽거나 아빠를 싫어하는 사람한테 죽거나 둘 중 하나일 거라고.

이런 예언은 적중하지 않아도 되는데.

지금 상황을 보아하니 어릴 때부터 난 너무 현실을 잘 파악하고 살았던 모양이다. 하기야 그럴 수밖에 없었지만. 지금까지는 내가 묘하게 침착하다 생각했지만 점점 불안해졌다.

그래, 가만히 앉아 있지 못할 만큼 내가 지금 불안하다고!

"……괜찮을까, 아빠?"

여기 있는 걸 안다면 당연히 구하러 올 거란 예감이 들긴 한다. 단지 그 일이 아빠에게 어떤 영향을 미칠지 그게 걱정일뿐. 그냥 날 모른 척 버린다고 해도 서운해 하지 않을 자신도 있었다.

원래 인생은 혼자 사는 거니까!

"분명 지금 엄청 난리 치고 있겠지."

이상하게 몸은 여기 있는데, 아빠가 있는 곳의 상황이 뻔하게 머릿속에 그려진다. 마치 그곳을 직접 내려다보고 있는 것처럼.

나에게 이런 예지력이 있었다니.

월북이나 해서 스헤르토 성황청에나 취직해 볼까.

아빠는 주변을 초토화로 만들고 있을 게 뻔했다. 이따금이지만 정말 제 자신도 감당이 안 될 정도로 화가 나면 간혹 그러곤 했으니까. 어쩌면 그 손에 피를 묻히고 있을지도 몰랐다.

"그러진 않았으면 좋겠는데."

왜 납치당한 나보다 우리 아빠가 더 걱정이 되는 건지 이유를 모르겠다.

나중에 다 늙은 꼬부랑 할아버지가 되어도 우리 아빤 이럴 것 같다.

허허, 참 한결같아. 소나무 같은 아빠야.

그 생각을 하니 이유 모를 웃음이 터져 나온다. 진짜 늙어서 아빠가 깽판을 치고 옆에서는 내가 말리는 걸 상상해 보니 정말 그런 일이 생길 거 같아서.

아니야! 이건 가능성이 농후한 것뿐이라고!

"……그 옆에서 내가 말리는 게 더 웃기긴 하겠다."

물론 그것도 여기서 무사히 살아 나가야 맞이할 수 있는 미래였지만. 웃으니까 그래도 기분이 한결 나았다. 적어도 아까처럼 비참한 기분은 아니었다.

"살아 돌아갈 수 있으려나?"

아무도 없는 적막한 공기에 숨이 턱턱 막히는 것 같다. 아빠를 믿지 못하는 건 아니었지만 지금 내가 처해 있는 현실이 너무 생생하다 보니 두려운 마음을 먹지 않으려고 해도 생겨 버렸다.

스물다섯이나 먹고 다시 새 삶을 시작했는데도 난 아직도 그 시절의 스물다섯 그대로인 것 같다. 십팔 년이라는 시간이 지났는데, 여전히 제자리걸음. 전혀 변하지 않은 느낌.

아니, 몸은 자랐는데 정신은 처음 그대로라고 해야 할까.

자조하며 돌아본 지난 십팔 년 동안의 삶은 지름길일뿐이고, 오히려 지금부터가 제대로 내 자신의 인생처럼 느껴졌다.

그래, 온전히 아리아드나로서의 내 인생.

죽을 위기에서 세우는 인생 계획이라니.

하기야 그동안 세운 인생 계획이라고 해 봤자, 아빠 밑에서 안 죽고 살아남기, 잘 먹고 잘살기……. 또 뭐가 있나?

생각해 보니 그거밖에 없네?

한심하다. 누가 뭐라고 까도 할 말이 없을 정도다.

목표가 없었으니 당연한 건가. 지금까진 오로지 아빠 밑에서 내가 죽지 않을 수 있을까, 잘 먹고 잘살자, 뭐 그런 것만 목표로 했으니까.

"정말 왕이 되지 않을 거라면 뭐하고 살 건지 이제라도 생각해 봐야 하는 거겠지."

일단 돈은 넘쳐나니 그 걱정은 안 해도 될 것 같았다.

그래도 결혼은 해야겠지.

특별히 여자를 남자의 부속품처럼 취급하는 풍토는 아니었으나 그래도 이 아그리젠트에서 여자든 남자든 성인 대접을 받으려면 결혼은 필수였다. 평생 솔로로 살다 죽을 줄 알았는데, 결혼 계획이라니. 좀 낯설다.

"그것도 다 아빠가 결혼을 허락해 줘야 가능한 이야기지만."

물론 다 이곳을 무사히 빠져나갔을 때의 이야기였다.

당연한 말이지만 지하 감옥은 어두웠다. 이곳에선 빛이라곤 저 멀리 복도에 걸린 횃불 하나가 전부. 달빛도 별빛도 들지 않는 깜깜한 곳. 그래도 어둠은 익숙했다. 그건 어렸을 때부터 익숙했던 거니까.

"……아빠."

내가 처해 있던 상황.

카이텔.

그리고 6황자.

이렇게 멀리 돌아서 되돌아보니 이제 좀 알 것 같다. 아빠가 왜 나를 그렇게 가두고 숨기려 했던 건지.

내가 카이텔의 그늘에서 벗어난다는 건 단순히 독립을 한다는 의미가 아니었다. 아니, 애초에 그런 상황이 내게 허락될 리가 없었다.

내가 멍청했던 건지, 순진했던 건지 나조차 한심할 정도다. 아빠 손에 닿지 않는 곳으로 간다는 건 종국엔 이렇게 되어 버릴 수밖에 없는 일이었다. 우리 아빠만큼 적이 많은 사람이 또 없으니까.

내가 잡힌다는 건 내 인생은 물론이고, 카이텔과 아그리젠트마저 흔들어 놓는 일이었다.

나 가진 거 엄청 많구나. 몰랐는데.

"내가 위험에 처하면 언제든지 달려오겠다더니."

드란스테, 거짓말쟁이!

이 어둠이 싫은 건 아닌데, 앞으로 닥칠 상황은 조금 무섭다. 정말 무서웠다. 드란스테라도 보고 싶을 만큼.

드란스테, 망할 놈.

이럴 때는 좀 나타나야 되는 거 아니야?

항상 간이며 쓸개며 다 줄 것처럼 굴다가도 정신 차리고 보면 드란스테는 누구보다 멀리 내게서 떨어져 있었다. 항상 그랬다. 내가 괜히 구박하는 게 아니라니까.

누구라도 곁에 있어 줬으면 좋겠는데, 그건 그저 헛된 바람일 뿐이었다. 내가 먼저 드란스테를 부르고 싶은데 어떻게 부르는지 모르겠다. 전에 알려 준 것 같은데, 도무지 생각이 나지 않았다.

하, 멍청한 과거의 나, 반성해라.

몸이 힘드니 바닥이 더럽다는 걸 알면서도 주저앉게 된다.

지금 밖은 밤인 걸까? 아니면 낮인 걸까? 갇혀 있으니 아무것도 모르겠다. 그저 밖이 지금 어떻든 아빠가 내 걱정을 많이 안 했으면 했다.

그래, 난 아직 괜찮으니까.

* * *

어딘가에 갇혀 있다는 건 상상했던 것 이상으로 답답했다. 나름 갇혀 지내는 데엔 이골이 났다고 생각했는데, 그건 나만의 착각이었다.

완전히 갇혀 있는 건 정말 끔찍했다. 할 수 있는 건 아무것도 없고, 심지어 날짜도, 시간도 잘 모르니까. 하루에 두 번 주는 밥 때문에 더더욱 지금이 낮인지 밤인지도 헷갈렸다.

"돌겠네."

바깥이 어떻게 돌아가는지 모르는 채 갇혀 있기만 하려니 진짜 미치고 팔짝 뛸 노릇이었다.

이건 신종 고문인가. 마음을 편하게 먹어 보려고 해도 초조해서 그렇게 안 된다. 그저 내가 얼마나 무기력한지 다시 한 번 곱씹었을 뿐이었다.

그래, 고맙다! 알게 해 줘서.

아오, 정말 미치도록 고맙네요!

이렇게 아무것도 안 해 본 건 정말 처음이었다. 항상 무언가에 쫓기듯 살아서 그런가? 아무것도 하지 않는, 아니, 아무것도 하지 못하는 상황이라는 건 참 뭣 같았다.

그러고 보니—.

난 갓난쟁이 때부터의 기억이 아직도 살아 있구나.

새삼스럽다. 바로 어제 일처럼 선명하진 않지만 드문드문 그 시절의 기억이 아직도 떠오른다. 당연히 다 잊을 거라고 생각했는데.

내 머리가 이렇게 좋았던 건가. 아기 때 기억은 원래 다 까먹는 건데.

"아기 때라니. 갑자기 내가 못생겼다고 세뇌시키던 카이텔이 생각나네."

말도 못하는 핏덩이한테 온갖 못생겼다는 말을 다하던 그 시절 카이텔의 모습이 기억나니 갑자기 뭔가 울컥한다.

그때 초상화 보니까 내가 진짜 못생긴 것도 아니더만!

왜 자꾸 못생겼대!!

"난 분명히 어느 정도 크면 바로 독립할 줄 알았는데……."

그땐 정말 아무것도 몰랐구나. 내가 아빠를 이렇게 절절히 사랑하게 될지도, 이런 신세가 될지도 정말 하나도 모르고 컸다.

멍청했네.

"카이텔이 마냥 불편하고 무서웠는데."

언제 또 수가 틀리면 내 목이 날아갈지 모르니까 최대한 만나고 싶지 않았다. 카이텔이 자주 부르는 바람에 내 바람은 쓸모없이 사라졌지만.

어떻게든 좀 더 살아 보려고 아등바등했었는데. 시간이라는 게 이렇게 얄궂은 건지, 이미 지난 길을 되돌아보니 그런 내가 마냥 귀엽게만 느껴졌다.

과거의 내가 알면 혀를 차겠군. 나름 처절한 생존기인데 말이지.

대체 어쩌다가 이만큼 아빠를 좋아하게 된 걸까.

"미모에 반해서 그런가? 미인계? 아니야. 내가 잘생긴 남자를 그렇게 막 좋아하는 것도 아닌데. 그럼 뭐지? 웃는 모습에 반했나. 그건 좀 이상한데."

아빠가 웃을 땐 더 무서웠던 기억밖에 없단 말이지. 그냥 사소한 것들이 쌓여서 그 이상 견딜 수 없을 정도로 아빠를 사랑하게 되었다고밖에 할 말이 없었다.

나, 아빠를 정말 사랑하는구나—.

정말 뜬금없는 깨달음이었다. 내가 아빠를 사랑하는 건 어찌 보면 당연한 건데 그 상대가 카이텔이라 그런지 당연하지 않게만 느껴진다. 이제 내 나이도 끽해야 열여덟인데 말이지.

잠시 고민에 잠겨 있으려니 복도 너머로 인기척이 들려온다.

나는 긴장했다.

뭐지? 벌써 밥시간이 된 건가 싶었으나 그런 건 아닌 듯했다. 무엇보다 내가 갇혀 있는 철창까지 다가오는 남자들이 상당히 많았다.

대략 열 명 정도.

뭐지, 갑자기?

"뭐죠?"

낯선 상황에 내가 잔뜩 경계하며 묻자, 남자들은 말없이 내가 갇힌 감옥의 철창문을 열었다. 일단 이 지긋지긋한 더러운 감옥에서 풀어난 건 좋았는데 느낌이 좋지 않다.

열린 문 사이로 바라보고만 있자 남자 중 한 명이 내게 입을 열었다.

"나오십시오, 공주님."

내가 공주라는 건 아냐?

하도 취급이 험하길래 모를 줄 알았는데 말이지. 직감으로는 절대 좋은 일로 나오라고 하는 것 같지 않아서 나가고 싶지 않았다.

뭐, 어차피 그래 봤자 결론은 끌려가는 거겠지.

절로 한숨이 나온다. 예언자도 아닌데 미래가 보이네. 어쩔 수 없이 나는 곱게 내 발로 감옥 밖으로 나왔다.

아, 정말 예감이 좋지 않은데.
"어디 가는 거예요?"
갇혀 있을 땐 나가고 싶었는데, 막상 나오니까 다시 감옥에 들어가고 싶어진다. 뭔가 느낌이 정말 이상했다. 큰일이라도 벌어질 것 같다고 해야 하나?
여기 갇혀서 꽤 오랜 시간이 지난 것 같았는데, 막상 감옥 밖으로 나서니 그런 것 같지도 않았다.
대체 나를 왜 부르는 걸까? 대체 왜?!
초조하니 자꾸 물을 수밖에 없는데, 나를 데려가는 남자들은 입도 벙긋하지 않았다.
아, 망할 놈들아! 뭐라고 대꾸라도 해 봐!
"누가 부른 거예요? 어디 가는 건데요?"
자꾸 뒤에서 큰 목소리로 물어 대니 짜증이 난 모양이었다. 우뚝 멈춰 선 남자 때문에 나는 순간 움찔했다. 차가운 눈동자가 나를 엄하게 노려본다. 딱 봐도 귀찮다는 눈빛에 나는 배시시 웃었다.
설마 네가 나를 치기라도 할 거냐.
"시오른 님께서 부르셨습니다."
그래도 풀풀 풍기는 분위기가 범상치 않았으므로 나는 조용히 입을 닥쳤다.
알았어. 주제 파악하면 되잖아.
입 다물고 고개를 끄덕이니 그제야 다시 앞서 걸어가기 시작한다. 나는 두 손을 꽉 쥔 채 그 뒤를 따랐다.
도대체 무슨 일이기에 나를 부르는 거지?
그 와중에도 날 얼마나 깊은 감옥에 처박아 뒀는지 지상으로 나오는 데 꽤 오래 걸어야 해서 새삼 놀랐다. 주변을 좀 살펴보려고 해도 죄다 날 둘러싼 인간들밖에 안 보인다.

하다 하다 이제 보는 것도 막네.

나지막이 한숨을 내쉬고 보니 어느새 도착한 곳은 어떤 홀이었다. 대충 내가 어떤 성 같은 곳에 갇혀 있다는 건 알고 있었지만 막상 무도회라도 열 것 같은 홀에 들어서니 기분이 이상했다.

갑자기 이런 데엔 왜 부른 거지?

“어서 오거라, 리아. 널 찾아온 손님이 있단다.”

환한 미소로 날 맞이하는 6황자 놈은 이미 눈에 들어오지도 않았다. 멀찌감치 막 홀에 들어선 한 남자만 내 시야에 들어왔을 뿐.

“……아빠?”

뭐지, 이거?

순간 상황 파악이 안 돼서 멍 때리다가 문득 6황자를 돌아봤다. 혹시나 하는 마음이었는데, 재수 없게도 득의양양한 6황자의 미소를 보는 순간 진심으로 좌절하고 말았다.

그런데.

“어…….”

저 인간이 지금 혼자 온 거야?!

지금 내 눈에 보이는 게 현실인지 꿈인지 분간을 할 수가 없다. 대체 무슨 생각으로, 어떤 간덩어리를 가지고 있기에 이곳에 혼자 걸어 들어온단 말인가. 이곳이 적진이라는 생각 자체가 없는 것 같았다.

6황자고 나발이고 함정일 게 뻔한데, 대체 무슨 배짱으로?!

정말 할 말이 없다. 놀라서 나는 무슨 말을 해야 하는지조차 알 수 없었다.

홀 안에 들어선 카이텔이 내 쪽으로 시선을 주더니 빙그레 웃는다. 평소와는 다른 미소에 나는 머리를 쥐고 싶은 기분이었다. 마치 강아지가 칭찬해 달라고 조르는 듯한 저 미소는 뭐냐고! 나는 또 할 말을 잃었다.

칭찬은 뭔 놈의 칭찬이야!!

"오랜만이구나, 아우야."

"오랜만이긴 하지, 시오른."

대체 무슨 속셈인 건지 모르겠다. 나는 그저 아빠가 하는 짓을 먼발치에서 지켜볼 뿐이었다.

언제 밝게 웃었냐는 듯 6황자가 말을 시키자 카이텔 표정이 바로 썩어 버린다.

저 비틀린 미소야 하루 이틀 본 게 아니지만 진짜 대체 무슨 자신감이지? 이 홀 가득 있는 사람들 전부 다 6황자 놈의 수하들이었다. 한데 눈을 씻고 쳐다봐도 아빠랑 같이 온 사람은 한 명도 없어 보였다.

와, 망했어요.

"그래도 가족이라고 제법 반가운데? 안 그러니, 아우야."

"우리가 가족이었던가."

"가족이지, 아우야."

비웃듯 뇌까리는 카이텔의 말에 6황자가 서운하다는 듯 이마를 감싼다. 모르는 사람이 보면 아주 절친한 형제 사이라고 오해할 만큼 상처받은 표정이었다.

문제는 저 표정이 진심이 아니라는 걸 누구나 알 수 있다는 거겠지만.

6황자가 고개를 절레절레 흔들었다.

“그러니 이런 지지부진한 상황이 벌어지는 것 아니겠느냐?”

그것도 모르냐는 듯 나무라는 목소리에 카이텔의 표정이 더욱 구겨진다. 나는 아빠가 무슨 생각을 하는지 말하지 않아도 알 것 같았다.

“이제 그만 순순히 죽어 주겠나, 아우야. 너무 오래 살아 있는 것 같은데.”

“분에 넘치게 장수하고 있는 건 그쪽이 아니었던가.”

“분에 넘치는 삶을 살고 있는 건 네 쪽이 아닐까.”

6황자의 대꾸에 카이텔이 어깨를 으쓱였다.

“멍청하게 나한테 다 뺏겨 놓고 마지막 발악이 겨우 이런 거야? 좀 실망인데.”

어째 둘이 주고받는 대화에 뼈가 있다. 그것도 보는 사람 심장 떨리게 할 만큼 왕 통뼈가.

6황자가 이를 가는 걸 보고 나는 기겁했다. 이 홀에 아빠 편은 한 명도 없는데 진짜 어디에서 나오는 자신감인지 카이텔은 마냥 여유로웠다.

인간아, 여긴 아그리젠트가 아니야!

도발도 작작하라고 소리치고 싶다.

“그래, 그래도 네 어여쁜 딸 덕에 내가 이렇게 네 목숨을 가지고 저울질할 수 있게 된 것 아니겠느냐? 네가 이렇게 달려왔으니까 말이야. 멍청하게도.”

……6황자, 뒤끝 있었구나. 어쩐지 ‘멍청하게’를 강조한 것 같

은데, 내 착각은 아니겠지?

당연하게도 이번에 이를 가는 건 6황자가 아니라 카이텔이었다. 여유롭던 그 인간은 그새 어디 간 건지 입 다물고 무섭게 노려보는 카이텔만 그 자리에 서 있었다. 단지 그뿐이었는데, 홀 안의 거의 모든 사람들이 긴장한 채 카이텔을 주목한다.

항상 느끼지만 아빠가 내뿜는 위압감과 살기는 누구도 버텨 낼 수 없었다.

"내놔, 내 따님."

"가져가. 가져갈 수 있다면."

싸늘한 요구에 6황자가 빙그레 웃는다.

"이해를 못하는 것 같은데."

팽팽한 기운도 잠시.

카이텔이 어깨를 으쓱였다.

"난 요구를 하는 게 아니야. 명령하는 거지. 내놔."

명령이라는 말에 6황자가 웃는다. 저건 명백한 비웃음이었다.

"나한테 명령을 할 재간은 되나?"

"나도 놀고만 있진 않았는데."

뭐지, 저 대사는?

내가 마저 의아해 하기도 전에 이미 열린 홀 안으로 누군가 들어섰다.

두 팔이 뒤로 묶인 채 끌려오듯 들어선 건 어떤 노파였다. 아그리젠트 병사가 데려온 여인은 창백한 안색으로 가만히 그 자리에 서 있었다. 부들부들 떠는 모습이 어쩐지 애처롭기까지 했다.

어? 누구지? 처음 보는데.

대체 처음 보는 저 여인은 누굴까 고민하고 있는데, 옆에서 나지막한 6황자의 혼잣말이 들려온다.

"어머니!"

뭐? 어머니라고?

나는 당장 두 눈을 크게 떴다.

저 아줌마가 6황자의 어머니라고?! 아직도 살아 있다는 것 자체로도 놀라운데, 그 할머니를 끌고 여기까지 온 카이텔은 더 놀라웠다.

……누가 나쁜 놈 아니랄까 봐.

"살리고 싶다면 곱게 내놓는 게 좋을 거야."

덧붙이는 경고마저 뭔가 낯익다. 저거 완전 악당이잖아!

그 순간 카이텔이 웃었다.

"죽을 각오를 하고 온 사람한테 정정당당을 바라다니, 너무 무른 거 아냐?"

상황이 순식간에 반전되었다.

이게 대체 무슨 상황이지? 이제 오히려 안달하기 시작한 건 아빠가 아니라 6황자였다.

"날 속이려는 건가! 내가 그런 것에 넘어갈 줄 알았나?!"

"사칭이라고 생각하면 죽이면 되고."

가까이 있는 병사의 검을 빼어 든 카이텔이 망설임 없이 칼을 치켜든다. 내리치는 것도 한순간.

정말 죽이는 건가?

저 인간이 지금 뭔 짓을 하고 있는 건가 넋 놓고 쳐다보고 있는데, 뜬금없이 옆에서 고함이 터져 나왔다.

"그만!"

딱 목 끝에서 칼날이 멈췄다.

카이텔이 서늘한 시선으로 이쪽을 돌아본다. 둘 사이에 깊은 침묵이 깔렸다. 아무도 끼어들 수 없는 그 미묘한 긴장감 속에서 먼저 백기를 든 건 6황자였다.

6황자가 카이텔을 노려보며 짧게 명령했다.

"풀어 줘."

"시오른 님!"

반발하는 목소리에 6황자가 비통한 듯 얼굴을 구긴다. 괜히 그 옆에서 나만 머쓱해졌다.

"풀어 줘라."

풀어 주는 건 좋은데 말이지…….

어째 이 상황은 별로 좋지 못한걸.

불만스런 얼굴로 병사들이 나를 풀어 준다. 나는 바로 아빠에게 달려갔다. 계단을 내려가 홀을 건너서 카이텔 앞까지 가는 그 시간이 마치 영겁이라도 되는 듯 길었다.

솔직히 진짜 보내 주는 건가 반신반의했는데, 정말로 내가 아빠 앞에 설 때까지 아무도 나를 저지하지 않았다.

뭐지. 이 날로 먹는 듯한 기분은?

"이제 그만 놔주지? 노인을 공경하라는 말도 못 들어 봤나?"

"내 주위에 그런 말하는 사람이 없어서 말이지."

가볍게 대꾸하고 카이텔이 칼을 거둔다. 그러고는 바짝 다가선 나를 돌아보더니 카이텔이 작게 귀띔했다.

"뛸 준비해."

뭘 준비하라고? 대책은 있는 거야, 아빠?

일단 마음의 준비는 하고 있었지만 영 불안하기 짝이 없다. 정말 여기서 도망칠 수 있단 말인가.

카이텔이 놔준 노파는 6황자 측의 사람이 데려갔다. 그게 너무 공손해서 그동안 내가 받은 취급이 살짝 서글퍼지려 했다. 역시 이리 치이고 저리 치이는 내 인생.

어머니가 안전한 곳으로 사라지는 걸 보던 6황자가 그제야 안색이 좀 편해져서 아빠와 나를 바라보았다. 저 악당. 그 와중에 제 엄마를 챙긴다는 사실이 더 놀라웠다.

"그래도 이미 결과는 정해진 것 같구나, 아우야."

뭐가 정해져?

화가 잔뜩 난 6황자가 거칠게 뇌까렸다.

"내가 말했던가. 둘 다 이곳에서 살려 보낼 생각이 없다고."

"나야말로 널 살려 보낼 생각이 없는데."

카이텔이 잡은 칼을 고쳐 잡는다. 그것만으로도 나는 이게 무슨 상황으로 흘러가는 건지 대충 짐작할 수 있었다.

와, 6황자, 저 나쁜 놈!

놔줄 거면 그냥 깔끔하게 놔줄 것이지, 인간이 뒤끝 한번 질기네!

"잡아서 끌고 와."

6황자가 우리를 내려다보며 싸늘하게 명령했다.

"시체로 가져와도 상관은 없다."

그와 동시에 카이텔이 내 손을 잡고 뛰었다.

"뛰어!"

으아아아아!

이것이 대체 무슨 상황이란 말인가!

아빠를 만나서 좋은 것도 잠시, 무작정 달리기 시작하자 갑자기 우리를 쫓아 병사들이 마구마구 따라붙었다.

썩을 놈의 세상!

길을 아는 건지 모르는 건지 홀을 나오자마자 카이텔이 멋대로 어떤 방으로 숨는다. 우리는 조용히 숨을 죽이고 병사들이 지나가기만 기다렸다.

이 망할 놈의 집구석은 대체 얼마나 큰 거야?

여기가 어떤 고성이라는 건 알았지만 크기나 다른 건 잘 몰라서 더 답답했다. 자연스레 아빠에게 화살이 돌아간다.

나는 옆에서 숨을 내쉬는 카이텔을 돌아보았다.

"여기가 어디라고 와? 아빠 혼자 온 거야?! 아빠, 제정신이야?! 바보야?"

일단 한숨을 돌리고 나자 나오는 건 타박이었다. 와 준 것만도 감지덕지해야 한다는 건 알고 있는데, 그래도 이 무모함에 절로 혀를 내두르게 된다.

이 인간이, 드디어 미쳤어. 게다가 아까 그건 또 뭐여?

6황자 엄마라니, 정말 '상상, 그 이상의 무언가' 였다. 네가 내 딸을 가지고 협박을 하니 난 네 엄마를 붙잡고 협박을 하겠다, 뭐 이런 건가?

까맣게 타들어 가는 내 마음도 모르고 카이텔이 나를 빤히 쳐다본다.

뭐? 왜!

그 순간 문득 그가 입을 열었다.

"진짜 내 딸이 맞군."

그럼 내가 가짜 딸이라도 되냐. 잔뜩 인상을 찌푸리니 아빠가 한 마디를 덧붙인다.

"날 닮아 성질이 더러운 걸 보니."

"지금 이 판국에 그런 말이 나와?"

말은 그렇게 하지만 뭔가 안심이 되는 건 어쩔 수 없었다.

하, 그래, 이게 우리 아빠이긴 하지. 어디 가서 당하고 살 인간은 절대로 아니었다. 오히려 괴롭힌다면 모를까.

"못 본 새 우리 따님이 많이 거칠어진 것 같은데? 기분 탓인가?"

이 인간이 지금 이런 말을 할 때인가. 역시 아빠에게 평범함을 바란 내가 잘못이다.

"여기서 못 도망쳐!"

"괜찮아."

괜찮긴 뭐가 괜찮아.

내가 또 뭐라고 말을 하려던 순간이었다. 갑자기 문을 열더니 아빠가 밖으로 나간다.

뭐야?

엉겁결에 따라 나간 나는 당황했다.

어? 여기 계속 숨어 있는 게 아니었어?

다행히 복도엔 병사들이 없었다.

뭐지?

의아함도 잠시 나는 또다시 아빠가 이끄는 대로 달려야 했다.

오늘 원 없이 달려 보겠구먼.

그래도 뭔가 느낌이 이상했다. 아빠를 다시 만났다는 반가움이나 안도보다 다른 감정이 더 앞선다. 그건 참 이상한, 어쩌면 예감 같은 것이었다.

그때.

"꺄악!"

갑자기 튀어나온 병사가 우릴 향해 검을 내질렀다. 내 목에 닿기 전에 카이텔이 칼을 쳐 냈지만.

뭐야, 순간 죽는 줄 알았다. 깜짝이야.

그 뒤엔 어떻게 됐는지도 모르겠는데 어쨌든 병사가 쓰러졌다. 방금 내 눈앞에서 뭔 일이 일어난 거야?

"괜찮아. 아프게 죽이진 않았어."

그 말은 죽였단 소리인가. 이미 죽었단 시점에서 아픈 건 상관없는 것 같았지만 아무래도 좋았다. 분명 난 한 명만 봤는데, 어느새 바닥에 쓰러진 병사는 대여섯 명이었다.

다른 병사들도 몰려올 텐데.

그나저나 아빠 길을 알긴 아는 건가?

카이텔이 거침없이 움직이는 게 불안하다. 물론 내가 길을 아는 것도 아니었지만. 뭐랄까. 항상 봐 왔던 등이었지만 새삼 다시 보게 된 아빠의 등이 무섭도록 반가웠다.

황궁은 어떻게 된 걸까? 내가 여기 있는 건 어떻게 안 거지? 여긴 또 어떻게 들어온 걸까?

이제 좀 살 만하니 여러 가지 생각이 한꺼번에 몰려들어 내 머리를 어지럽힌다. 모든 것이 궁금했지만 막상 아빠가 내 시야 안에 들어오자 아무것도 중요하지 않아졌다. 그저 잡고 있는 아빠의 손을 좀 더 힘주어 잡았을 뿐.

이대로 시간이 멈췄으면 좋겠다.

"앗."

딴생각에 정신이 팔려 멈춰 선 카이텔의 등에 머리를 박았다. 갑작스러워서 나도 모르는 사이에 흘러나온 신음이었는데 큰 손이 갑자기 내 입을 가리더니, 그대로 카이텔이 잡아끄는 대로 벽면으로 붙었다.

그 순간 갑자기 큰 소음이 터졌다.

"이게 무슨 소리지?"

어디서 폭발이라도 일어난 건가?

아빠를 돌아봤지만 카이텔은 입을 다문 채로 인상을 쓰고 있을 뿐이었다. 지금껏 쥐고 있던 검을 버리고 카이텔이 허공에 손을 뻗었다.

"어?"

전에 봤던 그 검이다.

언젠가 봤던 칼이 카이텔의 손에 잡혔다. 은색의 칼날이 무서울 정도로 예리하다.

저건 갑자기 왜 꺼낸 거지?

의문도 잠시, 갑자기 카이텔이 움직였다.

뭐지?

정신 차리고 아빠를 따라가자 거기엔 이미 모든 게 끝나 있었다. 다만 바닥에 축 늘어진 채로 누워 있는 병사 셋만이 방금 무슨 일이 일어난 건지 어렴풋이 짐작하게 해 주었다.

그리고 터진 폭발 소리.

"으악!"

이번엔 바닥까지 흔들렸다. 가까운 데서 터진 모양이었다.

6황자 미친놈이 지금 무슨 짓을 하는 거야? 자폭하는 건가?!

그런 것치고 어쩐지 6황자는 미꾸라지처럼 이미 빠져나갔을 거란 생각이 들었다.

어쩌지, 이제? 분명 아빠가 가려고 했던 길인 것 같은데, 방금 폭발 때문에 천장이 무너져 내려 길이 사라졌다. 돌아보니 역시나 카이텔이 이를 간다. 뭐 하나 잡아 죽일 표정이었다.

"……이쪽으로."

폭발 때문에 붙은 불들이 성 전체를 뒤덮어 갔다. 매캐한 연기에 손으로 입을 가려 봤지만 영 소용이 없었다. 연쇄 폭탄이라도 되는 건지 멀고 가까운 곳에서 폭발 소리가 끊기지 않고 들린다.

그리고.

우리가 밖으로 나가기도 전에 성이 무서운 소리를 내며 무너지기 시작했다.

아, 망할. 이러면 안 되지!

"아예 모조리 부수기로 작정한 건가."

또 폭발 소리. 이렇게 폭발 중인데도 병사들은 우리를 잡으려고 계속 달라붙었다.

왜 도망치면 칠수록 더 깊은 수렁 속으로 빨려 들어가는 것만 같을까. 그건 처음 느껴 보는 기묘한 기분이었다.

정말 이래도 되는 건가. 하지만 달리 할 수 있는 게 없다. 이 상황에서 내가 할 수 있는 선택지라고는 단둘뿐. 아빠를 따라간다, 따라가지 않는다, 이 두 가지밖에 없었다. 그리고 나는 어쩔 수 없이 아빠를 따라 움직였다.

그래도 복도를 가로막는 문이 곧 저 앞이었다. 저기만 지나면 도망칠 수 있지 않을까?

갇힐 때부터 결코 정상적인 건물은 아니라고 생각했지만 막상 빠져나가려고 움직이니 끝없는 미로를 헤매는 것 같다. 폭발 소리와 병사들의 고함 소리로 사방이 시끄러웠으나 이상하게 공기만큼은 가라앉았다. 그보다 더할 수 없을 만큼.

"여기까지인가."

나지막한 한마디.

품에 안긴 채 숨만 내뱉던 내가 고개를 드니 카이텔의 옆얼굴이 눈에 들어왔다.

무슨 뜻이지? 여기까지라니?

의문이 꼬리를 남기며 머릿속에 맴돌았으나 시선을 빼앗아 간 건 아빠의 눈동자였다. 질리도록 봤던 아빠의 얼굴이건만 이렇게 오랜만에 가까이서 보니 느낌이 다르다.

진짜 잘생겼네.

예전만큼 절정의 미모는 아니었으나 성숙한 분위기가 오히려 더 매력적으로 보인다.

어렸을 때부터 느꼈던 거지만 카이텔은 정말 멋지구나.

내가 남자들에게 쉽게 눈이 돌아가지 않는 이유를 알 것 같다. 이래서 여자들이 더 안달하는 거겠지만. 예전엔 몰랐지만 아빠의 모습에서 언뜻 보이는 6황자의 얼굴이 정말 둘이 형제라는 걸 내게 알려 준다.

왜 이렇게 낯설지, 오늘따라.

"……아빠?"

멀리 사라져 버릴 것 같다.

막 멍하니 아빠를 불렀을 때였다.

"아빠!"

갑자기 큰 폭발음과 함께 바닥이 흔들렸다.

꽤 가까이에서 터진 폭발에 놀라 반사적으로 몸을 움츠리자 나를 끌어안은 카이텔이 몸을 돌렸다. 우수수 떨어지는 잔해들이 느껴졌지만 이상하게 내 몸을 짓누르는 느낌은 들지 않았다.

아니, 뭔가 느낌이 이상했다.

서둘러 고개를 들자 나를 끌어안은 채 숙인 아빠가 눈에 들어온다. 하얗게 가라앉은 잔해들이 카이텔의 어깨에 잔뜩 묻어 있었다.

더불어…….

"아빠, 머리!"

놀라 아빠의 머리를 가리켰을 때였다.

갑자기 바닥이 크게 요동쳤다. 반사적으로 아빠의 팔을 잡았으나 아빠가 한 건 나를 밀치는 일이었다. 중심을 잡지 못해 바닥에 쓰러졌는데 뭔가에 다리가 쓸린 건지 꽤나 쓰렸다.

아팠지만 지금 중요한 건 그게 아니다. 당장 고개를 들자 내 앞에 바로 쓰러진 카이텔이 눈에 들어왔다.

설마 폭발에 맞은 건가?

정신을 차리자마자 다급히 아빠에게로 달려갔다.

"아, 아빠……."

나도 모르게 울먹거리며 카이텔을 보았으나 내가 상상한 것 이상으로 상태가 좋지 않았다. 물론 우리 주변도 엉망이었지만.

어디서 자꾸 무거운 것이 끌리는 소리가 들린다. 이 소란이 여기서 끝나지 않을 것임은 나 또한 알고 있었다. 하지만 도망칠 생각은 애초부터 들지 않았다.

무언가에 찍힌 건지 오른쪽 허벅지가 진득한 피로 물들어 있었다. 아까 맞은 머리의 상처에선 더 심하게 피가 흘러내렸고, 그 외에도 자잘한 상처가 있었지만 나는 도무지 어찌해야 할지 몰라 손도 대지 못하고 망설일 뿐이었다.

어, 어떡해야 하지? 이럴 땐 어떡해야 하냐고!

"……리아."

고통을 인내하는 목소리가 낮고 깊다.

깊게 가라앉는 아빠의 목소리에 나는 다급히 카이텔을 붙잡았다. 일단 상체를 일으키긴 했지만 일어서는 건 힘든 건지 고통스럽게 얼굴을 찡그린다.

이, 이걸 어째.

"아빠, 괜찮아?"

괜찮아 보이진 않지만 물을 말이 이거밖에 없다.

멍청이, 이럴 때를 대비해서 응급 간호 상식이라도 배워 놨어야지! 시체 치우는 법은 알면서 다 죽어 가는 사람을 살리는 법은 모르다니.

나는 천하의 멍청이가 따로 없었다.

"나가."

자괴감 속에 들려온 까마득한 목소리에 순간 온몸이 멈칫한다.

나는 이해할 수 없었다.

이 아빠가 방금 뭐라 그런 거지?

"아빠."

"가!"

대체 나더러 어디로 가란 말인가!

카이텔이 내 손을 밀었지만 난 물러나지 않았다.

"아빨 두고 내가 어딜 가!"

거기다가 이렇게 다친 상태인데! 조금만 더 놔두면 어떻게 손도 쓸 수 없는 상태가 될 것 같다. 둘이 도망치는 거면 모를까 아빠를 두고 혼자 도망치는 건 할 수 없었다.

그건 자존심 이전의 문제라고.

천하에 부모를 버리고 도망가는 자식이 어디 있어.

누군가는 그럴 수 있다고 해도 나는 그럴 수 없었다. 내가 여기서 어떻게 가. 어떻게……. 나 때문에 이렇게 된 건데.

"못 가! 아니, 절대로 안 갈 거야!"

카이텔이 나지막이 한숨을 내쉰다. 그러더니 곧 억지로 몸을 일으켰다.

이러면 안 될 텐데.

뭐가 잘못된 건지 허벅지에서 흘러나오는 피가 더 많아졌다. 아빠를 말리고 싶었지만 카이텔과 눈이 마주치는 순간 나는 조용히 그냥 입을 다물 수밖에 없었다.

이러면 안 되는데.

곧 부서져 버릴 것처럼 오늘의 아빠는 무언가 위태로웠다.

끊어질 것 같아.

그래, 아빠가 이대로 없어져 버릴 것 같았다.

괜한 불안감에 카이텔의 손을 더 꼭 잡으니 아빠가 나를 내려다본다. 이 시선. 아까와 같은 눈동자다. 깊고 깊게 추락해 가는 심연같이 어두운 눈동자.

대체 왜 이런 시선을 하는 걸까? 왜?

무척이나 애질한 눈빛이었다. 마치 나를 그대로 뇌리에 새겨 두기라도 하겠다는 듯.

"늘, 언제나."

낮게 갈라지는 목소리가 깊고 아프게 내 귓속에 와 박힌다.

"내 손으로 널 망치지 않을까 걱정했다."

담담히 내 손을 붙잡았다.

피에 물들었지만 그 손이 싫거나 그러진 않았다. 그저 마냥 안타까웠을 뿐. 왠지 싫은 기분이다. 나는 그저 아빠가 이 이상 그 어떤 말도 하지 않았으면 좋겠다고 생각했다.

"그러면서도 항상 널 놓지 못해 안달이었지. 망가진다 해도 내 옆에 있지 않을 거라면 차라리 그게 나을 거라면서……."

아플 텐데.

인상을 잔뜩 찡그리면서도 아빠는 몸을 이끌며 나를 끌어당겼다. 가기 싫었지만 아빠가 움직이니 어쩔 수 없이 움직이게 된다. 여전히 위층에선 무언가가 끌리는 무거운 소리가 들렸고, 우리는 곧 복도를 가리는 문 앞에 섰다.

"미안하다."

"아빠!"

불안하다.

왜 이러지? 갑자기 왜 이러는 거야?

다정할 리가 없는 건조한 목소리에 자상함을 느끼는 내가 이상한 것인가.

카이텔의 손이 내 머리를 쓰다듬더니 이내 내 이마에 부드러운 입술의 감촉이 느껴졌다. 항상 받았던 키스. 반사적으로 나는 눈을 감았다.

"사랑한다, 내 딸."

낮게 파고드는 작은 속삭임.

나는 반사적으로 눈을 떴다. 그리고 그 순간 내 몸이 뒤로 밀렸다.

어, 어?

"아빠?"

처음 듣는 아빠의 사랑 고백에 넋이 나간 것도 잠시.

밀쳐진 채 넘어진 내 눈 바로 앞에서 반쯤 열려 있던 문이 갑자기 닫혀 버렸다. 쿵하는 소음도 잠깐. 나는 정신을 차리자마자 일어섰다.

이게 대체 무슨 상황이지?

"아빠! 아빠!!"

문을 밀쳐 보지만 굳게 닫힌 문은 꿈쩍도 하지 않았다.

거짓말? 아까 닫혔잖아? 방금 닫혔다고!

열쇠로 잠긴 것도 아닐 텐데, 왜 이래?!

당황해서 문고리를 붙잡고 흔들어 봤지만 여전히 카이텔과 나를 가로막는 문은 열리지 않았다.

아냐, 이럴 순 없어. 이럴 수는 없다고!

갑자기 이대로 아빠를 놓고 가면 안 된다는 그런 생각이 강하게 든다. 여기서 이렇게 떠나 버리면 다시는 아빠를 볼 수 없을 것만 같은, 그런 절박한 기분이 들었다.

"아빠! 이 문 좀 열어 봐! 아빠!!"

말도 안 돼.

아빠, 아빠! 이건 아니잖아!

"야, 카이텔! 문 열라고!!"

나한테 이러는 게 어디 있어!

갑자기 눈물이 솟구친다. 굳게 닫힌 문 앞에서 어떻게 해야 되는지 알지 못한 채로 나는 그대로 절망했다.

이게 뭐야. 이게 대체 뭐냐고.

이게 대체 무슨 상황이야?!

카이텔은 가라고 내쫓았는데 나는 그 문 앞에서 꼼짝도 할 수 없었다.

안 돼. 아빠 옆에 붙어 있어야 한다고. 이대로 가 버리면, 이대로 아빠가 원하는 대로 가 버리고 말면…….

정말 다시는 카이텔을 만날 수 없을 것 같았다.

"……이런 건 아니잖아."

이 상황인데도 멀리서 들리는 폭발음은 여전히 내 귀를 멀게 했다. 다행히 근처에서 터지지는 않았지만, 곧 터질 거라는 것도 알지만—.

모르겠다. 나더러 진짜 어쩌라는 거야!

"공주님!!"

어디선가 낯익은 목소리가 들린다.

나는 급히 뒤를 돌아봤다. 눈에 아프게 박히는 건 놀랍게도 하나밖에 없는 내 수호 기사였다.

다행이다. 정말 다행이다.

"아시시, 아빠가, 아빠가……."

"공주님, 도망치셔야 합니다."

나를 찾아 헤맨 건지 급히 숨을 내쉰 아시시가 나를 보며 말한다.

"하지만 아시시, 아빠가!"

문 뒤를 돌아봤으나 소용이 없었다. 갑자기 내 몸이 공중으로 붕 뜨는 느낌에 나는 깜짝 놀라 몸부림을 쳤다.

"아시시, 이거 놔! 잠깐만, 저기 아빠가…… 아빠가 있다고!"

가지 않으려고 하니 아시시가 나를 들쳐 멘 채 움직이기 시작했다.

안 돼, 잠깐!

이건 반칙이잖아!

물론 날 살리려는 그 마음은 알고 있지만 그래도 이건 납득할 수 없었다.

아니, 용납할 수가 없다고!

"날 내려놔! 명령이다, 아시시! 날 내려놔!"

소리쳐 봤지만 들어주지 않는다. 발버둥 쳐 봤자 남자의 힘을 이길 수는 없었다. 소리도 질러 봤지만 그렇게 많던 6황자의 병사들도 보이지 않았다.

이럴 순 없어—.

나도 모르게 흐르는 눈물과 입에서 나는 피맛이 나를 더 비참하게 만들 뿐이었다. 그리고 기억에 남은 것은 오로지 마지막으로 터진 폭발음과 지독한 화약 냄새뿐이었다.

— End. So close, so faraway

귀를 멀게 하는 폭발 소리와 지독한 냄새를 풍기는 불.

자욱하게 퍼진 안개와 뜨거운 공기.

흐릿하게 깜빡이는 의식 속에서 느껴지는 거라고는 고작 그런 것들뿐이었다.

항상 언젠가는 죽을 것이란 건 예상하고 있었지만, 그게 고작 이런 식일 줄은 맹세코 단 한 번도 예상해 보지 못했다.

뭐야. 상상했던 것보단 시시하잖아.

끽해야 이웃나라의 침략에 패배해서 죽거나 밑에 놈들이 하나같이 반기를 들어 반역에 목이 썰리거나 그렇게 최후를 맞을 줄 알았다. 아니면 최측근이 배신을 해서 함정에 걸리거나.

근데 모두 다 틀렸다.

그 멍청한 시오른 새끼한테 휘말려서 죽다니. 웃기는군.

어째 꼴이 말이 아니다.

아, 어느 정도는 예상에 맞긴 한 건가?

문에 기댄 채 힘이 들어가지 않는 손을 움직여 보았지만 부질없는 짓이었다. 문 밖에서 소리치던 소리도 더 이상 들려오지 않았다.

간 건가.

그게 어쩐지 허전하면서도 흐뭇했다.

제 자신이 더없이 멍청하고 한심한데, 웃기게도 자신의 가슴에 남은 뜨거움은 너무나 달콤했다.

태어나서 처음 느껴 본 기분.

난생처음, 정말 제대로 된 선택을 한 기분이었다.

그래, 태어나서 한 짓 중 제일 잘한 듯한 느낌이었다. 상황은 급박하고 제 자신은 처참한 상태인데도 너무 신 나고 즐거웠다. 이 뿌듯한 성취감을 누군가에게 자랑이라도 하고 싶은 기분인데, 안타깝게도 제 주변엔 아무것도 없다. 그리고 그건 좀, 뭔가 아쉬웠다.

이런 기분도 처음인데 말이지.

"죽는 것 따위, 별로 미련 같은 거 없을 줄 알았는데……."

나직이 가라앉는 목소리가 저물어 간다.

언제나 이런 날만 기다려 왔다. 모든 게 끝이 나는 날을.

그런데 어째서일까, 기뻐야 하는데, 정작 느껴지는 건 기이한 슬픔이었다. 울지도 웃지도 못한 채 숨을 내쉰다. 낯선 공허함이 고요히 내려앉았다.

손안에 움켜쥘 수 있는 건 더 이상 아무것도 없었다.

살기 위해 발버둥 치기 시작한 날부터 항상 손에서 떨어지지 않았던 은색의 투명한 검은 길 잃은 어린양처럼 바닥에 널브러져 있었다. 버릇처럼 저걸 손아귀에 쥐어야 안심이 될 것 같은데 손에 힘이 들어가지 않는다.

정말 끝장이 난 기분인데, 그건 생각보다 나쁘지 않은 기분이었다. 늘 언제나 놓지 못하던 걸 드디어 놓은 해방감이라고 해야 하나. 그래, 그런 기분이었다.

항상 죽기 위해 살아왔다.

다른 자들이 들으면 놀라겠지만 언제나 그런 생각을 품고 하루하루를 살았다. 비록 겉으로는 거리낄 것 없이 하고 싶은 모든 걸 다하는 인간처럼 보였다고 해도.

죽고 싶은 게 아니었다면 그런 피비린 내는 전쟁터를 몇 년씩이나 전전하고 다니지도 않았을 터. 그런 미친 짓을 한다는 것 자체가 제정신으로 저지르는 행동이 아니라는 사실쯤은 이미 몇몇은 눈치채고 있었을 터였다.

그건 일종의 발버둥이었다.

어떻게 해서든 잊기 위한.

"……또 시작이군."

홀로 남겨져 사방이 고요해지면 하나둘 형체 없는 어둠이 자신을 찾아온다.

제 자신이 악몽이라 부르는 것들이.

목이 없는 여자도, 팔이 잘린 남자도, 심지어 불에 타 새카맣게 변한 시체마저. 대화재 날 자신 대신 죽었던 시종, 자신 대신 죽은 시녀들. 처음엔 그뿐이었지만 이젠 거기에 자신이 죽인 사람들까지 나오기 시작했다. 얼굴도 기억하지 못하는 수많은 시체들이 그렇게 자신을 뒤덮었다. 이 모든 게 환영이라는 걸 알고 있지만 겪을 때마다 신경이 곤두섰다.

마치 죄의식이라도 느껴 보라는 듯 환영이 심해지면 심해질수록 오히려 현실에선 도덕도 죄악감도 점점 옅어지기만 했다. 마치 될 대로 되라는 것처럼. 누구를 죽이는 짓 따윈 마치 인사하는 것처럼 너무 쉬운 일이었다.

어차피 해가 지면 다시 찾아올 테니까. 물론 그땐 숨이 붙어 있지 않겠지만.

"좀 꺼져라. 어차피 이게 마지막인 것 같으니까."

제 안의 죄의식이 만들어 낸 환영에서 벗어나기 위해 발버둥 친 것이 어떤 결과를 가져왔는지 정작 자신은 관심이 없다. 이 대제국이라 불리는 내 나라도, 그 무엇도.

아니, 그것뿐이었다면 오히려 나았겠지.

검을 쥐고 있지 않을 때면 덮쳐 오는 공허가 마치 제 자신이 존재하지 않는 것처럼 느껴지게 만든다.

존재하는 거라고는 오로지 텅 빈 허무.

그 부재가 견딜 수 없을 정도로 숨 막혀, 제 스스로 죽음을 찾아다녔다. 자신이 아직 살아 있다는 걸 느끼게 해 줄 무언가가 있는 장소로. 생명에 위협이 느껴져야 비로소 살아 있는 걸 느낀다니. 역시 제정신은 아닌 게 분명했다.

"미쳤네."

어차피 열셋에 죽었을 목숨.

원치 않게 살아나 꿈도, 희망도, 목적도 없이 연명한 삶이었다. 알고 있다. 이 삶에 무언가가 있었다면 그건 오로지 분노와 증오뿐이라는 걸.

태어나 할 수 있었던 건 오로지 숨죽이고 사는 것.

선택의 여지조차 없었다.

이미 권력을 쥔 형들에게 제거당하지 않기 위해 존재하는지도 모르게 살아야만 했다. 살기 위해서라면. 그래서 어느 정도 자라서 현실을 파악할 수 있을 때쯤엔 이미 꿈도, 희망도 없는 자신의 삶에 적응한 지 오래였다.

—차라리 이름 없는 후궁의 자식이었다면 나았을 텐데.

외국에서 시집와 권력도 없던 허수아비 왕비가 유일하게 자신에게 쥐어 줬던 건 정실의 자식이라는 정통성 하나뿐. 쓸모도 없는 정통성 따위, 필요치 않다 생각했던 것이 제 발목을 잡았다.

그리고 그게 자신의 삶을 송두리째 바꿔 놓았다.

갑자기 불타오른 자신의 궁. 소리 지르던 시녀들과 자신을 쫓던 검은 인영. 과정이 어찌 되었던 결과는 살아남았고, 그게 지금 이 모든 것의 시작이었다. 차라리 죽었다면 상관없었을 텐데.

살고 싶었다.

단지, 살고 싶었다.

구석에 처박혀 죽어 가건, 아무도 자신을 알아주지 않건, 황제건 뭐건 그냥 살고 싶을 뿐이었다. 그래서 조용히 살아왔던 것뿐이었는데, 그것뿐이었는데.

그때 깨달았다.

아무것도 하지 않아도 결국 이렇게 된다는 것을.

결국 살아남으려면 자신을 죽이려는 자를 먼저 죽여야 한다는 걸.

"……그래."

그랬었지.

그다음 기억나는 건 오로지 붉은 화면뿐. 거슬리는 건 죽이고, 방해가 되는 건 모조리 치웠다.

그렇게 살아왔다.

무엇이 잘못되었는지는 모르겠다. 원래 그따위로 사는 인간들밖에 보지 못해서인지 자신이 어떻게 잘못 살고 있는지도 알 수 없었다. 단지 아무것도 하지 않았음에도, 아무것도 바라지 않았음에도 저를 죽이려 했다는 사실에 분노해 몸을 맡긴 것밖에 없었다.

닥치는 대로 남김없이 쓸어버리다가 정신을 차린 건, 자신을 가로막을 사람이 비로소 아무도 없을 때였다.

남은 것은 오로지 제 자신에 대한 혐오.

모든 걸 제 맘대로 할 수 있게 되었는데, 기쁘지 않았다. 아니, 오히려 턱없이 가라앉는, 이 허무함의 말로는 대체 무엇이란 말인가.

그 무엇을 가져도 기쁘지 않았다.

만족이라는 선택지는 애초에 지워진 것처럼 그 어떤 것도 제 자신에게 의미를 가지지 못했다. 심지어 이 세상을 제 발아래 무릎 꿇렸다는 위치까지 올라갔어도. 어차피 손에 쥔 그 모든 게 한 번도 바란 적 없는 것들이었으니까.

제 것이기에 소유하고는 있었지만 미련 같은 게 있을 리가 없었다.

오로지 무채색이라고 해도 과언이 아닐 정도로 바래 버린 나날들. 그런 날들에 색을 채운 건— 원하지도, 원한 적도 없던 한 꼬마 숙녀였다.

"정말 죽을 때가 된 건가."

자연스레 자신의 딸을 처음 봤을 때가 떠오른다.

그땐 정말 저게 인간인가 싶을 정도로 이상했는데.

한 손으로 들어도 문제가 없을 정도로 자그마했었다. 입 밖으로 내 본 적은 없지만 자신은 그게 늘 신기했었다. 그 전까진 아기를 안아 본 적도 없이 모조리 죽였으니까.

아기라는 건 늘 언제나 자신의 발목을 잡는 방해물이라고 생각했다. 실제로도 아이를 가진 어미 전부가 그 아이를 빌미로 무언가를 뜯어내려 들었으니까.

그런 인생도 불쌍하니 처음엔 어느 정도는 묵인하고 넘어가려 했었다.

그러나 그게 점점 도를 넘는 순간.

가차 없이 칼을 뽑아 들었다. 제 자식마저 죽인다며 악명이 날로 높아져 가는 건 알았으나 딱히 그만두고 싶은 생각은 없었다. 안 그래도 지겹고 성가신데, 거기까지 신경 쓰고 싶지 않았으니까.

자기 자식이라는 유대감이 없어서일까 아이를 죽이라고 명령하는 건 의외로 어렵지 않았다. 그게 쌓이고 쌓여 임신하고 숨은 여자까지 구태여 잡게 되었을 때 걸린 게 하필 그 여자였다.

이름도 기억나지 않는 왕녀.

아리아드나의 어머니.

아무것도 바라지 않을 테니 키울 수만 있게 해 달라던 왕녀의 요청을 가차 없이 기각했던 것 또한 자신.

아이를 지우지 않을 거면 네가 죽으라는 명령에 분한 듯 입술을 깨물던 여자의 얼굴은, 아직도 기억난다. 자신을 증오하는 녹색의 눈동자가 또렷이 뇌리에 남았건만 막상 마주한 아이의 눈동자는 그를 닮은 붉은 눈동자였다.

그래서였을까. 죽이려던 마음이 갑자기 사라진 건.

끝내 아이를 낳고 대신 죽은 어리석은 여자에게 지고 싶지 않아 그 가련한 목숨, 제 손으로 끝내려고 했었는데. 무슨 일이 일어날지도 모르고 빤히 자신을 응시하는 눈동자를 마주하자 이상하게도 죽이려던 마음이 눈 녹듯 사라졌다.

변덕이라고 할 수밖에 없는 상황.

그러나 그 한 번의 선택으로 자신의 인생은 모든 것이 달라졌다.

—아빠!

이 세상에서 유일하게 자신을 아빠라고 부를 수 있는 소녀.

그저 떠올리는 것만으로도 입가에 미소가 맺힌다.

분명 처음엔 이 정도는 아니었는데 말이지.

길게 흩날리는 은색 머리카락엔 붉은빛이 어리고, 눈처럼 하얀 얼굴엔 항상 발그레한 생기가 감돌았다. 자신과 닮았으나 전혀 다른 생명체. 아니, 자신과 닮지 않아서 더욱 사랑스럽다는 말이 다른 사람들에겐 이상하게 들리려나.

자신 외에 다른 누군가를 사랑하게 될 줄은 상상도 해 본 적 없었다.

어느새 이렇게 큰 존재가 되었는가. 나쁜 기분은 아니었다만 다시 생각해도 믿을 수 없는 일이었다.

자신과 닮은 전혀 다른 그 아이가 제 품에 달려와 안길 때면 항상 기묘한 기분에 사로잡히곤 했다. 이게 정말로 그 아기가 맞나 하는 그런 기분. 리아가 태어나고서야 자신은 비로소 아기란 생명체와 함께 살아 보았다. 남과 함께해 본 적 없는 인간에게 자신보다 연약한 생명체가 항상 곁에 있다는 건 정말 이상한 기분이었다.

조금만 힘을 줘도 바스라질 것 같은 리아는 의도치는 않았지만 항상 요주의 대상이었다.

그 어린 몸이—,

그 작은 몸이 그렇게 쉽게 망가질 수 있다는 걸 항상 알면서도 몰랐다.

그 몸이 커지고, 그 작은 입에서 자신이 알아들을 수 있는 말이 나오고, 그 아이가 걷고 자신을 알아보고, 자신에게 달려오고 안기고.

어떻게 그 감정을 표현할 수 있으리오. 다시 생각해 보면 그 모든 것이 기적이었거늘.

가끔은 말을 듣지 않아 화가 머리끝까지 나 죽여 버리고 싶어도 막상 손 하나 까딱할 수 없는 자신이 놀랍고 어이없었으며, 그럼에도 다시 다가오는 아이를 보며 혼란스러워지는 제 자신의 마음을 무어라 형용할 수 없는 심정으로 견뎌 냈다.

제 곁에 서는 이는 아무도 없었는데.

엉겁결에 잡게 된 작은 손이 그런 식으로 자신의 모든 것이 되어갈 줄은 미처 알지 못했으리라.

그래서 그 손을 놓쳤을 때, 이 세상 전부가 무너진 기분이었다.

리아가 없어진 걸 알고, 처음엔 믿을 수가 없었다. 그럴 리가 없으니까.

혼란스러운 마음을 어떻게 수습하지 못해 칼을 빼어 들었지만 결국 피를 보고서도 진정할 수 없었다. 머리가 돌아가지 않는다는 건 이럴 때 쓰는 말이겠지.

그렇게 분노하던 자신에게 온 건 얄미울 정도로 침착한 페르델이었다.

6황자로부터 온 초대장.

아니, 그건 자신이 오지 않는다면 리아를 죽이겠다는 협박장이었다.

그 협박장을 보고 난 뒤엔 오히려 정신이 맑아졌다. 리아가 어디 있는지 알았으니까. 어디 있는지 아는 한 그다음은 아무것도 문제되지 않았다.

"내 품에서 내 딸을 빼어 갈 수 있는 건 아무것도 없다."

죽인다면 내가 죽일 테니.

하지만 자신이 따님을 죽일 수 있을 리가 없었으니, 결국 리아가 죽을 일은 없었다.

죽일 수 있을 리가 없지.

맞교환할 인질을 끌고 온 것까진 좋았는데. 역시 약은 새끼, 그냥 보내 주진 않는구나.

더 이상 분노 같은 것은 없었다. 이미 리아를 도망치게 한 이후로 남은 감정은 놀라울 정도로 희미했다. 그저 보고 싶을 뿐이었다.

그 미소가—.

지독하도록.

"혼자 뭐해?"

낮익은 목소리가 희미하게 저물어 가는 의식을 겨우 붙잡는다.

불쑥 고개를 내미는 얼굴은 익숙했다.

항상 이따위 등장이었으므로 따로 놀랄 필요는 없었다. 그저 버거운 숨만 몰아쉬며 올려다보았을 뿐. 얄밉게 웃으며 자신을 내려다보는 존재가 고개를 갸웃한다. 흥미롭다는 얼굴이 한 대 치고 싶을 정도로 얄미웠다.

"왜 왔어?"

"구경하러."

입술에 검지를 댄 드란스테가 제 몸을 눈대중으로 훑었다.

기분 나쁠 정도로 노골적인 시선. 멋대로 남의 상태를 확인하는 주제에 드란스테는 필요 이상으로 당당했다.

기분 나쁜 새끼.

이놈과 함께 지냈던 6년 동안 항상 이런 식의 연속이었다. 누군가를 다 죽이지 않으면 살지도 못하는 전쟁터에 던져 놓고 내가 한참을 죽이고 죽이다 지쳐 쓰러지면 마치 시체를 수거하듯 드란스테가 찾아온다.

검을 쓰는 법을 알려 준 것도, 살아남는 법을 알려 준 것도, 비장의 무기라며 검을 준 것도 전부 드란스테였지만 자신은 드란스테를 좋아하지 않았다.

이렇게 순수하게 싫다는 감정을 갖는 상대도 드란스테가 유일했다. 떨쳐 보려 해도 떨쳐지지 않는 그림자처럼 드란스테는 지독하게 자신을 따라다녔다.

그날부터.

이 지독한 악연 또한 그 일이 있었기에 시작된 것.

짜증이 나긴 했으나 이상하게도 원망의 기분은 들지 않았다.

드르륵.

무거운 것들이 끌리는 소리가 들린다. 폭발은 이제 끝난 모양이었지만 건물이 무너지는 건 이미 정해진 수순이었다.

"많이 다쳤네. 곧 죽겠구나?"

즐거운 일을 말하는 듯한 목소리에 진저리가 쳐진다.

대꾸하는 대신 그냥 시선을 돌려 버렸다. 이미 한쪽 눈은 보이지도 않는 상태였지만.

주변에 가득 찬 불길은 어느새 제 자신 근처까지 다가와 있었다. 손만 뻗으면 닿을 거리까지 침범한 불을 보며 문득 평화롭다는 생각을 한다. 자신의 결말을 예감한다는 건 생각보다 차분한 기분이었다.

이대로 끝인 건가.

"도와줄까?"

"꺼져."

살기를 바라고 온 게 아닌지라 망설임은 없었다. 어차피 죽을 거라는 사실은 알고 있었으니까. 오히려 살아 돌아간다면 그게 더 놀라운 일이리라.

시오른 그놈이 멍청하긴 해도 한 번 제 손아귀에 들어온 쥐를 그냥 놓칠 놈은 아니었다. 페르델을 협박해서 시오른의 어머니를 잡아들여 어떻게 잘 이용해 먹긴 했지만 실상은 정말로 통할지 확신도 없는 상태였다. 잘 먹혀서 다행이었지만.

거침없는 대꾸에 드란스테가 끅끅대며 웃는다.

왜 웃는지 감도 잡히지 않을 정도로 드란스테의 웃음은 어딘가 한참이나 어긋나 있었다.

하필 마지막에 보는 게 이딴 놈이라니.

차라리 홀로 죽어 가는 게 나았다. 진심으로 짜증난다.

그러거나 말거나 드란스테는 이 상황 자체가 즐거운 모양이었다.

"이러고 있으니 우리가 처음 만난 날이 생각나네."

지우려고 해도 지워지지 않는 그날. 표정이 저절로 경직된다.

드란스테는 마치 그리운 옛날이라도 회고하듯 그렇게 말을 이었다.

"그때도 넌 그런 상태였고, 그때만큼은 아니지만 주변은 환했었지."

불로 뒤덮였으니 환할 수밖에. 지금도 그 못지않게 환하긴 했다.

그날.

그래, 모든 게 불타오르던 그날.

온몸이 다른 사람 몸에서 난 피로 뒤덮인 채 목에서 피가 나도록 달려야 했다. 아득히 귀를 멀게 하는 것은 누군가의 비명 소리. 저절로 이마가 찌푸려졌다.

"어때? 그때의 내 제안. 기억나?"

나지막이 가라앉은 목소리가 달콤하게 울린다.

남녀 구별 없이 그 누구라도 조금만 틈을 보이면 바로 홀려 넘어갈 듯, 다디단 목소리였다.

악마 새끼.

이런 달콤함으로 도대체 얼마나 많은 피와 눈물을 받아 낸 걸까.

그 와중에도 건물에서 나는 소음은 시끄러울 정도로 크게 울렸다. 정말 마지막이었다.

몸과 마음이 난도질당해 스스로조차도 제 자신을 놓으려 마지막 숨을 내뱉은 순간, 눈앞의 악마가 내게 속삭였다. 네 영혼을 바친다면 널 살려 주겠노라고.

눈물이 날 만큼 간절한 바람, 당장 받아들이고 싶을 만큼 달콤한 제안이었지만 나는 바로 거절했다. 네게 줄 영혼 따윈 내게 없노라고.

악마가 웃었다.

그리고 나는 살아남았다.

2. Tell me why you did it

2. Tell me why you did it

도무지 정신을 차릴 수가 없었다. 지금 내 눈앞에서 벌어진 일에, 나한테 일어난 일에 온 정신을 빼앗겨 도무지 남들이 말하는 평정을 되찾을 수 없었다.

지금 나한테 무슨 일이 일어난 거지?

아시시에게 붙잡혀 억지로 끌려 나온 뒤 어떻게 다시 건물 안으로 들어가 보려 했지만 나를 가로막는 기사들의 힘을 이길 수 있을 리가 없었다.

불타던 건물이 무너지고, 나는 그저 아시시를 붙잡고 절규했다.

"아시시가 나한테 어떻게 이럴 수 있어? 저기 안에 아빠가 있다고 내가 말했는데! 아빠가 바로 앞에 있었는데!"

침울한 얼굴을 한 아시시가 묵묵히 내 원망을 받아 낸다.

뭐라고 말이라도 좀 했으면 덜했을 텐데. 내 어떤 비난이라도 감수하겠다는 표정으로 서 있으니 더 이상 뭐라고 말을 하지도 못하겠다. 그저 흐느낄 뿐.

아시시 잘못이 아니라는 건 안다. 머리로는 이해하고 있었다. 하지만 선뜻 납득을 하기엔 스스로가 도저히 용납할 수가 없었다.

"폐하의 명령이었습니다. 공주님을 가장 최우선으로 구출하라는……."

지켜보다 못한 다른 기사가 한마디 거들었다. 하지만 그것도 끝까지 말하지 못한 채 아시시에 의해 제지당했다.

나는 멀거니 그 기사를 바라보았다. 아빠가 그런 명령을 내렸단 사실이 도리어 내 가슴에 비수가 되어 돌아온다.

그 멍청이.

숨도 쉴 수 없이 터져 나오는 울음에 헐떡거리며 나는 고개를 숙였다. 쓰러지려는 나를 받친 건 아시시였다.

세상이 무너진다는 기분이 이런 걸까.

다시는 아빠를 만날 수 없을 거란 생각이 드니 그 어느 것도 나를 위로할 수 없었다. 온몸의 힘이 빠져나간다. 서 있을 기운조차 없는데, 그래도 눈물은 계속 흘렀다. 목이 메여 아무 말도 나오지 않는다.

"아빠……."

자꾸만 사랑한다던 아빠의 말이 귓가에서 맴돌았다. 다시 들을 수도, 볼 수도 없는 그 목소리와 얼굴 때문에 어떻게 되어 버릴 것 같다.

이런 게 어디 있어!

정말, 진짜—.

항상 사랑한다는 말을 하는 건 나였다.

그게 싫거나 서운하거나 짜증나진 않았지만 항상 아쉬운 마음은 있었다. 언제나 사랑한다고 말하는 건 나부터였으니까. 그때마다 '나도' 라며 대꾸해 주긴 했지만 가끔은 그게 의례적인 대답이 아닐까 남몰래 고민하기도 했었다. 크게 신경 쓰진 않았지만 마치 목에 걸린 가시처럼 항상 걸려 있었던 그 말.

그런데 하필 그런 말을 이런 때에 듣는 건 뭐란 말인가.

아빠가 내게 먼저 사랑한다는 말을 해 준 건 이번이 처음이었다.

이렇게 마지막에 마지막까지 와서 그런 말을 하는 게 어디 있어. 이건 반칙이잖아!

도무지 어떻게 해야 할지 앞이 보이지 않았다. 그렇다고 울 수도 없고, 아빠를 찾으러 저 잿더미로 들어갈 수도 없다. 게다가 아직도 무너지고 있어서 기사들조차 가까이 갈 수 없었다.

'아빠…….'

자꾸만 아까 날 밀어내던 아빠 얼굴이 아른거린다. 진정하고 싶은데, 나도 좀 진정하고 싶은데, 도무지 진정이 되지 않았다.

"마스터!"

아시시를 부르는 다급한 목소리.

무슨 일이 생긴 건가. 나까지 고개를 들었지만 급하게 달려온 기사는 내 눈치를 보더니 아시시의 귀에 작게 속삭여 말했다.

뭐지?

대체 무슨 말을 한 건지 알 수 없었지만 심상치 않은 분위기만은 제대로 느꼈다. 아시시의 얼굴에 놀라움이 어린다.

"그게 정말이냐?"

"예, 일단 의사를 불러 응급처치를 하고 있는데, 그게 잘……."

"누가 데려왔다고?"

"폐하의……."

무슨 소리지?

부산스러웠던 게 갑자기 낯설게 느껴진다. 어느 순간부터 흐느낌은 멈춘 지 오래였다. 멀거니 흘러내리는 눈물을 삼키고, 나는 손등으로 뺨을 닦았다.

내가 멀리에 시선을 뺏기고 있는 동안, 아시시가 다시 내 앞에 다가와 섰다.

"무슨 일이야, 아시시? 아빠에 관련된 이야기지? 말해 줘. 응? 대체 뭐야?"

다급히 아시시의 손목을 붙잡고 묻는다.

끊임없이 묻는 와중에도 아시시는 그저 침중한 얼굴로 입을 다물었을 뿐이었다. 뭐라고 대꾸라도 해 줬으면 좋겠는데, 이 미적지근한 태도가 너무나 짜증나 미칠 것 같았다.

대체 뭔데!

"공주님, 공주님께선 일단 황궁으로 급히 돌아가셔야겠습니다."

진중한 목소리가 날 붙잡는다.

갑자기 날 왜 내쫓으려 하는 거지? 뺨에 흐르는 눈물을 닦고 나는 다시 고개를 들었다.

"왜?"

"……."

이렇게 티가 나는데, 나한테 뭘 속이려고.

뭔가 내가 알면 안 되는 게 있는 모양이었다. 그게 뭔지 당장에라도 캐묻고 싶은데, 아시시의 침울한 얼굴이 걸려 말을 할 수 없었다.

이렇게 너무 쩔쩔매면 정말 아무 말도 못하겠잖아.

"싫어. 안 갈래."

"리아 님……."

정말 안 가고 싶다. 여길 떠나 버리면, 그래서 정말로 내가 안전해지면, 그러면 아빠를 되찾을 수 있는 기회도 영영 잃어버릴 것만 같은 그런 위기감이 내 발목을 잡았다. 어리광을 부릴 때가 아니라는 건 이해하지만, 이건 정말 도무지 포기할 수 없었다.

—아빠는 어떻게 하고?

"페르델이 보내온 부유선을 타고 먼저 돌아가십시오."

아시시가 굳은 표정으로 다시 한 번 입을 연다. 무언가 다짐이라도 한 듯, 그 표정이 너무 확고해서 나는 더 이상 무슨 말을 꺼낼 수 없었다. 이렇게 내게 단호하게 구는 아시시는 처음이었다.

아빠는 어떻게 됐냐고 그거만이라도 듣고 싶은데, 쉽사리 입을 열 수 없었다. 답을 듣는 게 무서워서 선뜻 물을 수 없는 것도 있었지만 물어보면, 그래서 답을 듣게 되면…… 정말로 아빠가 내 곁에 돌아올 수 없게 될 것 같았다.

그게 너무 무서워.

"저를 믿어 주십시오. 폐하께선 꼭 공주님 곁으로 돌아오실 겁니다."

정말 그럴까?

그럴 확률이 희박하다는 걸 이미 아는 데도 이 말을 믿고 싶다. 이렇게까지 말하는데, 믿지 않는 것도 실례였다.

그도 그럴 게 아시시인걸?

아시시가 나한테 거짓말을 할 이유가 없잖아.

나를 안심시키려는 말인 걸 알면서도 지푸라기라도 붙잡듯 나는 고개를 끄덕였다. 대체 저 무겁게 파묻힌 잔해 속에서 아빠를 어떻게 구해 올지 궁금했지만 묻지 않았다. 안 그래도 죄 없는 아시시를 너무 닦달한 것 같아 미안했으니까.

아시시는 죄가 없는데.

죄가 있다면 멍청하게 나돌아 다닌 나한테 있었다.

멍청한 아리아드나, 네가 이렇게 만든 거야. 내가 저지른 거라고.

다시 눈물이 흐른다. 이놈의 눈물은 마르지도 않는지 끊임없이 흘러내렸다. 아직 죽었다고 그 누구도 확실하게 말하지는 않았지만 나는 본능적으로 알 수 있었다. 거기서 살아나오는 건 기적으로도 힘들다는 걸.

내가 다시 흐느끼기 시작하자 아시시가 안타까운 시선을 보낸다. 나도 그만 울고 싶었는데 꾸역꾸역 나오는 눈물을 도무지 참을 수가 없었다.

침묵하던 아시시가 뒤의 기사에게 나를 맡겼다.

"공주님을 부유선으로 모셔라."

겨울달 인장을 가진 기사가 조용히 나를 인도한다.

앤시프에서 스헤르토헨보스로 단숨에 온 것처럼 유프레치아에서 아그리젠트로 가기 위해 나는 탑으로 향했다.

가까스로 어떻게 눈물은 그쳤으나 나는 계속 무서웠다.

불안해.

내가 모르는 무언가가 벌어지고 있는데, 그게 뭔지 모르겠다. 그냥 무서워할 뿐.

뒤를 돌아봐도 무슨 일인지 알아차릴 수 없었다. 결국 내가 할 수 있는 건 기사가 안내해 주는 대로 부유선에 오르는 길뿐이었다. 다행히도 부유선에 타자마자 아는 얼굴이 나를 맞이해 주었다.

“발르!”

굳은 표정으로 서 있던 발토르타가 나를 보더니 표정을 푼다. 보자마자 바로 안겨 드는 날 받아 주며 발르가 내 머리를 쓰다듬었다. 왜 이러냐고 물어볼 법도 한데, 발르는 이미 내가 무슨 일을 당했는지 다 안다는 듯한 표정과 행동이었다.

“리아.”

안타까운 목소리가 허공에서 부서졌다.

나는 애써 고개를 들었지만 발르를 보자마자 겨우 그친 눈물이 다시 새어 나오기 시작했다.

겨우 우는 거 멈췄는데.

무슨 말이라도 하고 싶었거늘, 결국 새어 나오는 건 흐느낌이 전부였을 뿐이었다.

왜 다시 눈물이 나기 시작하는 거야, 대체.

그렇게 말없이 울기 시작하는 나를 발르는 그저 가만히 위로해 주었다.

대체 얼마나 울었을까.

묵혀 뒀던 눈물까지 전부 쏟아 내고 점점 흐느낌이 잦아들었다. 이제 좀 정신을 차린 것처럼 보인 건지 등을 토닥거려 주던 발르가 물었다.

"괜찮아?"

"아니."

"그래, 예의상 물어본 거야. 안 괜찮아 보여."

지체 없는 대꾸에 발르가 고개를 끄덕인다. 이놈이!

그럼 대체 왜 물어본 거냐. 딴죽을 걸고 싶은데 안타깝게도 내 상황이 그리 좋지 못했다.

나는 일단 눈물이나 닦았다.

이거 공주 체면이 말이 아니네.

얌전히 입 다물고 있으려니 발르가 사뭇 심각한 얼굴을 한다. 매사에 가볍게 굴던 녀석이 이렇게 진지한 건 오랜만이었다.

새삼스럽지만 지금 상황이 정말 중대하긴 한 모양이구나. 이 녀석마저 이렇게 만드는 걸 보면.

"대체 무슨 일이야?"

"나도 몰라."

뭔가 알 것 같으면서도 아무것도 모르겠다. 내 머릿속은 잔뜩 헝클어져 모든 게 엉망이었다.

"모르겠어."

단지 내가 아는 건 아빠가 나를 보내고 남았다는 것. 그 재로 덮인 잔해 속에.

다시금 아무리 두들겨도 열리지 않던, 굳게 꽉 닫힌 문을 떠올리자 눈물이 핑 돌았다. 다시 울 기세인 나를 보고 놀란 건지 발르가 다급히 만류했다.

"모르면 됐어."

아까는 내 감정에 겨워 몰랐는데, 지금 보니 발르 이 자식이 어던가 이상했다. 평소와 뭔가가 다르다고 해야 할까. 뭐가 다른 건지 콕 집어낼 순 없었지만 그런 느낌이 들었다.

살짝 제정신이 돌아오니, 그 느낌이 더 강하게 든다.

뭐지? 무슨 일 있었나?

"넌 표정이 왜 그래? 무슨 일 있었어?"

"……넌 몰라도 돼."

언급하기를 회피하는 듯한 기색.

말하고 싶지 않다면 굳이 캐물을 의향은 없었지만 의아한 건 사실이었다. 진짜 무슨 일 있었나?

"아버지께서 기다리고 계셔."

아버지? 아, 페르델.

페르델 이야기가 나오니 속이 또 복잡해진다.

지금 아그리젠트는 괜찮은 걸까. 안 그래도 오랫동안 자리를 비웠다고 잔뜩 뿔이 났던 페르델이 생각나자 내 속은 더 복잡해졌다.

"페르델은 지금 뭐해?"

"이것저것. 하지만 제일 중요한 건 네가 와야 처리할 수 있대."

응?

이건 또 무슨 소리람. 내가 와야 처리할 수 있다니.

의아한 기분이 들었으나 굳이 캐묻진 않았다. 발르 놈이 언급을 피하는 기색이라 그런 것도 있지만 어차피 묻는다고 해도 자세한 이야기를 해 줄 것 같지 않았다. 이런 눈치는 내가 또 기가 막히지.

우느라 시간을 다 보내 버렸더니 어느새 부유선은 바다를 넘어 아그리젠트 영토 위를 날고 있었다. 창문 밖으로 보이는 낯익은 장소에 이제 곧 내려야 할 때임을 나는 직감적으로 알아차렸다.

"티 많이 나?"

"응."

"어떡하지?"

분명 마중 나온 사람들이 많을 텐데. 새삼 내 꼬라지가 신경 쓰였다. 거울이라도 보고 싶은데, 여기 그런 게 있을 리 없었다.

하다못해 세수라도 하고 싶은데…….

조용히 고민하고 있으려니, 내 생각을 알아차린 듯 발르가 웃었다.

"괜찮아. 조금 울었다고 네 흉 볼 사람 아무도 없으니까."

"거짓말."

"뭐, 조금은 있겠지."

그래, 조금뿐이었으면 좋겠다.

이미 기운은 다 빠져서 사실 외모에 신경 쓸 기력도 없었다. 버릇처럼 몸가짐을 신경 쓴 것뿐이니까.

이제 내릴 생각을 하니 다른 걱정이 나를 덮쳐 왔다. 겨우 진정되었다고 생각했는데, 손이 떨린다. 내 몸도 가늘게 떨리고 있었다.

"아빠가……."

역시 말할 수 없어.

나는 그냥 눈을 감아 버렸다.

입 밖에 내 버리면 아빠가 정말로 죽어 버릴 것 같다. 괜찮을 거라는 확신도 없지만 어째서인지 그것만큼은 용납할 수 없었다. 아빠의 시체를 내 눈으로 확인하기 전까진 아빠가 죽었다는 걸 믿을 수 없었다.

카이텔이 죽는다니. 뭐야, 그거.

"괜찮으실 거야. 폐하시잖아."

"그렇겠지?"

내 불안을 알아차린 건지 발르가 낮은 목소리로 위로한다. 나는 두 손을 굳게 잡았다.

"그래, 네가 먼저 죽지 않는 한 폐하께서 돌아가실 일은 절대로 없어."

"정말 그랬으면 좋겠다."

잔잔하게 가라앉은 내 목소리에 발르가 얼굴이 굳는다. 나는 그저 비참해지지 않기 위해 억지로 애를 쓰고 있었지만 발르는 조금 달랐다. 뭔가 다른 느낌이었다.

"왜 그래?"

"미안."

"응?"

무슨 소리지?

하지만 내가 대체 뭐가 미안한 거냐고 묻기도 전에 부유선이 멈춰 섰다. 그리고 그에 맞춰 발르가 내게 손을 내밀었다.

"내려. 다 왔어."

아무튼 내 말을 끊는 데는 도가 텄다니까.

저절로 한숨이 새어 나오지만 이렇게까지 회피하는 데 캐물을 생각도 사라진다.

나보다 어린데 나보다 큰 손을 붙잡고 일어나자 기다렸다는 듯 부유선의 문이 열렸다. 문 밖으로 나가니 높게 솟은 탑의 전경이 보인다.

익숙한 풍경, 더불어 생각지도 못한 한 사람도.

"어?"

놀란 내가 멈칫하니, 상대가 자연스레 고개를 숙인다. 그 순간 알지 못할 침묵이 그 사이로 고요히 가라앉았다. 바람 소리마저 사그라진 순간.

"어서 오십시오, 공주님."

거기엔 굳은 얼굴로 서 있는 페르델이 있었다.

* * *

대체 무슨 급한 일이 있길래 친히 마중까지 나온 걸까?

의아했던 것도 잠시, 황궁에 도착할 때까지 페르델은 단 한마디도 하지 않았다.

나야 무언가를 지껄이고 싶은 기분이 아닌지라 입을 다물고 있었으나 옆에 앉은 발르마저 조용한 건 조금 이상했다. 입을 꿰매놔도 어떻게 해서든 떠들 놈이 입을 다물고 있으니 위화감이 든다고 해야 하나. 게다가 어쩐지 심기가 불편해 보이는 게 대체 왜 갑자기 기분이 안 좋아진 건지 이상할 정도였다.

항상 부드럽게 웃어 주며 이것저것 말을 시키던 페르델은 잔뜩 경직된 표정으로 말없이 앉아 있었다. 그것도 조금 이상했다. 묻는다고 해도 대답할 기분조차 아니었지만 의아한 것은 매한가지였다. 그 어떤 의례적인 질문도, 흔한 위로의 말도 없었다.

결국 황궁에 도착한 그 순간까지 마차 안에서 누군가의 말소리가 나는 일은 일어나지 않았다.

"어서 오세요, 공주님."

마차에서 내리자 나를 맞이한 것은 세르이라였다.

오랜만에 보는 엄마 얼굴에 나도 모르게 울컥 눈물이 솟는다. 바로 그 품에 안겨 위로받고 싶었지만 내게로 향한 눈이 너무 많은지라 애써 태연한 척 가장했다.

고작 한 달 남짓 떠나 있다 돌아온 집인데, 황궁을 보자마자 기묘한 기분이 든다. 아주 오랫동안 이곳을 떠나 있었던 그런 기분마저 들었다.

"이런 말씀드리기는 죄송하지만 포더르 궁부터 가 주지 않으시겠습니까?"

당장이라도 나를 궁으로 데려가려 했던 세르이라가 엄한 얼굴로 페르델을 쏘아본다. 그렇게 엄격한 눈을 한 엄마는 오랜만이었다.

문제는 상대가 페르델이었다는 거였지만.

페르델은 세르이라의 날카로운 시선을 눈 하나 깜짝하지 않고 고대로 받아 냈다. 어차피 쉰다 해도 맘 편히 쉴 수 있는 상황도 아닌지라 나는 기꺼이 허락했다.

"다녀올게."

"공주님……."

안쓰러운 듯 세르이라가 내 손을 굳게 잡는다.

나는 애써 웃음을 짓고 페르델을 따라 포더르 궁으로 향했다.

벌써 별이 뜨는 야심한 밤이건만 멀리서 보이는 포더르 궁은 환하기만 했다. 이미 다 퇴궐을 했어야 할 관료들이 아직도 일을 하고 있는 모양이었다.

익숙한 길.

항상 아빠를 보러 가기 위해 걷던 길이다. 그 생각을 하니 다시 울적해진다.

내가 이렇게 감성적인 여자였던가.

저절로 덜덜 떨리는 손을 꽉 잡고 걸으니 어느새 재상부에 도착했다. 재상부엔 서기관들과 초서관들이 바쁘게 일을 하는 중이었다. 제대로 인사조차 못하고 일을 하는 사람들을 보니 내 마음이 더 무거워진다.

페르델이 발걸음을 멈춘 건 우리가 딱 재상 집무실에 도착했을 때였다.

뒤따라서 걷던 나도 멈추자, 이내 터벅터벅 걸어가더니 구석에 쌓여 있는 서류 뭉치를 들고 페르델이 내 앞에 선다. 접대용으로 놓인 테이블 위의 서류를 보고 나는 순간 기함했다.

뭐지, 이 두께는?

"이게…… 다 뭐야?"

무언가 급한 일이 있을 거라고 예상하긴 했지만 이건 상상 이상이었다.

'이게 다 뭐지?'

내가 멍하니 올려다보니 페르델이 심오한 표정으로 대꾸한다.

"공주님께서 서명해 주셔야 할 서류들입니다."

아니, 그건 아는데 대체 이게 다…….

묻는다고 해도 제대로 된 대답이 나올 것 같지가 않다. 나는 소파에 앉아서 바로 서류를 뒤적였다.

그냥 서명만 하면 된다는 건 알고 있었지만 그래도 내용도 모르고 서명할 수는 없는 법. 그저 훑어보려 했을 뿐이었는데, 서류에 적혀 있는 내용 때문에 나는 더 혼란스러워졌다.

잠깐, 이건 군사 명령?

"군사 명령은 갑자기 왜?"

거기다 이 군사들이 보내지는 곳은 남쪽이었다. 목적지를 확인하니 더 의아하다.

여기서 남쪽이라면 하나밖에 없잖아?

그건 바로 프레치아였다.

"남쪽에서 전쟁이 벌어진 거야?"

놀란 내가 이상해 보일 정도로 페르델은 태연하게 고개를 끄덕였다.

"프레치아와 토로레가 손을 잡고 구舊이차르타 영토를 침범했습니다. 표면적으로는 이차르타를 되찾겠다는 명분이던데, 글쎄요."

"프레치아는 우리랑 평화협정을 맺었잖아. 근데 왜……."

"모르죠. 어떤 이유가 있는 건지는."

덤덤한 표정과 어투가 마치 이걸 전부 예상이라도 했다는 듯한 그런 반응이었다.

페르델은 아무렇지 않은지 몰라도 나는 달랐다.

프레치아라면 하벨이 그랬다는 건가. 대체 왜? 잘 해결된 거 아니었나?

한순간 머릿속이 혼란스러워진다. 이리저리 어지러워지는 와중에도 낯익은 이름 하나는 기가 막히도록 내 시선을 단번에 사로잡았다.

"이 군대……, 아시시가 이끄는 거야?"

갑자기 손이 떨린다.

이제 전쟁이랑은 연이 없을 줄 알았는데.

아무것도 모른다면 모를까 이미 아시시가 어떤 마음으로 전쟁터를 전전했는지 다 아는지라, 나는 아시시에게 더 이상 이런 일을 시키고 싶지 않았다. 서명하기를 망설이는 나를 내려다보며 페르델 또한 같은 심정인 건지 깊은 한숨을 내쉰다.

"아시시가 자원했습니다."

"……."

그 바보가!

이제 이러지 않아도 되는데.

하지만 지금 내 옆에는 없는지라 뜯어말릴 수조차 없는 상황이 너무 원망스러웠다. 안 그래도 쏘아붙인 말들이 너무 미안해서 죽고 싶은 기분이었는데, 이런 일까지 시키려고 하니 미치겠다. 그렇다고 전쟁이 일어났다는데 군사를 보내지 않을 수도 없는 노릇이고.

한참을 망설이다 나는 겨우 서명을 했다.

하도 덜덜 떨며 서명을 한 탓인지 글씨가 중구난방이었지만 페르델은 개의치 않는 모습이었다. 국새가 찍히고, 그 서류는 그대로 시종에게 건네졌다.

"출납원과 원수부에 보내라."

다행히 급한 건 그뿐인 듯했다. 나머지 서류는 군의 보급과 증원

여부 정도였으니까. 그 외엔 거의 다 외교에 관련된 서류들이었다.

앤시프와 스헤르토헨보스로 보내는 서신들을 읽어 내리다 나는 문득 이상한 점을 깨달았다.

"이 정도 명령은 페르델이 할 수 있지 않아? 굳이 내가 서명해야 하는 이유를 모르겠는데."

전권은 카이텔이 쥐고 있다지만 국가의 모든 정책은 페르델이 결정한다. 이것은 아그리젠트에 사는 사람이면 누구나 아는 진리였다.

하지만 내 대꾸에 페르델은 가볍게 고개를 가로저었다.

"아니요. 필요합니다. 전 이제 재상이 아니거든요."

뭐?

너무 놀라 대꾸조차 못하는 나를 보며 페르델이 허탈한 미소를 지었다.

"그렇게 됐습니다."

그렇게 됐습니다라니, 그걸로 끝날 이야기가 아니잖아?

대체 무슨 일이 있었길래 아그리젠트 역사상 가장 뛰어난 재상이 하루아침에 해면을 당한 건지 나는 이해할 수 없었다. 설마 아까 그렇게 조용했던 거랑 묘하게 침울해 보이는 게 다 이것 때문이었나?

놀란 내 표정이 보일 텐데, 페르델은 그저 허허 웃을 뿐이다.

대체 무슨 일이 있었던 거야?

"괜찮습니다. 저도 이제 물러나야 할 때이니까요."

저건 또 무슨 헛소리람.

페르델은 당연하다는 듯 말했으나 난 납득할 수 없었다. 일단 페르델이 없는 우리 나라는 상상도 안 된다고.

대체 아빠는 무슨 생각을 한 거지?

뭐라도 묻고 싶은데, 페르델의 반응을 보니 쉽사리 입을 열 것 같지 않다. 결국 나는 궁금했으나, 묻지는 않았다. 눈빛만 봐도 내가 캐물어도 절대 대답해 주지 않을 거란 페르델의 각오가 엿보였다고 해야 할까.

물론 저걸 들으려고 애쓸 만큼 내 마음이 한가하지 못하다는 게 가장 큰 이유였지만.

다시 서류에 사인을 하려니 불현듯 아빠의 얼굴이 내 앞에 스쳐 지나갔다. 망할. 입술을 깨문 채로 눈물을 참아 보지만 이미 흐트러진 마음을 어떻게 정리할 수 없었다.

"아빠가……."

펜을 잡은 손에 힘이 들어간다. 나는 겨우 말을 끝맺었다.

"나한테 혼자 올 거라는 거, 알고 있었어?"

"원래 그런 놈이니까요."

당연하다는 듯 페르델이 고개를 끄덕인다. 페르델은 늘 그랬듯 초연했다.

"이 나라도, 자기 목숨도, 심지어 자신의 복수조차 공주님에 비하면 아무것도 아닐 테니."

말을 끝마치며 페르델이 어깨를 으쓱인다.

스승님이 하는 말씀이니 맞는 말일 텐데, 대체 왜 짜증이 치미는 걸까.

이 멍청이.

이런 말을 들어 봤자 전혀 기쁘지 않았다. 정말 하나도 기쁘지 않았다. 다른 사람들은 잘만 아는데, 왜 항상 내가 깨닫는 건 이미 일이 다 벌어지고 난 뒤인 걸까. 일순 정말 죽고 싶을 정도로 자괴감이 밀려들었다.

"……안 말렸어?"

"말렸습니다."

당연하다는 듯 페르델이 대꾸한다.

"말린다고 들은 놈이 아니잖습니까."

알긴 알지만.

그래도 페르델이 말려 줬다면 어떨까, 그런 생각만 자꾸 든다. 그냥 내가 거기서 죽는 게 나았어. 이럴 바엔 그런 편이 나았다. 이렇게 지옥 같은 기분을 느끼며 살 바엔 차라리 내가 죽는 게 나았어.

"이 모든 게 나 때문에 벌어진 일 같아."

아니, 나 때문에 벌어진 일이었다.

내 잘못된 선택이 지금 이 상황을 불러온 거다. 이대로 아빠가 정말 영영 내게로 돌아오지 않는다면, 난 영원히 내 자신을 용서할 수 없을 것 같았다.

"공주님 탓이 아닙니다. 언젠간 이런 일이 벌어지는 게 당연했으니까요. 너무 자책하지 마세요. 공주님께선 아무 잘못 없으니까."

"하지만, 내가……."

목에 걸리는 울음 때문에 쉽사리 말이 나오지 않는다. 애써 눈물을 훔쳐 내며 나는 손으로 입을 가렸다.

"내가 멍청하게 나가서……."

"상식적으로 그렇게 가둬 놓으면 누구나 나가고 싶겠죠. 멍청한 건 오히려 카이텔 쪽이었습니다. 무턱대고 가둬 두기만 하니 이런 일이 벌어질 수밖에요."

페르델의 손이 내 등을 다정하게 다독인다. 안쓰러운 시선이 내게 닿았다.

"정말 애 키울 줄 모른다니까."

나지막한 한탄에 나도 모르게 웃음이 나왔다. 이런 상황에서도 웃음이 나온다는 게 어이없었지만 그래도 이미 나온 웃음을 없던 걸로 할 수는 없었다.

내가 울다가 웃자 페르델이 빙그레 웃었다.

큰일 났다. 엉덩이에 뿔날 텐데.

"제가 급하게 잘리는 바람에 재상 자리가 비어 있습니다. 카이텔이 절 해면시키기만 하고 국정을 맡길 후임은 안 뽑았거든요. 일단 급한 일은 제가 처리하겠으나 공주님의 인가가 필요합니다."

"인허할게."

손등으로 눈가의 눈물을 닦아 내며 나는 고개를 끄덕였다.

"좀 부탁해."

"예."

어차피 페르델이 해 주지 않는다고 해도 억지로 맡길 생각이었다. 어떤 사정으로 재상에서 물러난 건지는 모르겠지만 현재 이 상태에서 일을 해결해 줄 수 있는 건 페르델이 유일했으니까.

내가 자꾸 흐느끼니 걱정스런 표정으로 페르델이 나를 달랬다.

"너무 걱정하지 마세요. 공주님을 두고 죽을 놈은 아니니."

정말 그럴까?

정말 그랬으면 좋겠다. 정말, 정말 그랬으면 좋겠어.

그렇게 막 다른 서류에 서명을 하려고 손을 들었을 때였다. 갑자기 집무실의 문이 열리며 누군가 급하게 들이닥쳤다.

"공주님!"

"세르이라?"

일하고 있을 때 누가 들어왔다는 것도 놀라운데, 그게 세르이라라는 게 더 놀라웠다. 웬만해선 침착을 잃지 않는 세르이라가 다급한 표정으로 나를 바라본다.

세르이라가 여긴 왜 온 거지?

의문도 잠시.

이내 세르이라가 외친 한마디에 나는 그대로 자리에서 일어나고 말았다.

"폐하께서!"

* * *

페르델이 내게 준 서류에 모두 서명을 해 주고 싶었으나 세르이라가 내게 한 외마디 말에 머릿속이 새하얘져 서류 같은 건 이미 안중에도 없는 상태가 되었다.

급하게 돌아온 솔레이는 포더르 궁과 마찬가지로 사방이 환한 채로 수많은 사람들이 부산스럽게 움직이고 있었다. 궁의 주인이 돌아왔다는 표시에 일단 안심했으나 이번엔 다른 불안이 나를 덮쳤다.

'아빠는, 아빠는 어떻게 된 거지?'

내가 들어서자 시종들이 다급히 자리를 비켜 준다.

굳게 닫힌 침실 문 앞에서 만난 건 놀랍게도 그동안 코빼기도 비추지 않았던 드란스테였다. 빙그레 웃는 그의 눈인사에 대꾸해 줄 여유도 없이 나는 입술을 잔뜩 깨물었다.

들어가 볼 용기가 나지 않는다.

"안 들어갈 거야?"

문 앞에서 망설이고 있으려니 드란스테가 묻는다.

없는 놈 취급하고 싶은데 너무 얄미워서 그럴 수도 없었다. 잔뜩 흘겨보다 나는 카이텔의 침실 문을 열어젖혔다. 아무도 열어 주려 하지 않으니 어쩔 수 없이 내 손으로 연 건데, 문을 열자마자 보이는 풍경에 심장이 내려앉는 듯했다.

누워 있는 아빠와 그 옆을 어수선하게 움직이는 태의들.

울컥하는 울음을 겨우 삼키고, 나는 애써 그 앞으로 걸어갔다. 아무 말도 나오지 않는다. 가까이서 아빠를 보고 나니 비통함만 커졌다.

"공주님……."

척 보기에도 내 상태가 심상치 않았던지 세르이라가 손을 잡아 끈다.

다른 손으로 입을 가린 채 나는 아빠를 보았다. 시체처럼 꿈쩍도 하지 않는 모습이 낯설다. 저게 진짜 우리 아빠인지도 믿을 수 없었다.

드디어 할 수 있는 걸 다한 건지 태의가 숨을 돌리며 내 쪽으로 다가온다. 나는 다급히 그에게 물었다.

"어떻게 됐어요?!"

"저 일단 진정하시고 듣는 게……."

"어떻게 됐냐고!"

진정하라는 말에 진정할 수 있으면 진작 진정했다.

나는 다급히 되물었다. 일단 이 상황을 아는 게 그 무엇보다 중요했으니까. 심장이 팔딱팔딱 뛰는 게 가만있는 데도 느껴졌다. 카페인이라도 잔뜩 마신 양 내 몸인데 도저히 가눌 수가 없었다.

내가 자꾸 다그치는 데도 태의는 익숙하다는 듯한 얼굴로 차분히 대꾸했다.

"일단 응급처치는 끝났습니다."

"그럼 괜찮은 거예요?"

"아니요. 의식을 되찾지 못하고 계십니다."

그게 대체 무슨 뜻이지?

내가 이마를 찡그리자 태의가 한숨을 내쉰다.

"사경을 헤매시는 중입니다. 정확히 오늘밤이 고비입니다. 일단 마음의 준비를 하시는 게……."

"안 돼."

마음의 준비라니. 그게 의미하는 게 무엇인지 굳이 설명하지 않아도 알아들을 수 있었다.

나는 급박하게 카이텔 옆으로 달려갔다.

"아빠! 아빠!"

부르면 눈을 뜰 줄 알았는데, 아무리 불러도 굳게 감긴 카이텔의 눈은 떠질 줄을 몰랐다.

안 돼! 죽는다니.

이렇게 보내야 한다니.

이럴 수는 없었다—.

"나 때문에 죽으면 안 돼요. 아빠, 아빠."

좀 일어나 봐. 아빠가 그렇게나 구하려던 딸이 바로 옆에 있잖아!

"아빠……."

울지 않으려고 했는데, 울음이 터져 나온다.

앞을 가리는 뿌연 눈물 때문에 나는 그냥 눈을 감았다. 몸에 힘이 빠지니까 서 있을 수도 없어 주저앉는다. 태의가 환자를 건드리면 좋지 않다고 말했지만 들리지 않았다. 내 시녀들은 나를 어떻게 말려야 할지 망설였고, 그대로 쓰러지는 나를 붙잡은 건 드란스테였다.

"진정해."

"내가 지금 진정하게 생겼어?"

"그렇다고 이렇게 깽판 치면 상황이 나아질까?"

얄미운 놈, 이런 상황에서 꼭 그런 말을 해서 사람 정곡을 찔러야 할까.

"우리 아빠란 말이야."

부모를 잃는다는 게 어떤 감각인지, 나는 알지 못했다. 환생을 했다고 해도 그건 내가 먼저 죽어서이지 부모님을 다 잃고 나서 죽은 건 아니니까.

너무 어린 나이에 죽었던 모양이다. 그동안 그렇게 실감나진 않았는데, 이런 상황이 닥치니 뼈저리게 느껴진다.

"우리 아빠라고……."

비록 하나밖에 없는 딸내미한테 못생겼다고 흉보고, 맨날 놀리기나 하고, 이게 진짜 아빠가 맞나 싶을 정도였지만 나한텐 하나밖에 없는 아빠였다.

나 아직 아빠 못 보내.

보낼 수 없었다.

이건 너무, 너무 갑작스럽잖아.

"아직 효도 한번 못해 봤는데, 이건 너무 잔인하잖아."

모든 게 엉망이다. 너무 엉망이라 도대체 이 사태를 어디서부터 손대야 하는 건지 알 수 없었다. 태의들이 무언가 말들을 주고받고 드란스테가 내 뒤에 서 있었지만 내 눈에 보이는 건 오로지 누워 있는 카이텔이었다.

나 때문에 다친 머리에 흰 붕대가 둘러매져 있었다. 다리에도 마찬가지로 하얀 붕대가 둘둘 감겨 있었다.

너무 오랫동안 많은 피를 흘려 어쩌면 쇼크가 올지도 모른다고 태의가 말했으나 그게 귀에 들어올 리 만무했다.

"공주님, 이제 가서 쉬세요."

"여기 있을래."

너무 울었더니 이제 눈물도 나오지 않았다.

나는 멀거니 아빠의 침대 곁에 서서 물끄러미 카이텔만 바라보았다. 세르이라가 뭐라고 하고 싶어 하는 것 같았지만 지금 여기 있는 누구도 내 고집을 꺾을 수는 없었다.

"그럼 여기 앉아 있으세요."

필요 없다 말하고 싶었는데, 입이 떨어지지 않는다.

결국 나는 그 의자에 앉았다. 이 이상 걱정을 끼치고 싶지 않았으니까. 크게 신경 쓰진 않았으나 내 몸도 한계인 듯했다. 하긴 갇혀 있느라 제대로 뭘 먹지도 못하고 잠을 자지도 못했으니. 게다가 엄청 달리기도 하고, 울기도 했으니까. 정상인 게 도리어 신기할 상황이었다.

상황이 이렇게 되자 내 궁의 시녀들마저 다 날 따라 밤을 새울 기세였다.

"세르이라는 가서 쉬어."

"하지만 공주님."

"무슨 일 있으면 부를 테니까 가 있어."

말도 안 된다는 듯 세르이라가 엄중한 표정으로 항의를 해 온다. 하지만 그게 나한테 통할 리가 없었다.

"명령이야."

내가 엄마를 유일하게 이길 수 있는 방법.

이 말 한마디에 어쩔 수 없이 세르이라가 고개를 숙이고 방을 나간다. 수석 시녀인 리비만은 옆에 남았다. 하지만 나머지는 그걸로 쉬게 할 수 있었다. 세르이라야 싫어하겠지만 엄마마저 밤을 새우는 건 내가 원치 않았다. 이러고 있는 건 나 하나로 족하니까.

태의들은 자신들끼리 여러 의견을 주고받느라 방 밖으로 나가 있었다. 아마도 근처에서 밤새 대기할 심산인 듯했다.

여기에는 내가 있으니까 자리를 피해 준 거겠지.

단 한 번도 이런 상황, 상상조차 해 본 적 없다.

이렇게 누워 있는 카이텔이라니.

아빠는 늘 나에게 절대 무너지지 않는 산과 같은 존재였다. 어디에서 돌아봐도 언제나 그 자리를 지켜 주는 듬직한 산. 그런 산이 없어진다는 건 상상조차 할 수 없었다.

"아빠—, 좀 일어나 봐요. 꼴이 이게 뭐야."

혼수상태라니. 정말 안 어울린다.

가지런히 놓여 있는 카이텔의 손을 잡아 보았다. 항상 미지근했는데 오늘만은 그 손이 따스했다. 이 체온만이 오롯이 내게 위로가 되었다.

어쩌다가 우리가 이렇게 됐을까.

응? 아빠.

"가서 쉬지그래?"

새벽이 깊어지고 주변이 제법 고요해지자 말없이 창가에 기대 있던 드란스테가 입을 열었다. 저놈이 저런 말을 할 정도니 내 상태가 엉망인 건 맞는 모양이었다. 자각하고 있었지만 그렇다고 순순히 물러나고 싶진 않았다.

"네가 그런다고 카이텔한테 도움이 되는 건 아니잖아."

저놈은 꼭 말을 저런 식으로 해야 하는 걸까. 나쁜 놈.

발끈했지만 따질 기운조차 없다. 아까 너무 울어서 온몸에 기운이 없었다. 나는 그냥 수긍했다.

"알아."

"알아?"

"근데 맘 편히 발 뻗고 있을 수가 없어."

낯선 불안함이 내 목을 가만히 쥔다.

그건 처음 느끼는 종류의 불안이었다. 아빠가 죽을지도 모르는데, 내 방에서 편하게 자고 있다가 아빠가 떠나 버리면 어떡하지? 잠시 자리를 비웠는데, 아빠가 잠깐 깨어났다가 다시 정신을 잃으면 어떡하지? 아빠가 나를 찾는 데 모르고 다른 일을 하고 있으면 어떡하지? 그런 걱정이 사무쳐서 내 발목을 붙잡는다. 물론 그런 상황이 오면 시녀들이 내게 알려 주러 올 테지만 그 잠깐의 틈조차 용납할 수 없었다.

"눈물 없인 못 봐주겠군."

드란스테의 비아냥거림이 들려오지만 상관하고 싶지 않았다. 그저 아빠의 손만 힘주어 잡을 뿐.

"죽을 줄 알았어. 건물 자체가 무너졌잖아."

건물 밖으로 빠져나오자마자 무섭게 무너지는 건물을 보며 나는 절망했다. 절대 저 안에서 누군가가 살아나올 수는 없을 거라 생각했는데.

이건 기적이었다.

"누가 구해 온 거야?"

"글쎄."

자신과는 관련 없다는 듯, 드란스테가 말을 흐렸지만 미묘한 미소를 보고 나는 알았다.

그래, 그렇지.

거기서 누군가를 끌고 나올 수 있는 건 드란스테밖에 없었다. 아무리 아시시라도 그건 불가능했다.

"……고마워."

내 감사에 드란스테가 흠칫한다.

"고마워, 드란스테."

"널 위한 일은 아니었으니 인사 안 해도 돼."

쑥스러워 하기는.

그래도 정말 고마웠다. 정말 말로 다할 수 없을 만큼.

다시 카이텔에게로 시선을 돌리자 모든 게 꿈만 같다. 차라리 꿈이라면 좋겠는데.

"아빠, 일어날 수 있을까?"

"못 일어난다면 거기까지인 놈이겠지."

일어나지 못하면 미련은 없다는 어조였다. 매정한 놈.

"6황자는 어떻게 됐어?"

"도망쳤어."

순간 멈칫했다.

생각지도 못했다. 도망쳤다니.

놀란 내 표정을 보자 드란스테가 비웃듯 되물었다.

"설마 그 건물에 같이 깔려 죽었을 거라 생각하는 건 아니겠지?"

그런 건 아니었다. 아예 떠올리는 것 자체를 안 했으니까.

하긴 건물이 무너졌으니 아무리 거기가 자기 아지트라도 도망을 가긴 했겠구나.

아빠가 이 꼴이 된 지금도 이상하게 6황자에 대한 악감정은 크게 없었다. 그렇다고 웃으며 반길 정도로 좋은 것도 아니었지만. 딱히 죽었으면 좋겠다는 생각은 하지 않았음에도 6황자가 살아 있다는 건 어쩐지 조금 꺼려졌다.

"또 이런 짓을 벌일까?"

"아마 못할걸."

태연하게 드란스테가 대꾸한다.

"이젠 네가 여길 벗어나지 않을 테니."

이상하게 눈물이 쏟아진다. 울려고 한 건 아니었는데, 눈에서 흐르는 눈물은 멈출 기미도 보이지 않았다. 조금 서글픈 기분이었다.

눈물은 아까 다 흘린 줄 알았는데.

"또 우는 거야?"

"마음이 너무 아파."

왜인지 모르겠는데, 가슴이 아프다. 가슴이 아프다는 말이 무슨 말인지 몰랐는데, 정말 가슴이 아팠다. 정말 이젠 새장 속에 갇힌 새든, 인형이든 뭐든 다 좋으니 아빠가 돌아오기만 했으면 좋겠다.

그러면 정말 모든지 할 텐데.

내가 울기 시작하자 드란스테가 한숨을 내쉰다. 가늘게 흐느끼며 나는 드란스테를 돌아보았다. 어느새 가까이 다가온 드란스테가 손을 뻗는다. 그 가늘고 긴 손가락이 내 눈가를 쓰다듬었다.

"그래, 울어라."

그렁그렁 눈물이 매달린 시선으로 드란스테를 올려다본다. 드란스테는 감정을 읽을 수 없는 얼굴로 한숨 쉬듯 내게 대꾸했다.

"아마도 카이텔을 위해 울어 주는 건 너밖에 없을 테니."

* * *

내가 눈을 떴을 때, 나를 반겨 준 것은 익숙한 내 방 천장이었다.

언제 잠들었는지 모르겠다. 눈을 뜨고도 나는 한참 동안이나 멍하니 누워 있었다. 온몸이 물에 젖은 솜처럼 무거웠다.

일어나고 싶은데, 잠에 취한 건지 제대로 몸을 가눌 수도 없다. 뭔가에 얻어맞기라도 한 듯 온몸이 저렸다. 이 느낌은 흡사 감기 몸살이랑 비슷한데.

겨우 앉아서 멍하니 앞을 응시하고 있으니, 이제야 머리가 제대로 돌아가기 시작했다.

설마 내가 정신을 잃은 건가?

저도 모르게 잠에 든 모양이었다.

정말 힘들었구나.

놀라야 정상인데 몸이 너무 힘들어서 그런가 그냥 머리만 짚고 말았다. 이게 꿈인가 싶었지만 두꺼운 커튼이 쳐진 창문 밖으로 환한 빛이 비치는 걸 보니 꿈은 아니었다.

내가 뭘 하고 있었더라…….

"아, 아빠!"

아빠는 어떻게 된 거지?!

몽롱했던 정신이 단번에 깨어난다. 바로 자리를 박차고 일어나자 때마침 문이 열리며 낯익은 숙녀 하나가 들어왔다. 정말 낯익은 사람이라 잠시 아빠마저 잊었을 정도로 놀라 버렸다.

"공주님!"

"일린?"

얘가 왜 여기 있지?

의아함도 잠시, 방 안에 들어온 일린은 트레이에 가져온 수프를 대뜸 내게 내밀었다.

"이제 일어나셨어요? 자, 이것 좀 드세요."

무언가를 먹을 기분은 아니었다. 단번에 거부하고 나는 일단 가장 궁금한 걸 물었다.

"아빠는? 아빠, 어떻게 됐어?"

"폐하는 걱정하지 말고, 이것부터 좀 드세요."

"아빠는 어떻게 됐냐니까!"

언성이 높아지자 일린이 이마를 찡그린다.

소리를 지르려고 한 건 아닌데, 마음이 급하니까 저절로 목소리가 커졌다. 자꾸 냉정을 잃는 제 자신에 한숨을 내쉬어 보지만 달라지는 건 없었다.

그 순간 열린 방 안으로 사뿐히 세르이라가 걸어 들어왔다.

"아직 누워 계십니다. 의식은 못 찾으셨어요."

다행이다…….

정말 다행이었다.

내가 가만히 안도하자 갑자기 앞에 앉은 일린이 일어나며 세르이라를 나무랐다.

"아이 참, 세르이라 님도! 이 밥을 다 먹으면 알려 준다고 했어야죠!"

정말 뭘 모른다는 듯 일린이 혀를 차자 세르이라가 빙그레 웃는다.

이 조합은 너무 오랜만인데.

그 와중에도 은근히 반가워서 나는 무언가 안도되는 기분에 희미하게 웃었다.

"근데 일린은 왜 여기 있어?"

"제가 불렀어요."

세르이라가 가볍게 대꾸한다.

대체 왜 부른 거냐고 물어보고 싶었는데, 이유를 묻기도 전에 일린이 먼저 나를 붙잡고 말을 쏟아 냈다.

"공주님, 이걸 어째요. 이렇게 뺨이 홀쭉해진 것 봐. 그러니까 밥 제때 잘 먹고 다니랬죠?! 잠도 제대로 제시간에 주무시고! 그래야 백옥 같은 피부가 유지되는 법이라고요."

뭐라니?

여기서 갑자기 왜 백옥 같은 피부가 나오는지 궁금했지만 딱히 묻진 않았다.

본인도 아무 생각 없이 내뱉은 거겠지. 아무튼 이 수다쟁이.

시집을 가고 엄마가 되었어도 이건 어릴 적이랑 똑같았다. 그래도 이 수다의 홍수 속에서 내 마음이 놓인다는 게 조금 웃기달까.

집은 어떻게 하고 여기 와 있는 건지 궁금했지만 오랜만에 내 시중을 드는 게 일린은 마냥 좋은 모양이었다.

"폐하께선 괜찮으세요. 공주님 주무시고 계실 때도 눈을 뜨시지는 못했지만 그렇다고 악화되지도 않으셨어요."

아직 눈도 뜨지 못했다고?

"안 되겠어. 가 볼래."

"아이, 참!"

여기서 이러고 있을 시간 없는데. 붙잡힌 채 인상을 찡그리니 일린이 구겨진 내 이마에 검지를 가져다 댔다. 그리고 옆에 놓인 수저를 내게 내밀었다.

"이거 다 먹기 전까진 절대로 안 돼요!"

"비켜, 일린."

"공주님—."

이거 먹을 시간도 없다니까.

서둘러서 옷 갈아입고 가 봐도 부족할 마당에 이렇게 지체하고 싶지 않았다. 내가 짜증을 내자 일린이 팔을 붙잡더니 잔뜩 불쌍한 표정을 지었다.

"공주님, 생각 좀 해 보세요. 폐하께서 어, 이렇게 딱 눈을 떴는데, 어! 우리 딸이 잠도 잘 못 자고 밥도 잘 못 먹어서 이렇게 홀쭉해진 볼로 요로코롬 보고 있으면 얼마나 마음이 아프시겠어요. 안 그래요?"

아빠 이야기에 흠칫 몸을 떠니 먹혔다고 생각한 건지 일린이 수저를 억지로 내 손에 쥐어주었다.

"그러니까 이렇게 수저 들고, 요거만 먹어요. 딱 요것만! 네?"

이렇게까지 애원하는데 외면하기가 힘들다. 결국 나는 수저를 뜨기 시작했다.

내가 먹기 시작하자 일린이 빙그레 웃는다. 흐뭇하게 웃는다고 웃는데, 어째 여전히 푼수 같다.

밥을 먹고 있으려니 어느새 세르이라가 처음 보는 꽃을 탁자 위에 장식했다.

저 꽃, 어딘지 낯익은데.

"시르비아 님께서 보내신 거예요."

아, 시르가 보낸 거구나.

직접 얼굴을 마주한 건 아니지만 시르가 보내온 꽃을 보는 것만으로도 무언가 고마웠다. 작고 하얀 은방울꽃이 어여쁘게 달콤한 향기를 내뿜었다. 꽃을 보니 기분이 풀린다. 그래도 심란한 건 여전했지만.

밥을 먹는 데도 머릿속은 온통 아빠 생각뿐이었다.

"나 때문에 아빠가 죽으면 어떡하지?"

"공주님."

"아빠 죽으면 난 어쩌지?"

약한 소리 하고 싶지 않은데, 머리가 꽉 막혀서 고장 난 테이프인 양 자꾸 같은 말만 반복하게 된다. 너무 불안하고 무서운데, 이 불안을 잠재울 방법을 모르니까 더 죽겠다.

수저를 놓자 일린이 내 손을 꽉 붙잡는다. 따뜻한 손이 더울 정도로 내 손을 꽉 붙잡아 주었다.

"괜찮아요. 그럴 일은 절대로 없으니까."

정말 그럴까?

나는 확신할 수 없는데, 일린은 대체 뭘 믿고 그렇게 당당한 건지 확신에 차서 고개를 크게 끄덕였다.

"우리 예쁜 공주님을 두고 폐하께서 그렇게 홀라당 떠나실 리가 없죠, 암요."

"정말 그럴까?"

"그렇고말고요."

일린이 빙그레 웃는다.

새삼 하신이 왜 일린이랑 결혼했는지 알 것 같기도 했다. 이렇게 매력적인 여자를 두고 잡지 않으면 남자도 아니지.

"그러니까 더더욱 이러고 계시면 안 돼요. 이거 먹고, 세수도 하고, 어깨에 힘 팍 주고! 예쁘게 꾸미고 가셔서 폐하 손을 꼭 잡아 주세요. 폐하께서 힘내서 일어날 수 있도록."

그래, 그럴게.

다시 수저를 잡았다. 이거 다 먹고 세수도 하고 옷도 입고 그러고 아빠 옆에서 예쁘게 있어야겠다. 이제 좀 뭘 해야 하는 건지 알 것 같았다.

내가 조금 기운을 차린 것 같으니 일린이 방싯 웃었다.

"제가 엄마가 되어 봐서 아는데……."

그러면서 쑥스러운 듯 일린이 제 두 손을 맞잡았다.

"폐하께선 오히려 공주님을 구하셔서 너무 너무 기쁘실 거예요. 절대 후회 같은 거 안 하실 거라고요. 현직 엄마가 말이니까 믿으세요."

"맨날 덜렁거리면서."

내 가벼운 핀잔에 일린이 발끈한다.

"그래도 전 엄마잖아요."

그래 놓고 민망한지 새침하게 주먹을 쥐는 모습이 조금은 낯설었다. 정말 항상 덜렁거리는 소녀일 줄 알았는데.

"아무리 저라도 제 아이들은 잘 지킬 자신 있어요."

진짜 엄마가 되었구나.

언니처럼 내 곁을 지켜 주던 일린이 결혼을 해서 가정을 가진 것으로도 모자라 정말로 한 아이의 엄마가 되었다는 게 이제 와서 마음에 와 닿았다. 애를 낳았다고 축하 선물도 잔뜩 싸서 보낸 주제에.

항상 나보다 어린 동생 같던 일린이 이렇게 어른스러운 모습을 보이니 기분이 이상했다. 정말 이상한 기분이었다.

"자, 이제 울지 않기."

일린의 당부. 약속이라도 하라는 듯 새끼손가락을 내미는 모습이 그래도 아직은 철이 없어 보여서 저절로 웃음이 나왔다.

변하긴 했어도 내가 아는 일린은 일린인 거겠지.

"그래, 울지 않기."

내가 고개를 끄덕이니 일린이 웃는다.

별거 아닌 그 미소가 너무 눈부셔서 나는 잠시 할 말을 잃었다. 어느새 방 안에 들어온 리비가 조심스레 나를 본다. 세르이라 역시.

모두를 내가 너무 걱정시켰구나.

갑자기 울 것 같은 기분이 들었다. 뭔가 울컥하는데, 그게 전혀 슬프거나 하지 않았다.

고마운 사람들.

그래, 이 사람들이 있어서 아직은 버틸 수 있었다.

나는 애써 눈물을 닦고 환하게 웃었다.

* * *

하루 정도 정신을 잃었던 것 같은데, 막상 날짜를 확인해 보니 벌써 사나흘이나 지나 있었다. 그 사실을 알자마자 땅이 꺼지는 기분을 느꼈다. 내가 없는 동안 무슨 일이 생긴 게 아닐까 하는 마음에.

다행히 아무 일도 없었다지만 곧 그 다행함이 불안과 초조로 바뀌어 버렸다. 사나흘이 지났는데, 의식이 없다니.

정작 아빠는 눈도 뜨지 않고 곤히 잠들어 있었다. 아니, 진짜 잠들어 있는 건지도 모르겠다.

이대로 정말 식물인간이라도 되는 건가?

겨우 안정을 되찾았나 했는데, 또다시 덜컥 겁이 났다.

"이대로 영영 일어나지 못할 가능성도 있다는 거야?"

"예, 그렇습니다."

한 치의 망설임도 없이 되돌아온 태의의 대답. 충격을 받아서인지 나도 모르게 몸이 휘청거렸다.

"공주님!"

다급히 리비가 내 몸을 붙잡아 주었지만 이미 그건 아무래도 상관없었다.

손이 덜덜 떨린다. 온몸에 힘이 쫙 빠져나가서 도무지 제자리에서 있을 수가 없었다. 진정했다고 생각했는데, 이제 좀 침착할 수 있을 거라고 생각했는데, 아빠가 영원히 눈을 뜰 수 없을지도 모른다는 사실이 너무나 숨이 막혀 내 온정신을 빼앗았다.

"상황이 악화되지 않는 것만으로도 감사해야겠지만 지금 이 상태가 지속되면 영영 의식이 되돌아오지 않을 가능성이 큽니다."

"그럼 어떡해?"

"최소 이번 주, 혹은 이번 달 안엔 의식이 돌아와야……."

그 뒤는 듣지 않아도 알 수 있었다.

나는 고개를 가로젓고 안타까운 표정을 짓는 태의에게서 시선을 돌렸다. 누워 있는 카이텔을 쳐다보는데 내 눈에 눈물이 차오른다.

기다리는 방법밖에는 정녕 아무것도 할 수 없단 말인가.

내 무능력함에 혐오가 밀려온다. 아무것도 할 수 있는 게 없다는 게 이렇게 사람을 피폐하게 만들 줄은 몰랐다. 뭐라도 좀 할 수 있으면 좋으련만.

대체 왜 일어나질 못하는 걸까? 대체 왜?

이번 주, 적어도 이번 달 내에 일어나지 못하면 카이텔이 의식을 되찾을 가능성은 거의 없다. 전생에서도 그런 이야기를 들은 기억이 있었다. 의식을 되찾지 못하는 시간이 길어지면 뇌가 그만큼 활동을 못할 확률이 높다고.

뇌사. 들어 본 적 있는 병명이었지만 직접 겪는 건 처음이었다. 하다하다 이젠 살아 숨 쉬는 것조차 고통스럽구나.

"공주님……."

안타까운 목소리들이 나를 붙잡았지만 그 어떤 목소리도 나를 잡아 두진 못했다.

넌 지금 네 인생에서 가장 힘든 시기를 지나고 있는 거라고, 이것만 견뎌 내면 정말 모든 게 아무렇지 않아질 거라고. 그렇게 자기 최면을 걸어 봐도 제자리걸음. 나오는 건 한탄과 탄식뿐이었다.

누군가가 미동도 하지 않는다는 건, 그 누군가가 내게 있어 가장 소중한 사람이라는 건 겪어 보지 않고는 말할 수 없는 고통이었다.

차라리 내가 저기 누워 있었으면—.

머릿속에 드는 생각이라고는 고작 그런 것들뿐이다.

"살려 줘."

냉정한 태의의 말에 이미 평정은 잃어버렸지만 이성까지 놔 버린 건 아니었다.

나는 초조하게 주변을 둘러보았다. 방 안은 사람들로 가득 차 있었다. 모두가 나를 바라보고 있었으나 단 한 사람만은 아니었다.

아니, 그건 애초에 사람이 아니었다.

나 외엔 아무도 보이지 않는 방문자. 나는 드란스테를 향해 다시 한 번 애원했다.

"드란스테, 살려 줘, 제발."

이런다고 정말 카이텔을 살릴 어떤 방법이 갑자기 하늘에서 뚝 떨어질 거란 생각은 하지 않았다. 단지 뭐라도 하고 싶었다. 그게 애원하는 거든 구걸하는 것이든 뭐든.

갑작스레 허공에 대고 말을 하기 시작하자 주변에서 웅성거린다. 평소라면 극구 이런 일만은 피했겠지만 지금은 따질 때가 아니었다. 날 미친년 취급해도 상관없었으니까.

간절한 목소리에 내게로 시선을 돌린 드란스테가 지그시 나를 쳐다본다.

모습을 드러낸 건,

한순간이었다.

"누굴?"

아까부터 다 보고 있었던 주제에, 누굴 살려 달라는 건지 다 알면서 또 묻는단 말인가.

갑자기 없던 사람이 나타나자 웅성거리는 소리가 커졌다. 놀란 시녀들이 소리까지 질렀지만 아무래도 상관없었다. 나는 썩은 동아줄이라도 잡는 심정으로 드란스테에게 애원했다.

"넌 살릴 수 있잖아. 제발 도와줘."

"숨은 쉬잖아."

"눈을 못 뜨잖아."

결국 복받친 눈물이 쏟아지고야 만다. 눈을 감으니 눈에 고여 있던 눈물이 후드득 땅으로 떨어졌다.

"날 보질 못하잖아."

언제 숨이 끊어진다고 해도 이상하지 않은 상태.

호흡이 안정되었다고 하나 의식이 돌아오지 않은 이상 언제 죽을지 모른다고 했다. 마음의 준비를 해 두라고 태의가 그렇게 말할 정도였다.

외동딸이라는 거, 너무 쉽게 생각했다.

아빠가 죽으면 나 혼자라는 생각도 내 목을 죄인다.

한겨울의 깊은 밤처럼 무거운 침묵만이 방 안에 맴돌았다. 시리고 차가운 순간. 나는 그저 넋을 놓고 앉아서 하염없이 흐느꼈다. 정말 이대로 두 손 놓고 아빠를 보낼 수밖에 없는 걸까. 언제 그칠지 모를 눈물만이 내 뺨을 타고 흘렀다.

"하나 있어."

깊고 깊은 침묵을 깨고 내게 전해진 한 마디.

나는 고개를 돌렸다. 희미하게 빛나는 푸르스름한 눈동자만이 내 눈에 와 박혔다.

"카이텔을 깨어나게 할 수 있는 방법."

"알려 줘."

얼마나 다급했는지 거친 목소리가 튀어나왔다.

모두가 드란스테만 바라보고 있는 순간, 드란스테가 짧은 한숨을 내쉬었다.

대체 뭐란 말인가, 그 방법이.

그런 건 재깍재깍 말해야지!

하지만 아쉬운 건 나였고, 필요한 것도 나였다. 얌전히 그다음 말만 기다리는 내게 드란스테가 자못 심각한 얼굴로 대꾸했다.

"아주 위험해. 과연 성공할 수 있을지도 알 수 없는 일이야."

"상관없어."

"잘못되면, 너도 같이 죽어."

나도 같이 죽는다고?

"그런데도 할 거야?"

순간이지만 멈칫했다. 떠보기라도 하듯 낮게 뇌까리는 목소리에 순간이지만 말문이 막혔다. 그리고 내 자신이 망설였다는 걸 깨닫자마자 조소가 비집고 나왔다.

이래서 자식새끼 키워 봤자 소용없다는 건가. 아빠는 아무렇지도 않게 당연하다는 듯 날 구해 줬는데, 막상 나는 망설이고 있다니. 불효자식이 된 기분이었다. 아니, 이미 충분히 불효자식이지만.

"대체 뭔데?"

잠시 마음을 가다듬고 내가 묻자, 창가에 기댄 드란스테가 창밖으로 시선을 돌렸다. 막 저물어 가는 태양이 온 세상을 붉게 물들이고 있다.

"네가 카이텔의 꿈 안에 들어가서 카이텔의 의식을 찾아서 데리고 나오는 거야."

그런 일이 가능한가. 아니, 그보다.

"……그럼 살 수 있어?"

"아마도."

그런 게 가능한 이야기인지는 이미 생각하는 걸 그만두었다. 약간의 가능성만 있다면 거기에 모든 걸 걸고 싶다. 그만큼 절박했으니까. 아무것도 못하는 것보단 그게 나았다.

창가에서 벗어나 드란스테가 내 쪽으로 다가온다. 항상 느끼는 거지만 인간이 아니라 그런지 드란스테의 움직임엔 그 어떤 기척도 느껴지지 않았다. 눈엔 이렇게 확연히 보이는 존재가 아무런 기척도 가지고 있지 않다니. 가끔 마치 꿈이라도 꾸는 듯한 비현실적인 기분이 들곤 했다.

지금도 마찬가지였다. 어느 틈에 내 앞에 도착한 드란스테가 손을 뻗는다. 깊은 잠에 빠진 것처럼 의식이 없는 카이텔의 머리를 쓰다듬는 손길은 제법 다정했다.

"이건 시간 싸움이니까. 아마 오늘 내일 안에 일어나지 못하면 영원히 눈을 뜰 수 없을지 모르지. 물론 결정은 네 몫이야, 리아."

"할래."

"……."

이미 망설임 같은 건 없었다.

말이 떨어지기가 무섭게 수락하는 날 보며 드란스테가 놀란 건지 잠시 말이 없었다. 오히려 반응은 뒤에서 튀어나왔다.

"공주님!"

"리아 님!"

수십 명이 외치는 내 이름에 내가 지금 얼마나 어마어마한 결정을 내렸는지 알았지만 상관없었다. 그저 드란스테만 응시했다.

그런 내 시선을 드란스테는 말없이 마주 볼 뿐이었다. 그 잠깐의 공백 속에서 나는 내가 하려는 일이 얼마나 위험한 건지 수백 마디의 설명보다도 여실히 깨달았다.

"위험하다니까?"

"알아."

"실패하면 너도 같이 죽어."

그래도 상관없다고 생각했다. 진심으로 그렇게 생각한다. 죽는다면 그것도 나쁘지 않겠지.

이미 한 번 죽어 봐서 그게 얼마나 두렵고 공포스러운지 너무나도 선명하게 내 가슴에 아로새겨져 있었으나, 이번만큼은 상관없었다. 이건 그때와 같은 개죽음이 아니었으니까.

내가 정한 거잖아.

뭐, 길 가다 칼 맞는 건 아니니까 좋네.

"공주님, 안 됩니다!"

"공주님마저 돌아가신다면 저, 저흰……."

"공주님, 제발 통촉해 주세요!"

"리아 님, 안 됩니다. 이건 허락할 수 없어요!"

모두가 한결같이 나를 말린다. 나는 왜 나를 말리는 건지 이해할 수 없었다.

"우리 아빠도 위험했잖아."

위험한 정도가 아니었다. 그건 무모에 가까운 일이었다.

"아무리 우리 아빠라지만 정말 무모했다고. 누가 그런 곳에 와 달래? 그래 놓고 멋대로 이렇게 되어 버렸잖아."

원망하는 건 아니었다. 내가 감히, 어찌 아빠를 원망하겠는가. 오히려 원망하는 건 나 자신. 한없이 지켜지기만 할 뿐인 내 몸뚱

어리였다.

"갈래. 나도 할 거야."

저도 모르게 꽉 쥐어진 주먹이 흔들린다. 그동안 알게 모르게 맘속에 앙금처럼 쌓이고 쌓였던 내 자신의 무기력함에 진저리가 쳐졌다. 아무리 이 정도가 내 최선이라는 말을 되뇌어도 자꾸 도망치고 있다는 생각은 지울 수 없었다.

투정부리는 건 아니었다. 내가 할 수 있는 건 적어도 모든지 해보고 싶었다.

"리아 님……."

한참을 말리던 세르이라가 그저 나를 애타게 부르기만 한다. 엄마를 외면할 수는 없었지만 그렇다고 이대로 포기하고 싶지도 않았다.

그렇게 무의미한 대치 상황만 지속되는 와중에 모두의 이목을 가져간 건 갑자기 등장한 낯선 목소리였다.

"하십시오. 저는 찬성합니다."

아시시?

전쟁터로 간 줄 알았는데.

나는 절로 흘러나오는 신음을 삼켰다. 갑옷을 제대로 챙겨 입은 아시시가 어느새 문 앞에 서 있었다. 낯선 모습. 하지만 동시에 익숙한 모습이었다.

"꼭 무사히 돌아오신다고 제게 약속만 해 주신다면 기꺼이 보내드리겠습니다."

"아시시……."

묵직한 목소리가 가져온 파문은 생각보다 큰 것이었다. 나를 말리던 모두가 벙 찐 채 아무 말도 하지 못한다. 그 찰나의 정적을 뚫고 이번엔 다른 목소리가 들려왔다.

"나도 찬성."

웃는 낯으로 방에 들어온 페르델이 내 어깨를 붙잡았다.

"아버지를 그냥 이대로 보낼 순 없는 거겠죠, 공주님?"

그건 그렇지만…….

어째서 허락하는 거냐고 묻고 싶은 마음이 굴뚝같다. 고맙지만, 정말 고맙지만 마음 한편으로는 의아하기도 했다. 후계 문제니 뭐니 하며 나를 말릴 거라고 생각했는데.

고마운데 아무 말도 하지 못하는 나를 보며 아시시도, 페르델도 한참이나 가만히 나를 지켜보기만 했다. 드란스테 역시 한참이나 침묵을 지켰다.

시간조차 흘러가지 않을 듯한 정적 속에서 우리 넷은 서로를 마주 보고 서 있었다.

"그 아버지에 그 딸이라더니."

마치 항복 같은 한마디.

내가 고개를 돌리니 드란스테가 고개를 끄덕인다.

"좋아. 도와주지."

"진짜?"

"나도 카이텔이 이대로 죽는 건 싫거든. 재미없잖아."

쉽사리 도와준다는 데도 나는 드란스테의 수락이 어쩐지 조금은 얼떨떨했다.

이렇게 쉽게?

뭔가 엄청난 고난을 각오하고 있었는데, 공들여 설득해야 할 협력자가 너무 쉽게 넘어왔다.

설마 이거 함정인가?

의심해 봤자 내 손해라는 건 알지만 쉽사리 납득이 안 되는 건 어쩔 수 없었다. 내가 정신을 못 차리고 있으니 드란스테가 소리를 내며 낄낄 웃는다.

저 나쁜 놈, 뭐가 저렇게 좋은 거야.

인상을 팍 쓰자 드란스테가 내 이마에 검지를 가져다 댔다. 이마를 문지르는 손길이 싫지는 않았다.

"무사히 돌아와."

내가 입술을 삐죽이니 드란스테가 희미하게 웃는다.

"네가 죽는 것도 싫거든."

……아무튼 얄미운 놈.

한숨 쉬듯 눈을 감는다. 손에서 전해지는 다정함이 싫진 않지만 역시 드란스테에게 느껴지는 미묘한 거리감은 어쩔 수 없었다.

"쇠뿔도 단김에 빼랬다고 그럼 시작해 볼까?"

"지금?"

놀란 내가 되물으니, 드란스테가 빙그레 웃는다.

"원래 시도조차도 불가능한 일이야. 네 어미에게 감사해라. 둘을 이어 놓은 저주가 없었다면 시도조차 할 수 없었을 테니."

이건 또 무슨 헛소리람.

전혀 생각지도 못한 화두에 눈을 동그랗게 떴다. 하지만 내가 미처 따져 묻기도 전에 드란스테가 더 빨리 움직였다. 드란스테의 손이 내 이마에 닿자마자 누군가가 뒤통수라도 후려친 듯한 띵한 감각이 내 몸을 엄습했다.

마치 무언가에 빨려 들어가듯, 내 발목을 잡아당기는 억센 힘을 느낀 것도 잠시.

기억에 남은 것은 오로지 까만 공백뿐이었다.

* * *

—네 몸은 잠든 상태가 될 거야. 꿈을 꾸는 거니까. 그게 네 꿈이 아니라 남의 꿈이라는 게 문제지만.

마치 하늘에 계신 누군가가 계시라도 내리는 줄 알았다.

익숙한 목소리만 아니었다면 말이지.

늘 듣던 드란스테의 목소리가 깊게 울린다. 내 의식이 깊고 깊은 구렁텅이 속으로 빨려 들어가는 도중에 그 목소리는 계속 내게 이해하지 못할 말을 해 주었다.

—꿈속은 엉망진창일 거야. 카이텔의 기억이나 생각 혹은 소망이나 두려움 같은 게 얽혀서 나타날 테니까.

그건 혹시 무서운 괴물 같은 것도 나올 수 있다는 소리인가?

윽, 그건 좀 무서운데.

살짝 움츠려 든 것도 잠시, 날카로운 목소리가 다시 파고들었다.

—거기서 네가 해야 할 건 카이텔을 찾아서 돌아오는 거다. 쉽진 않을 거야. 꿈속엔 수많은 카이텔이 있을 테니까. 어쩌면 모든 게 진짜처럼 느껴질지도 모르지. 하지만 그중에 진짜는 단 하나야. 그 하나를 찾아서 데려와야 돼.

그걸 어떻게 알아봐?

어떻게 대답할 방법이 없으니 답답하다. 일방통행이라니. 마치 가위라도 눌린 기분이었다.

눈을 못 뜨겠네.

온몸의 통제권이 사라진 듯 정신이 든 의식만 이리저리 굴러다녔다. 그러자 내 답답함을 알아차린 듯 목소리가 다시 들려온다.

—그건 네가 알아서 해야지.

이런 무책임한 대답이 어디 있어!

내가 잔뜩 불만을 토해 낸 순간, 드란스테가 한마디를 덧붙였다. 너무나 당연하다는 듯한 어조로.

—딸이잖아?

……썩을.

안타깝게도 나는 그 말에 그 어떠한 토도 달 수 없었다.

망했어요.

더 이상 드란스테의 목소리가 들려오지 않았다. 그리고 어느 순간 마치 몸이 물 위로 뜨듯 내 몸을 억누르던 힘이 느슨해지는 걸 느꼈다.

그냥 잠에 드는 것뿐이라더니. 막상 온몸을 짓누르는 힘이 전부 빠져나가고 눈을 뜨게 되었을 때, 놀랍게도 내 기분은 처참했다.

기분 나빠.

오랫동안 잠들어 있다 깨어난 것처럼 정신을 차린 순간 깊은 피로감에 아찔하다. 몸에 뭐가 매달린 것처럼 무거웠다. 이런 몸을 이끌고 아빠를 찾아야 한다니. 물론 진짜 육체는 아니라는 걸 알지만 죽을 거 같았다.

아, 일단 일어나 볼까.

정신을 차리고 자리에서 일어나자 내가 자각한 건 놀랍게도 추위였다.

“아, 추워.”

꿈이라며? 이렇게 리얼해도 되는 거야?

이런 것까지 섬세하지 말라고!

꿈속의 풍경은 놀랍게도 한겨울이었다. 그것도 아그리젠트의 한겨울. 내 기억 속과 너무나도 흡사한 풍경에 나는 잠시 할 말을 잃었다.

이건 현실이랑 너무 똑같은데.

드란스테가 미리 경고해 주지 않았다면 이게 실재라고 착각했을 것이다.

그래도.

겨울나무는 아름답구나. 실재가 아니라고 해도.

하얀 나뭇가지와 눈송이들은 여전히 눈이 멀 정도로 아름다웠다.

“……아시시.”

이상하게도 이런 시린 겨울날의 겨울나무를 마주하면 떠오르는 건 자연스레 내 검은 기사였다. 마치 그렇게 정해지기라도 한 것처럼. 첫 만남의 기억이 뇌리에 강하게 박혀 있어서일까. 이 겨울나무에 기대 소리 죽여 울던 한 남자의 잔영만이 잔잔히 남아 있다.

“아빠는 어떻게 찾지?”

여기가 꿈이라는 건 알겠는데, 어째 첫 일정부터 난관이었다. 눈덮인 정원은 누군가의 기척도 없이 고요했다. 마치 눈에 파묻힌 겨울처럼.

나야 이 풍경도 싫어하진 않지만 문제는 내 취향이랑 이 일이랑 상관이 없다는 점이었다.

일단 다른 곳으로 움직여 볼까.

“으, 추워서 움직이기 싫은데…….”

몸을 부르르 떨며 팔짱을 낀 채, 발걸음을 딱 한 발자국 내디뎠을 때였다. 갑자기 뒤쪽에서 기척이 느껴지더니, 어느새 꼬마 아이 하나가 내 앞으로 불쑥 튀어나왔다.

깜짝이야! 귀신인 줄 알았네.

놀란 가슴을 애써 누르고 아이를 내려다본다. 그리고 나는 좀 놀랐다.

어? 어?

“안녕, 꼬마야?”

일단 친근감을 유발해 보려 했는데, 요새 이게 영 안 먹히네. 뭐지, 저 표정은?

시선이 마주쳐서 반사적으로 나도 모르게 인사를 했건만, 날 본 꼬마 아이는 표정 하나 변하지 않고 아주 고깝게 쳐다본다. 마치 넌 뭐냐는 듯한 눈빛.

하하, 누나는 인간이란다.

어째 쉽사리 입을 열기가 힘든 분위긴데.

꼬마야, 누나 웃고 있잖니? 너도 웃어 보는 게 어떻겠니?

그나저나 어쩐지 익숙한 기분이 드는 게 슬슬 기분이 더럽다. 어디선가 이 기분을 느껴 본 것 같아.

"혼자 뭐하세요? 어서 들어오세요, 황자님."

"어?"

언제 가까이 온 건지 낯선 이의 목소리에 너무 놀라 하마터면 소리를 지를 뻔했다. 사람이 왜 기척이 없어?

놀란 가슴도 잠시, 낯선 호칭에 인상을 찡그렸다.

잠깐. 황자님?

시녀로 보이는 여자가 꼬마 아이의 어깨를 붙잡는다. 그 손길이 익숙한 듯 꼬마 아이는 고개를 끄덕이며 순순히 몸을 돌렸다.

황자님이라니. 저 꼬맹이가?

이제 고작해야 다섯 살쯤 먹은 것 같은데, 어째 외모가 많이 익숙했다. 설마? 아니, 이건 정말 설마 하는 거지만…….

설마, 아빠?

"근데 저 애는 누구죠?"

꼬마를 데려가려던 시녀가 갑자기 내게 시선을 준다.

응? 그냥 모른 척하셔도 되는데 말입니다.

진짜 저 꼬맹이가 우리 아빠인 것인가 홀로 고뇌하고 있던 나는 순간 당황했다.

으어, 이 상황은 어떻게 넘겨야 하는 거지? 이대로 신원불명으로 찍히면 왠지 여기서 쫓겨날 것만 같은 예감적 예감이 들었다.

아니야, 그럴 순 없어!

"어, 저기, 그게!"

"새로 온 시녀래."

응?

다른 쪽에서 튀어나온 대꾸에 자동적으로 시선이 돌아갔다. 이건 내가 말한 게 아니었다.

아, 아빠?

벙 찐 채 아빠를 쳐다봤지만 꼬맹이는 나에게 시선은커녕 관심도 보이지 않았다. 그래도 그 말이 효력이 있었던 건지 시녀가 의아한 기색도 없이 나를 불렀다.

"그래요? 그럼 너도 이리 오렴."

"예? 예."

어쩌다 보니 뒤에 껴서 가고 있지만 지금 이건 무슨 상황이지?

나는 이 현실을 믿을 수 없었다. 일단 졸지에 시녀가 된 건 둘째치고. 내 눈동자가 자연스럽게 꼬맹이에게로 돌아간다.

저게 아빠? 진짜? 진심? 정말? 리얼리?

진짜다. 진짜가 나타났다!!

나는 당황했다. 저렇게 쪼매 나고 귀여운 아빠라니. 단 한 번도 상상해 본 적 없었다. 나한테 눈길도 주지 않고 앞만 보고 걸어가고 있었지만 내 시선은 이미 아빠에게 고정된 지 오래였다.

진짜 미친 듯이 귀엽다고!!

뭐지, 저 미친 귀여움은?

"……."

내 열렬한 시선이 본인에게도 전해지는 건지 아빠가 잠깐 뒤를 돌아보더니 그대로 한심하다는 시선을 보냈다.

음, 어, 뭔가 갑자기 우울해지는 건 기분 탓이겠지.

그냥 아무 생각 없이 그 둘을 따라갔을 뿐이었는데, 놀랍게도 나타난 낯선 궁에, 갑자기 어디서 생긴 건지 모를 사람들, 그 사이에

휩쓸려 나는 졸지에 시녀가 되어 버렸다.

뭐지, 이 급전개는.

그냥 여기까지 오면서 봤던 거랑 여러 가지 정황을 살펴보건대, 얼추 때려 맞혀서 아무래도 내가 지금 보는 꿈의 배경은 몇 십 년 전의 아그리젠톰 황궁인 듯했다.

그나저나 고작 몇 십 년인데…….

황궁의 모습은 내가 아는 것과 많이 달랐다. 정말 달랐다. 특히 아빠가 사는, 이 구석에 처박힌 궁은 더더욱.

"작다. 심하게 작은데."

내 입에서 이런 말이 나오게 될 줄이야.

하지만 아빠의 궁은 정말 작기 그지없었다. 하, 이런 작은 궁이라니. 거기다가 외진 쪽에 콕 박혀 있어서 누가 마음먹고 찾아오는 것 아니면 근처도 지나다니기 힘들 정도였다.

뭣보다 희사원이랑도 멀어.

"……어떡하지."

어쩌다 끌려오긴 했지만 나는 진짜 아빠를 찾아야 하는 몸. 아무리 어린 아빠는 찾았다지만 고민이었다.

저게 진짜 내 아빠인지 아닌지 어떻게 알지?

만약 진짜 아빠가 맞다고 해도 문제였다. 저 아빠를 어떻게 설득해서 데려간담.

안 그래도 지금도 만만치 않게 이상한 놈 취급을 받고 있는 것 같은데, 만약 내가 수줍게 '아빠, 우리 이만 돌아가지 않을래?' 라고 물으면—.

음.

단번에 정색하며 '와, 진짜 미친 아이였네, 굿바이!' 를 외칠 것 같았다. 어째 내 상상이 지나치게 구체적인 건 신경 쓰지 않도록 하자…….

"일단은 좀 남아 보도록 할까."

무엇보다 그리 쉽게 발걸음이 떨어지지 않는다는 게 문제였다. 내 마음인데, 내 마음을 내가 모르겠다고 해야 할까.

무거운 한숨을 내쉬고 있으니, 시녀 하나가 사뿐사뿐 내 앞으로 다가온다. 나는 흠칫했다. 다가온 시녀가 무슨 말을 한 건 아니지만 건네주는 접시에 내가 해야 할 일을 자연스럽게 알게 된다.

이건 좀 이상한 일이었다. 대개 식사를 챙기는 건 황족의 지근거리에 있는 몇몇 상위 시녀에게 일임된 일인데.

게다가 시녀들 인상이 영 흐릿하단 말이야.

뭐로 뭉개 놓은 찰흙처럼 어떤 얼굴을 가진 건지, 어떤 표정인지 알 수가 없었다.

귀신 같아…….

일단 건네받은 접시는 식당으로 가져가야 했다.

아빠의 저녁식사인가.

어찌어찌 식당을 찾긴 했는데, 식당에 들어서자마자 느낀 건 역시 내가 잘 먹고 잘살았다는 사실이었다. 어떻게 식당이 이렇게 작지? 궁도 손바닥만 하더니, 식당도 손바닥만 하네.

"여기에 두거라."

"아, 예."

시녀장의 명령에 접시를 두고 나는 벽 쪽에 자리를 잡고 섰다. 내 시녀들이 그러했듯.

뭐, 이렇게 하는 게 맞는 거겠지?

아무래도 궁이 작다 보니 아빠를 모시는 시녀들도 인원이 적을 수밖에 없었다. 좋게 말하면 단출한 거고, 솔직하게 말하면 박했다. 명색이 황자를 모시는 사람들이 이 정도뿐이라니.

어딘가 세르이라를 닮은 시녀장님이 나를 보며 웃는다. 인자한 미소에 이 사람만큼은 얼굴이 확실히 보이는구나 무심결에 감탄해 버렸다.

그래도 조심해야지. 얌전해 보여야 되니까.

뭐, 시녀들을 보고 산 세월이 있어서 그런지 시녀들의 몸가짐이나 이런 건 잘 알아서 다행이었다. 아, 물론 자연스레 흘러나오는 이 몸의 기품은 어쩔 수 없지만.

조금 시간이 지나자 곧 꼬맹이 황자가 식당 안으로 들어왔다. 나는 보자마자 넋을 놨다.

헐, 귀여워.

"잘 씻고 오셨나요?"

"어."

"어서 앉아서 저녁 드세요."

으아아아, 귀엽잖아!!

당장 달려가서 뺨을 늘여 보고 이리저리 살펴보고 뜯어보고 물고 안고 부비부비 해 주고 싶은데, 안타깝게도 나는 그럴 수 없는 시녀였다.

엉엉, 한낱 시녀 따위!

근데 정말 귀엽다. 아, 내가 저런 아들 낳는다는 보장만 있으면 당장 아무나 붙잡고 결혼할 수 있는데.

아빠가 갑자기 쪼그마해진 건 둘째 치고 뭔가 느낌도 다르다. 아무리 봐도 귀염성이라곤 눈곱만큼도 없었는데, 겉모습이 귀여워서 그런지 모든 게 용서된다.

으아, 귀엽다! 어떻게 저렇게 생길 수 있지?

정말 믿을 수 없을 만큼 귀여웠다.

하, 아빠의 어린 시절이라니. 내 상상과는 영 딴판이었다. 좀 더 인상 더럽고 재수 없게 생겼을 줄 알았는데. 어째 쌍둥이들보다 더 귀여웠다.

역시 내 핏줄! 어릴 때부터 범상치 않았구나!

어떡해?! 먹는 것도 귀여워!

오물오물 잘도 먹는다. 몰래 요리조리 훔쳐보고 있으려니, 내 시선이 느껴진 모양이었다. 아빠가 이쪽으로 고개를 돌렸다.

헐.

"……."

다행히 아무 말도 없었으나 뭔가 가슴이 철렁하는 게…….

아.

왜 아빠가 눈앞에 있는데, 아빠라고 부르질 못하니, 왜!

눈물이 앞을 가린다. 그렇게 소리 없는 아우성만 가득한 식사는 다행히 곧 끝났다.

근데.

"잠 안 와."

어찌어찌 뒷정리를 하고 돌아와 시녀 방을 배정받긴 했는데, 문제는 그다음에 일어났다. 꿈이라는 걸 자각하고 있어서인지 잠이 오진 않았다. 피곤하다는 느낌도 없었다. 애초에 노동을 한 기분이 들지 않는달까.

"……지금 시간에 나다니면 수상할 텐데."

그래도 잠도 안 오는데 방에 처박혀 있을 수도 없는 노릇.

나는 결국 가볍게 겉옷을 걸치고 손바닥만큼 작은 카이텔의 궁을 돌아다니기 시작했다. 걸리면 화장실 가다가 길을 헤맸다고 하지, 뭐.

조용한 궁에 내 발걸음 소리만 울린다.

진짜 작네, 이 궁.

"뭐 이리 작아."

마음먹고 돌아다닌 것도 아닌데, 벌써 끝이 보인다.

이 밤을 불사 지를 수 있을 줄 알았는데, 좀 허무한걸.

비록 궁은 작았지만 미로처럼 되어 있어서 길을 잘 모르면 헤매게 되어 있는 구조였다. 다행히 그 트릭을 알아차려서 졸지에 할 일 없이 다시 방으로 돌아가는 불상사는 생기지 않았다.

나중에 이 궁이 불타오르고, 사람들이 죽고, 그런 건가.

이미 결말을 알고 있어서 그런가. 기묘한 기분이 나를 지배했다.

꿈속이라 비현실적일 줄 알았는데, 생각보다 내가 느끼는 시간의 흐름은 정상적이었다. 조금 시간이 빨리 가는 기분이 들긴 한다만 이게 꿈인지도 헷갈릴 정도로 모든 게 똑같았다. 이래서 꿈에서 못 헤어 나오는 건가. 단지 잠은 안 자도 생활할 수 있다는 점은 달랐지만.

꿈을 꾼다는 걸 내가 알고 있어서 그런가?

그래도 아빠는 귀여웠다. 정말 이 무모한 짓을 한 내가 자랑스러워질 정도로. 내가 이 짓을 안 했다면 이렇게 귀여운 어린 시절의 아빠를 볼 기회는 없었을 테니.

어째 계속 보니까 어린 카이텔도 정이 붙는다. 무엇보다 말도 없고, 별 반응도 없는 귀염성 없는 꼬맹이였는데도 자꾸 눈길이 간다는 게 제일 신기했다. 날 사로잡는 마력이라도 소지하고 있는 건가.

시간은 자꾸만 흐르고 덩달아 내 마음도 점점 초조해지기 시작했지만 어째 이 카이텔의 옆을 떠나고 싶지 않았다. 무엇보다도 이젠 가끔 날 돌아봐 주는 그 드문드문한 시선을 놓치기 싫은 지경에까지 왔다고 해야 하나.

이러면 안 되는데, 아우.

만약 이 꼬맹이 아빠가 진짜가 아니라면 이 꿈 어딘가에 처박혀 있을 진짜 카이텔도 찾아야 한다.

그런 여타의 생각들이 머릿속에서 떠나지 않는데도 어째 정작 나는 이곳을 떠날 수 없었다. 하루 종일 꼬맹이 아빠 옆에 붙어 있었다.

난 지금 이 일이 보람차다고!

어린 나를 보며 행복해 하던 시녀들의 마음을 알 것 같은, 그런 기분이 든다고 해야 할까.

"근데 진짜 시궁창이었구나."

이 상황, 꿈속이라는 걸 알면서도 묘하게 현실적이라 입맛이 썼다.

뭐랄까. 꿈속의 아빠는 내가 생각했던 것과는 전혀 달라서 대체 뭐라 말을 해야 좋을지 알 수 없었다. 솔직히 말해 안쓰러웠다. 아빠의 어린 시절. 단 한 번도 누구도 내게 제대로 말해 주지 않은,

그 기억의 현장.

누구도 아닌, 본인 기억 속의 풍경이라 그런지 그 어떤 말보다 더 내게 잘 와 닿는다.

이런 분위기에서 자랐구나.

왜 아빠가 황궁을 싫어하는 건지 조금은 알 것도 같았다.

“나라도 이런 데서 자랐으면 삐뚤어졌겠다.”

투정부리듯 한 말.

하지만 사실이었다. 카이텔의 이 작은 궁을 제외하고, 이 황궁은 전체가 전부 이상했다. 루나레 궁의 모든 홀엔 무도회나 파티가 하루도 끊이지 않고 열렸고, 궁은 24시간 열려 모든 귀족들이 자유롭게 출입하며 흥청망청 놀았다. 자유스럽다는 수준을 뛰어넘어 쾌락과 향락만 찾는 분위기라 해야 할까. 솔직히 말해서 여기 사람들은 전부 마약에 중독돼서 흐물흐물한 사람들처럼 보였다.

이런 망나니 같은 분위기라니, 적응하기 힘들어.

멀찌감치에서 지나다니다가 언뜻 본 포더르는 한산하기 그지없었다. 내 기억 속에 그곳은 항상 북적거렸는데. 오히려 북적거리는 건 솔레이 궁이었다.

그러고 보니, 지금 솔레이의 주인은 이반 황제던가.

생각난 김에 깨닫게 된 건데, 어쩌면 이번 기회가 할머니랑 할아버지를 볼 수 있는 절호의 기회일지도 몰랐다. 비록 그게 실체는 없는 카이텔 기억 속의 그림자에 불과할 뿐이라도. 난 할머니도, 할아버지도 본 적이 없으니까.

하지만 이상하게도 꼬맹이 카이텔과 지내면서 그 둘의 얼굴을 볼 일 따위는 생기지 않았다.

"아무리 꿈속이라지만 이건 좀 심한 것 같은데?"

아빠와 매일매일 부딪치며 자랐던 내 기억이 있어서 그런지 이 상황이 더 기이하게 느껴진다.

다섯 살짜리 꼬맹이가 혼자 궁에서 살고 있는데, 딸린 시녀와 시종들을 제외하고 아무도 관심이 없다니. 심지어 유일한 적통의 황자인데도! 카이텔의 유일한 자식으로 관심과 사랑을 독차지했던 나인지라 더욱 이 상황이 이상하게만 느껴졌다.

근처의 다른 궁은 항상 귀족들과 사람들로 문전성시를 이루는데, 카이텔의 작은 궁은 기이할 정도로 평온했다.

아니, 귀족들은 그렇다고 쳐. 그래도 엄마, 아빠는 좀 보러 와야 하는 거 아니야? 다섯 살이면 아직도 부모님의 사랑이 필요할 나이인데!

괜히 내가 다 화가 난다. 한창 사고 치며 돌아다닐 나이에 조용히 책이나 읽으며 자중하는 어린 다섯 살 황자의 모습은 내겐 너무나도 낯선 것이었다.

"황자님은 정원이 좋으신가 봐요?"

그나마 하루 일과 중 밖으로 나가는 일이 있다면 정원 산책이 전부였다. 물론 희사원은 나도 좋아하는 곳이지만 어린 카이텔이 좋아한다니 뭔가 의외였다.

거의 매일 오네.

갑작스런 내 질문에 꼬맹이 아빠가 이건 또 뭐냐는 듯 나를 쳐다본다.

……죄송합니다. 나대지 않을게요.

"아니."

대꾸해 주지 않을 것 같았는데!

"근데 왜 자꾸 여기로 오세요?"

의외로 순순히 대꾸해 주니 놀랍다. 너무 순순히 대꾸해 줘서 나도 모르게 또 질문을 해 버렸는데, 내가 피곤한 건지 어린 카이텔이 한숨을 내신다.

설마 내가 귀찮은 거니?

"여기가 그나마 나으니까."

이번에도 무시당할 줄 알았는데. 의외로 우리 아빠 상냥한걸?

말이 별로 없는 건 똑같은데, 묘하게 순하다. 그게 낯설어서 나는 조금 신기했다.

순순한 카이텔이라니. 이러니까 더 귀엽잖아!

근데 여기가 그나마 낫다는 말이 무슨 뜻이지?

그 대답만큼은 이해하지 못했다. 진득하게 생각해 보려 했는데 그럴 기회도 주지 않고 카이텔이 발길을 돌린다. 궁으로 돌아가려는 듯했다.

그나저나 정원이 밀회하긴 좋은 장소라는 건 아는데, 숲 속 너머로 어쩐지 신음 소리들이 들려오는 건 그냥 기분 탓이겠지?

이런 환경에서 애를 키운다는 건 말 그대로 헬 게이트가 열린 것과 같았다. 내가 다 낯부끄럽네! 다행히 그렇고 그런 장면을 목격하진 않았지만 이미 소리만으로 내 인내는 다 소모된 듯했다.

하, 망할 인간들.

"오늘 밤은 무도회에 가셔야 해요."

궁으로 돌아가자 기다리고 있던 시녀장이 말했다. 무도회란 소리에 카이텔의 표정이 어두워진다.

무도회를 싫어하나?

하긴 떠들썩한 걸 좋아하는 성격이 아니라.

시녀장은 무섭게 준비를 시작했다. 그 속도와 숙련된 솜씨가 얼마나 탁월하던지 도와주다 멈춰서 감탄만 했는데도 어느새 준비는 끝나 있었다.

헐.

일상복을 입은 꼬맹이 아빠도 막 이렇게 이렇게 완전 대박이었는데, 완전히 차려입은 꼬맹이 아빠는 다른 의미로 초대박이었다. 자연스럽게 흐르는 귀티는 물론이고, 작은 귀공자의 자태를 맘껏 뽐내고 있어서 숨쉬기도 힘들었다.

아, 사진! 사진 찍어 놔야 하는데!

"뭐해? 가자."

"네? 네."

애 주제에 저렇게 귀티가 나다니. 역시 좋은 거 먹고 좋은 거 입고 살고 볼 일이었다. 정작 카이텔은 싫은 눈치였지만.

루나레 궁은 부지런히 걷자 바로 도착했다. 기다려야 할 줄 알았는데, 그래도 황족이라 도착하자마자 홀로 들어설 수 있었다. 원래라면 시녀인 나는 밖에서 기다려야 했지만 워낙 황자가 어리다 보니 보호자 자격으로 같이 입장할 수 있었다.

척 보기에도 무도회는 거창했다.

무슨 무도회지?

하도 소음이 심하다 보니 사람들 말소리를 알아듣는 것도 일이었다.

"이쪽으로 와."

카이텔은 홀로 들어오자마자 바로 구석에 처박혔다. 귀퉁이에 마련된 의자에 앉아 커튼을 쳐 버리는 걸 보고 나는 좀 의아했다.

뭐 하러 온 거지?

출석? 출석을 하러 온 건가?

"뭐 마실 것 좀 가져올까요?"

"아니."

근데 꼬맹아, 이 무도회 시작한 지 십 분도 안 됐거든.

벌써부터 여기 처박혀서 뭐하는 건지 의미를 알 수 없는데, 더 의아한 건 이런 카이텔을 아무도 신경 쓰지 않는다는 점이었다. 무시당하는 것도 아닌 것 같았다.

묘하게 없는 사람 취급을 하는 느낌?

뭐야, 이거 기분 나빠.

"앉아."

"아니, 괜찮아."

한창 인상을 쓰며 고민하다 나도 모르게 반말이 나가고 말았다.

윽!

순간 뜨끔했으나 다행히 카이텔은 아무 말도 하지 않았다.

아, 수명 줄어드는 줄.

속으로 하도 꼬맹이니 아빠니 불러 댔더니 나만의 친근감이 불쑥 튀어나와서 곤란했다.

반쪽 커튼만 살짝 젖혀 놔서 밖을 염탐하고 있으려니, 카이텔이 턱을 괸 채 내가 하는 양을 지켜본다. 뭐지, 저 여유로운 자세는. 어쨌든 내 행동에 불만은 없는 것 같아서 나는 계속 밖을 둘러보았다.

뭐랄까. 사람들은 정말 징그럽게 많았다. 이 많은 사람들이 대체 어디서 온 건지 궁금할 정도로.

“귀족들이 신기해?”

“아니.”

“그럼 왜 그렇게 열심히 쳐다봐?”

그러는 너는 심심하니? 나한테 자꾸 묻게.

싫은 건 아니었지만 집중하고 있는데 좀 성가시다. 별다른 이유는 없었다. 그냥 분위기 파악이었으니까.

“그냥. 다들 널 없는 사람 취급하는 것 같아서— 요.”

너무 편해서 계속 반말을 하고 있다는 것도 몰랐다. 뒤늦게 ‘요’를 붙이고 카이텔 눈치를 살폈지만 다행히 심기를 거스르거나 한 건 아닌 모양이었다.

“없는 인간으로 만들고 싶겠지. 잘 알아.”

……저게 다섯 살 입에서 튀어나올 소리란 말인가.

이미 모든 걸 포기한 듯 초탈한 표정으로 카이텔은 고개를 돌려 버렸다. 내가 말해 놓고 미안해서 우물쭈물 괜히 망설이고 있다.

하, 뭐랄까. 묘하게 안쓰러운데.

나는 그 자리에 서서 한동안 아무 말도 꺼낼 수 없었다. 괜히 카이텔이 그동안 나에게 해 준 것들이 생각났다. 그 총애와 관심과 애정. 항상 궁 안에서 모든 이들의 관심을 독차지하고 살아서 그런가, 왕의 자식인데도 없는 취급을 받는다는 게 나로서는 좀 이해가 가지 않았다. 아니, 적응할 수 없었다.

“싫지 않아?”

그래 봤자 똑같은 애일 텐데.

내 나이 다섯에 스물다섯 먹은 정신으로도 사랑받고 싶어서 그렇게 애를 썼는데.

카이텔도 그럴 텐데, 분명히 그랬을 텐데.

다섯 살 나이의 이런 표정은 나와는 너무 다른 세상이었다.

"싫으면 어떡할 건데?"

"……."

뭘 어떻게 하겠다는 건 아니지만.

할 말이 사라지니 자연스럽게 입을 다물게 된다. 묘하게 처진 내 표정을 마주하며, 어린 카이텔은 그 나이에 걸맞지 않은 말을 내게 했다.

"내가 무언가를 하기 시작하면 날 싫어하는 사람들이 더 늘어날 거야. 그냥 이대로 있는 게 나아. 없는 사람 취급받으면서 살고 있으면 아무도 날 건드리지 않을 테니."

정말 그럴까.

안쓰럽다. 정말 안쓰러워서 안아 주고 싶을 정도로.

내 어린 아빠는 대체 왜 이리 안타까운 걸까. 한창 사랑받아 마땅할 나이에…….

내가 울먹이며 자신을 쳐다보니 부담스러운 건지 카이텔이 살짝 뒤로 물러났다.

"사람 구경이나 마저 해."

주책맞게 눈물이 뭐람.

다행히 펑펑 흘린 건 아닌지라 손등으로 대충 훔쳐 내고 카이텔이 말한 대로 사람 구경이나 마저 했다. 누가 누구인지 정확히는 알 수는 없었지만 이 무도회의 중심이 되는 세 여자는 알 수 있었다. 물론 정보력의 한계로 그 세 여자가 누구인지까지는 알 수 없었지만 적어도 그 여자들 무리에 황후가 없다는 건 확실했다.

카이텔이 괜히 쭉정이 취급받는 게 아니구나.

무심코 고개를 돌리자 제일 상석에 누군가 앉아 있었다. 아까는 비어 있었는데? 내가 가진 머리색보다 더 창백한 은발을 보자 나는 저 사람이 누군지 단번에 알아차렸다.

저게 이반 황제—.

그 악명 높은 내 할아버지였다.

이반을 보자마자 나는 바로 고개를 돌렸다. 노을에 그을린 것처럼 은적발을 가진 어린애가 나와 바로 시선이 마주쳤다.

"인사 안 해? 네 아버지잖아."

"안 해도 돼."

아무리 그래도…….

내가 우물쭈물대자 카이텔이 귀찮다는 듯 대답한다.

"내가 있는지조차 모를 테니까."

그건 예상이 아닌 확신이었다. 단호한 대꾸에 더 이상 권할 마음도 들지 않는다. 다만 이반 황제에게 다시 시선을 돌리며 구슬프게 중얼거렸을 뿐.

"그건 좀 슬프다."

그래도 닮긴 더럽게 많이 닮았네.

내 미모가 어디에서 온 건지 알만 했다.

할아버지가 잘생겼구나. 그건 또 몰랐네.

바람둥이라고 해서 왕이라는 직위발로 바람둥이인 줄 알았는데, 인물을 보니 딱히 왕이 아니어도 여자가 많았을 것 같았다.

이건 사기야. 카이텔의 지랄맞은 성격 때문에 초상화건 뭐건 전부 태워 버려서 지금은 단 한 점도 남아 있지 않아 있지 않는다는 게 조금 아쉬웠다. 팔아먹기 좋은 미모인데.

무도회는 밤새도록 지속되었다.

다행히 가이텔이 어리기 때문에 우리는 밤이 깊어지기도 전에 나올 수 있었다. 마치 중대한 일정을 해낸 듯 홀 밖으로 나온 꼬맹이 아빠는 크게 한숨을 내쉬었다.

정말 힘들었나 보네. 하긴 자기를 없는 사람 취급하는 곳에서 몇 시간 동안 버텨 내라니, 고문이지.

왜 내가 쉽사리 어린 카이텔 옆에서 벗어날 수 없는 건지 이제 좀 알 것 같았다.

같이 있어 주고 싶었구나.

비록 그게 현실이 아닌 한낱 꿈이라도.

"안 와?"

어느 순간 내가 따라가지 않는다는 걸 알아차린 카이텔이 뒤돌아선다.

낯선 표정과 낯익은 눈동자.

멀리 서 있는 어린 카이텔이 나를 올려다보았다. 나는 그냥 웃었다. 내 미소가 의미하는 바를 알아차린 건지 카이텔의 표정이 급격히 어두워졌다.

"갈까?"

"……."

대답은 없었다. 카이텔은 그저 그 자리에 멈춰 선 채로 고개를 숙일 뿐이었다.

"너도…… 날 두고 가는 거야?"

이런 상황이 익숙한 듯 당연하게 나오는 반응.

가슴이 찢어질 것 같다.

나는 바로 고개를 가로저었다. 이 어린아이에게 대체 사람들은 무슨 몹쓸 짓을 하고 있는 걸까.

"헤어지는 게 아니야."

당장 달려가 보듬고 위로해 주고 싶었으나 내가 할 수 있는 건 천천히 다가가 아빠의 머리를 쓰다듬어 주는 것밖에 없었다.

어린 카이텔.

내 꼬맹이 아빠.

곁에 있어 주고 싶었다. 되돌아가지 못해도 상관없을 만큼 옆에 남아서 위로해 주고 싶었다. 그런 충동이 들 정도로 아빠는 안쓰럽고 동시에 사랑스러웠다.

하지만 이것 역시 꿈이다. 카이텔의 기억이 불러 낸 환영.

이제야 겨우 깨닫는다. 진짜 아빠라면 날 알아보지 못할 리가 없으니까.

왜인지 그런 생각이 들었다. 이건 환상이라고.

"지금은 비록 너무 외롭고 춥고 힘들겠지만…… 조금만 참아 줘. 아주 조금만. 눈 꼭 감고 이 추위를 견디면 분명 내가 돌아올 거야."

내가 이대로 이 환영에 사로잡혀 버린다면 영영 진짜 내 아빠를 찾을 수 없겠지.

안쓰러웠지만 그렇다고 남을 순 없었다. 나는 울먹이는 어린 카이텔을 기꺼이 끌어안았다.

"우리는 가족이니까."

남의 꿈이라더니, 웃기시네.

이건 아빠의 꿈이기도 했지만 동시에 내 꿈이기도 했다. 내가 영원히 볼 수 없었을 어린 시절의 카이텔을 우연인 양 마주치게 된 것 역시 한정이었겠지.

오로지 나만을 위해 만들어진 환영들.

날 여기에 잡아 놓으려고 만들어진 세계.

"사랑해, 아빠."

물론 어린 시절의 카이텔은 내가 어찌해 줄 수만 있다면 모든지 해 주고 싶을 만큼 안쓰러웠다.

하지만 내가 찾아야 하는 아빠는 이런 아빠가 아니다.

덩치도 크고, 가끔은 애처럼 굴고, 자기 멋대로에, 기물 파손은 기본인, 정말 나쁜 놈인 그런 사람이었다. 심지어 딸까지 울리고 말이지.

품속의 어린 카이텔이 고개를 숙인다. 그 아이의 입가에 살짝 희미한 미소가 맺힌 순간, 그 순간 신기루처럼 모든 게 녹아 버렸다.

나무도, 건물도, 가로등도, 풀도, 꽃도 전부.

심지어 어린 카이텔마저도.

……이렇게 쉽게 사라지는 거였나.

이젠 아무것도 들어 있지 않은 내 품 안을 멀거니 내려다보며 나는 그런 생각이나 했다.

아빠, 찾아야 하는데—.

아직도 모르겠다. 아빠는 대체 이 악몽 속 어디를 헤매고 있는 걸까?

"어둠이네."

자신의 손조차 보이지 않는 새카만 어둠.

당연하게도 처음부터 맞이해야 했거늘 이제야 마주하게 되었다. 의아하게도 무섭지는 않았다. 그저 덤덤했을 뿐. 마치 이게 진짜 꿈이라도 되는 양 그 안에서 나는 지나칠 정도로 침착했다.

근데 계속 이런 상태라면 영영 아빠를 찾을 수 없을 텐데. 역시 어린 카이텔 곁에서 뭔가 정보를 더 얻어야 했나?

하지만 거기 계속 잡혀 있는다고 해서 뭔가 얻어 낼 게 있어 보이지는 않았다. 오히려 시간만 흘러가는 셈이겠지. 그러면 그럴수록 아빠는 이 악몽에서도 가장 깊은 곳으로 끌려가는 거고.

"어쩌지?"

막 길을 잃고 황망히 섰을 때였다.

고민에 고민이 꼬리를 물고, 어디로 가야 할지 알 수 없어서 혼란스러운 와중에 갑자기 풍경이 변했다.

서서히 까맣게 뒤덮인 하늘. 질척하게 젖어 가는 땅.

발밑을 적시는 끈적한 기분에 고개를 숙이니 낯설지만 동시에 익숙한 게 내 시야에 와 박힌다.

선명하리만치 붉고 끔찍한 웅덩이.

그건 핏물이었다.

반사적으로 고개를 드니 순식간에 이 땅 전체가 피로 물들어 버린다. 끔찍한 풍경이었다. 뒤덮인 핏물과 쌓인 시체가 내 시야를 가득 메웠다.

이건 또 뭘까.

긴장한 순간 누군가와 시선이 마주쳤다. 그건 내 발을 물들이는 핏물과 다르지 않은 핏빛의 눈동자였다.

아빠…….

입 밖으로 소리가 나오지 않는다. 잔뜩 벼려진 검처럼 날이 선 카이텔은 멀찌감치에서도 사람을 움츠리게 만들 정도로 무시무시했다.

저건 또 어떤 카이텔인 걸까.

아니, 어떤 기억 속의 카이텔인 걸까.

내가 닿을 수 없는 아빠의 과거. 바꿀 수 없는 이미 지나온 길. 처참한 걸 넘어서서 이젠 좀 비참하기까지 하다. 나라도 맨 정신으로 버틸 수 없었을 거야.

무언가를 말하고 싶진 않았다. 아마 카이텔의 인생에서도 가장 날뛰던 시절이었을 성싶은 때의 아빠를 앞에 두고 억지로 웃어 보려고 했을 뿐.

웃어 주고 싶었다. 왜인지는 모르겠지만.

그때였다. 내 바로 앞으로 아주 작은 무언가가 휙하고 지나간 것은.

방금— 뭐였지?

너무 빠르게 지나가서 뭔가가 지나갔다는 걸 알아차렸을 때는 눈을 두어 번 깜빡깜빡하고 나서였다.

잠깐, 방금 그거!!

고개를 돌리자마자 낯익은 웃음소리가 들려온다.

다시 보이는 건 어둠뿐. 하지만 이번에는 좀 달랐다. 나는 무작정 그 웃음소리가 들려오는 곳으로 달려갔다.

그리고 곧 발견했다.

이건.

"이건 나잖아."

……내가 여기 왜 있지?

한참을 달려 따라잡은 건 아주 작은 어린아이였다. 황금색 공을 가지고 놀고 있는, 아주 작고 귀여운 꼬마 숙녀. 아니, 어린 나.

물론 진짜 나는 아니었다.

저 공을 가지고 놀고 있는 걸 보니, 두 살. 아니, 네 살 때구나. 십 년도 더 된 어린 시절이다.

내가 저렇게 생겼었나. 아빠의 의식 속에서 보는 내 모습이라는 건 좀 이상한 느낌이었다. 당연한 말이지만 한 번도 직접 내 모습을 마주한 적이 없어서 그런가. 정말 낯설었다. 저게 내가 아니라 그냥 다른 개체로 느껴졌다.

정말 예쁘구나.

무심코 감탄하게 된다.

어린 나는 공을 굴리면서 어둠 속이 정원이라도 되는 듯 이리저리 뛰어다녔다.

사랑스러워. 저게 나라는 것도 느끼지 못할 만큼 귀여웠다.

이건 아빠 기억 속의 나인 건가. 좀 의아했다. 내가 이렇게 사랑스러웠나? 내 기억 속 내 모습은 항상 요망해서 이렇게 순진한 애기 모습은 낯설었다.

계속 보고 있으니 좀 징그러운 것 같기도 하고.

영 적응이 안 되는데.

내가 인상을 찌푸리자 공을 가지고 놀던 어린 내가 공을 잡은 채로 멈춰 섰다.

응? 뭐지?

급격한 변화에 살짝 몸을 뒤로 빼니 별안간 어린 내가 나를 똑바로 쳐다보았다.

나를 보는 건가? 진짜 나를 본다는 걸 의심할 수 없을 정도로 또렷한 시선이라 오히려 내가 더 놀랐다. 뭐야. 뭔가 무서워져서 여차 하면 도망치려고 준비하고 긴장하고 있는데, 그 순간 어린 내가 웃었다.

뭐야, 왜 웃어?

"어?"

사라졌다.

"뭐, 뭐지?"

의미를 알 수 없는 미소에 몸을 부르르 떨고 있자니 갑자기 멀찌감치에서 무언가 낯선 것이 시야에 들어왔다.

어, 어……. 어?

아빠다!

"아빠."

지금이 아니면 놓치기라도 할세라 나는 있는 힘껏 달려갔다. 다행히 내가 달려가면 멀어지는 그런 신기루는 아니었다. 어느새 바로 앞에 다가온 아빠는, 내 기억 속 마지막 모습과 똑같았다.

갑자기 눈물이 고이기 시작한다.

아빠, 아빠…….

진짜 아빠였다. 내가 그렇게 찾아 헤맨.

"아빠!"

기댄 채 쓰러진 아빠를 흔들어 깨우니 카이텔이 서서히 눈을 뜬다.

어떡해, 아빠다.

진짜 아빠야. 진짜 아빠라고!

나는 벅차오르는 감정을 어떻게 제어할 수가 없었다.

"……리아?"

"응, 응응. 나야."

아빠, 나라고. 나야!

말을 하고 싶은데 그 이상 목소리가 나오지 않는다. 이게 현실인지 꿈인지도 이젠 상관없었다.

"너무 보고 싶었나? 이젠 헛걸 다 보는군."

자조하던 카이텔이 힘겹게 고개를 든다.

"그래도……."

뒤에 보이지 않는 벽이 있는 건지 머리를 기댄 채로 앞에 주저앉은 나를 올려다보았다.

"이게 누군가가 나를 홀리려 보낸 환상이라고 해도 좋다. 널 볼 수만 있다면."

무슨 말을 해야 좋을까. 내 머리는 순식간에 마비돼서 어떻게 해야 좋을지 정말 아무것도 알 수가 없었다. 무슨 말이라도 좀 해야 할 텐데. 멍청한 내가 하는 거라곤 고작 흘러나오려는 눈물을 참는 것뿐이었다.

"내가 누군가를 이렇게 사랑하게 되리라곤 한 번도 상상해 본 적 없다. 누군가를 위해 무엇을 해 줄까 고민하고, 무엇이 더 좋을까 고심하고, 어떻게 하면 좋아하려나 걱정하게 될 줄은…… 나 자신도 몰랐지."

드문드문 나지막이 들려오는 낮은 목소리.

이건— 처음 듣는 말이다.

"이 내가 누군가를 지키기 위해서 죽어도 좋다는 생각을 하게 될 줄은."

자조 섞인 미소가 내 눈동자에 들어온다.

나는 뿌옇게 흐려지는 시야 때문에 애써 눈물을 삼켰다. 처음 듣는 카이텔의 심정, 아빠의 고백에 나는 절로 숨을 삼켰다. 이런 걸 듣게 되리라고는 상상조차 해 본 적 없는데, 나야말로 이런 아빠의 이야기 따위 영원히 들을 수 없을 거라 생각했다.

"처음엔 네가 신기했어. 왜 신기했는지는 이제 기억도 나지 않는데, 문득 그런 생각을 했다. 이 아이가 나중에 커서 이런 남자의 딸이라는 걸 어떻게 견딜지, 어떻게 살아 나갈지."

덤덤하게 말을 잇다 카이텔이 픽 웃었다.

"나는 그저 그걸 보며 즐기면 되는 거라고 생각했어. 멍청했지."

멋대로 흘러내리는 눈물 때문에 시야가 흐리다. 나는 울먹이며 고개를 가로저었다.

그렇지 않아. 그렇지 않아, 아빠.

"도무지 내 눈엔 인간 같지 않은데, 제대로 말도 못하고, 밟으면 그대로 눌러 죽을 것 같은데, 꼬물꼬물거리는 네가 처음엔 마냥 신기했다."

대체 무슨 말을 해야 하는 걸까. 무슨 말을 해야 이 감정을 언어로 다 표현해 낼 수 있는 걸까. 모르겠다. 정말 모르겠다.

"그러다 네가 기어 다니고, 걷고, 일어서기도 하고, 말도 하고."

"……아빠."

"어떻게 그런 게 가능한 걸까 싶었다. 마법인가? 어떻게 한 손으로 쥐면 터질 것 같은 게 이렇게 변할 수 있는 거지? 그런데 그런 네가 나한테."

갑자기 감정이 복받치는지 카이텔이 입술을 깨문다.

"내가 어떤 인간일지 알고."

격정 어린 목소리가, 얼굴이 고통스럽게 일그러진다.

"웃고 다가오고 손을 뻗으니."

이런 말 안 해도 되는데, 이러지 않아도 되는데.

뭐라 말해야 좋을지 몰라 굳어 버린 내 뺨의 눈물을 닦아 주며 카이텔이 희미하게 웃었다.

"차마 그걸 내치지 못하는 나를 발견했다."

오히려 내치지 못한 건 내 쪽이었다.

처음엔 마냥 무섭고 재수 없던 폭군 황제. 어떻게 운도 없이 이런 놈 밑에서 태어난 걸까 하루하루 한숨만 내쉬던 나날들. 그럼에도 나를 꼬박꼬박 찾아오는 그 정성에, 서툴지만 나를 돌봐 주려고 노력하는 그 노력들에, 나를 생각하고 배려해 주려는 그 모습들에 어느새 이곳에 내가 있게 되었다.

나도 모르는 새에.

"네가 쥐어 준 꽃이라는 게 처음으로 향기롭다고 생각하게 되고, 검 손잡이가 아닌 온기가 있고 말랑말랑한 사람의 손이 따스하다고 생각하게 되었다."

이게 얼마나 큰 고백인지 아빠는 알고 있는 걸까?

정말 엄청난 고백을 지금 내게 하고 있는 거라는 걸— 모르겠지? 그래, 모르니까 할 수 있는 거겠지.

"그런데 네가 점점 크면서 그저 네가 자라며 보여 줄 지루하지 않은 일상이 마냥 즐겁지만은 않게 되더라."

알아. 지지리도 말을 안 들었지.

역시나 내가 생각한 것과 똑같은 말이 아빠의 입에서 흘러나왔다.

"왜 내 말을 안 듣는지 짜증나고, 옛날엔 안 그랬는데 내가 하는 말에 반박하고 화를 내고. 처음엔 그런 너를 도무지 이해할 수가 없었는데, 그러다가도…… 네가 웃으면 아무 말도 못하고 풀어지는 내가 바보 같았다."

바보는 오히려 이쪽이라고요.

주섬주섬 아빠를 붙잡았다. 또 어디론가 사라져 버릴 것 같아서.

"자식 같은 거, 낳을 생각 없었는데."

짙은 후회가 담긴 한 마디.

"그냥…… 낳지 말았어야 했는데."

아빠의 시선이 나를 향한다. 그건 증오도, 원망도, 미움도 아니었다. 지독하게 깊은 후회였다.

"너를 그냥 그때 죽였어야 했다. 그랬어야 했어. 이런 남자의 딸로 태어나 네 앞에 펼쳐진 건 끝없는 원망과 비난일 텐데. 살아 봤자 너에게 돌아갈 건 끝도 없는 비난과 적의뿐일 텐데……."

차마 다음 말을 내뱉을 수 없는지 카이텔의 표정이 허물어진다. 이런 모습의 아빠는 처음이었다.

"그런 가시밭길에 너를 보낼 수밖에 없는……."

목이 메는지 아빠가 입을 다문다.

나 역시 입을 다물었다. 여기서 어떤 말을 할 수 있을까.

"나 말고 더 좋은 아빠 밑에서 태어났어야 했어. 내 딸은 그런 곳에서 자라야 하는데. 좀 더 아늑하고, 사랑받으면서……. 나 같은 아빠는 주지도 못하는 사랑 받으면서, 그러면서 자랐어야 했는데."

아니야. 그렇지 않아.

"아빠."

나는 결국 참지 못하고 후회하는 카이텔을 부여잡았다.

"그러지 마."

흘러넘치는 여러 감정 때문에 제대로 말을 할 수는 없었지만 어떻게 해서든 이 말만은 전하고 싶다. 그래, 어떻게 전해야 아빠가 제대로 알 수 있을지는 모르겠지만 그래도 이 내 감정을 모조리 다 전해 주고 싶었다.

"아빠는."

그래, 아빠는…….

"나한테 못된 말을 하긴 하지만 나를 때린 적은 없어. 날 팔아치운다고는 했지만 판 적도 없고, 날 버리지도 않았어. 항상 날 아껴 주고 날 사랑해 줬어. 내가 아빠에게 주는 신뢰만큼 아빠는 나한테 성실했고 훌륭했어."

카이텔이 가지고 있는 스스로의 딜레마만 아니었다면 기꺼이 모두에게 자랑하고 다닐 만큼 훌륭한 아버지였다.

단지 그가 저지른 과거의 핏자국이 항상 나를 망설이게 했고, 우리 사이에 거리를 만들었다. 마음이 쏠리면서도 억지로 거리를 두려고 했었던 건, 언젠가 그 핏자국이 내게도 새겨질 것만 같은 그런 두려움 때문이었다.

"오히려 내가 이런 사랑을 받아도 되나 싶을 정도란 말이야."

그런 나를 아빠는 한결같이 사랑해 주었다. 어떻게 해야 하는 건지도 모르면서.

이런 아빠를 어떻게 버릴 수 있을까.

어떻게 외면할 수 있을까.

어떻게—.

사랑하지 않을 수가 있을까.

이젠 그 핏자국이 내게 새겨진다고 해도 상관없다.

피에 젖은 손을 들어 내 뺨에 대본다. 차갑고 낯선 손. 나는 내가 지을 수 있는 가장 예쁜 미소를 지었다.

"아빠, 그러니까 다른 더 좋은 아빠 밑에서 태어났으면 좋았을 거라는 그런 말은 하지 마. 이제 아빠가 아닌 내 아빠는 상상조차 할 수 없는걸."

아빠의 시선이 나에게로 향한다. 아주 오랜만에 우리는 서로를 제대로 마주 보았다.

드디어 마주한다.

아빠의 붉고 황홀할 정도로 예쁜 눈동자를.

"이제 돌아가자."

— End. Whenever, wherever, whatever

노곤한 나날들이었다.

회고해 보면 지난 십 몇 년이 자신의 인생에서 가장 찬란한 시간들이었다. 그때는 몰랐던, 돌아보고 나서야 깨닫는 황금 같은 시간들.

여러 전쟁터를 전전하며 정신없이 달렸던 젊은 날들과 다르게 어찌 보면 황궁에만 처박힌 지루한 생활이었지만 이상하리만치 그 생활에 불만은 없었다.

이상하지?

한시도 가만히 몸을 쉬게 하는 날이 없었건만 그렇게 어딘가에 처박혀 있으면서도 단 한 번도 지루하다는 생각을 해 본 적이 없었다.

아이를 키운다는 게 그런 것인가.

어느덧 다 자란 것 같은 딸을 마주했을 때, 가끔 이 아이가 대체 언제 이렇게 커 버렸나 하는 감상이 들곤 한다. 아직 열일곱이라는, 열여덟밖에 안 되었다는 딸의 항의가 따라와도 자연스레 까마득히 어렸던 아기 적과 비교하게 되는 자신의 기준에선 어쩔 수 없이 튀어나오는 말랑한 감상이었다.

전쟁터와 멀어지고도 하루하루가 정신없었던 건 아마 육아가 곧 전쟁이라는 백작 부인의 말이 일견 맞기 때문이리라.

사람은 나이를 먹으면 추억을 먹고 산다고 했던가.

그게 과연 추억이라 부를 수 있는 기억들인지는 몰라도 확실히 그 말이 맞다는 생각을 할 때가 있긴 있었다. 자신과는 어울리지 않는 말이지만.

아이를 키운다는 게 다 그런 건지 아이를 키울수록, 아이가 자라날수록 어째 떠오르는 건 자신의 어린 시절과 부모님에 대한 단편적인 기억들이다. 정작 키워 준 건 다른 사람인데.

커 가면서 달라지는 딸아이를 어찌 대할지 고민을 하는 날에는 당연하다는 듯 비집고 새어 나온다. 남은 기억이라곤 손에 꼽기도 어려울 정도로 희미해진 기억들뿐임에도.

증오 같은 건 없었다. 이미 증오를 모두 가져가 버린 존재가 있어서인지 자신을 버리고 방치하고 어떻게 되건 상관도 않던 부모에겐 이상하리만치 아무 감정도 남아 있지 않았다.

그래, 그런 사치스러운 감정을 느끼기엔 애초부터 애정이라는 것 자체가 없었으니까. 처음부터 그런 사람들이었으니 당연히 서운함 같은 것도 존재하지 않았다.

그나마 희미하게 남은 감정이라고는 한심함.

혹은 미지근한 연민. 고작 그 정도뿐.

"……폐하께서, 진정 돌아가신 것이더냐."

초점 없는 시선으로 그리 말하던 어머니라던 황후는 그 소식을 들은 지 얼마 되지 않아 죽어 버렸다.

평생을 이반 황제만 바라보던 어린 소녀. 타국에서 시집와 지아비만을 바라보았지만 첫날밤 이후로 이반 황제가 그녀를 돌아보는 일은 생기지 않았다.

그 대신 그녀에게 황후라는 자리를 주었지만 에리카 황후는 금은보화와 유일한 정실이라는 신분만으로는 만족하지 못했다. 그녀가 원했던 것은 지아비의 사랑.

영원히 가질 수 없는 걸, 그의 어머니는 그렇게 평생을 원했다. 결국 죽을 때까지 얻지 못했지만.

시집와서 얼마 지나지 않아 자신을 가졌을 땐 그래도 상태가 나았다고 한다. 이 아이를 낳으면 자신을 돌아봐 줄 거라는 희망을 붙잡고, 어찌어찌 밝게 지냈다고 했다. 하지만 자신을 낳고 여전히 자신을 찾지도, 돌아보지도 않는 아버지란 작자를 보며 어린 황후는 서서히 미쳐 갔다. 아무도 위해 주는 사람이 없는 이 넓은 황궁에서 홀로.

바보 같긴.

얼굴도 기억나지 않는 어머니를 위해 흘려 줄 눈물 같은 건 애초에 없었다. 단지 낳아 놓은 자식을 챙기지도 못했으면서 평생 원했던 것도 갖지 못한 한 여자가 한심했을 뿐.

고작 그 정도의 감정.

그 정도의 경멸과 그 정도의 연민이 전부였다.

아버지 역시 고작 그 정도의 사람이었다. 하지만 마지막 순간의 기억이 불현듯 떠오를 때면 자신도 모르게 짜증이 치솟곤 했다.

열아홉, 그가 제왕이 되던 날에 있었던 일.

그날은 이반 황제가 훙거한 날이었다.

다들 자신이 죽였다고 알고 있지만 그건 사실이 아니었다. 제 손으로 죽인 건 아니지만 어쨌든 죽은 건 확실하니 어떻게 소문이 나건 상관하지 않았을 뿐이었다.

무엇보다 그날 솔레이에서 일어난 일은 자신만 알고 있었다. 그 일을 아는 자들은 이제 모두 이 세상 사람이 아니었으니.

황위가 목적은 아니었다.

그걸 얻어야 6황자의 목을 칠 수 있으니 얻으려 했을 뿐.

페르델을 이용해 완벽히 이 나라를 뒤집었을 때, 그 아수라장이 된 황궁 안에서도 솔레이만큼은 마치 다른 세상에 존재하는 듯 고요했었다.

"결국 너였구나. 내게 칼을 들이미는 건."

검을 쥔 채, 거침없이 궁 안 깊숙이 들어서던 제 발걸음을 멈추게 한 목소리. 익숙하진 않지만 그게 누구 목소리인진 알 수 있었다. 마치 온몸에 찬물을 끼얹은 듯 시린 음성.

온 황궁 내에 도망치려는 자들의 비명과 죽어 가는 자들의 신음이 난무하는 와중에도 그곳만큼은 기이하도록 고요했다. 그 위화감은 아직도 뇌리 깊숙이 남아 있다.

"돌아왔다는 소식은 들었었다. 어떻게 살아남은 건지 궁금하지만 가르쳐 주진 않겠지?"

자신이 멈춰 선 채 빤히 쳐다보는 것도 개의치 않고 솔레이의 작은 홀에서 저 홀로 술을 따르던 손짓, 그 작은 소음이 아직도 기억이 난다.

솔직히 말하자면 놀라웠다. 아니, 정확히는 놀랍도록 한심했지만.

"뭘 그렇게 보지? 뭐 필요한 거라도 있나?"

태어나서 아버지라는 사람을 그렇게 가까이서 마주한 건 처음이었다. 항상 지나가거나 스칠 뿐이었으니까. 한땐 자신이 존재한다는 사실도 모를 거라는 데에 확신까지 했었다.

"아, 내가 알고 있는 게 놀라운 거로구나. 뭐, 무리도 아니지."

하지만 무어라 할까. 가까이서 마주한 이반 황제는 전에 생각했던 것과는 영 딴판이었다. 유약한 미소와 창백한 얼굴, 조금만 힘을 줘도 부서질 듯한 유리 같은 느낌은 여전했지만 생각했던 것처럼 멍청이는 아니었다.

그래, 신하들의 감언이설에 흔들려 국정을 말아먹었다는 그 멍청한 폭군의 모습은 어디에서도 찾아볼 수 없었다.

"괜찮아. 그렇게 서 있지 말고 여기 좀 앉지 않겠나? 널 올려다

보려니 목이 아파서 말이야. 아, 이거? 네가 알아본 게 맞아. 독이란다. 너한테 쓸 건 아니고 내 거니까 가지고 싶어도 참아."

왜, 라고 물었던 것 같다.

마치 반가운 손님을 맞는 듯한 이반 황제의 행동에 적응하지 못한 채 멀거니 서 있다가 한참 만에 앉고 나서 저도 모르게 내뱉은 말이었다.

자신이 내뱉어 놓고도 놀랐지만 막상 그 질문을 받는 아버지란 사람은 전혀 놀랍지 않은 듯 웃었다.

"어차피 그따위로 살면서 내 결말이 이런 식이 될 거라는 사실쯤은 내가 제일 먼저 짐작하고 있었어. 폭군의 말로는 거기서 거기잖아?"

황위 찬탈, 반역, 하극상.

조용히 읊조리고 술을 들이켜던 몸짓이 생생히 기억난다.

"단지 그걸 신하에게 당하느냐, 자식에게 당하느냐가 문제인 거지. 언젠가 이런 날이 오겠거니 항상 기다리고 있었단다."

뭐 이런 인간이 다 있지?

그 말을 들었을 때 떠올린 건 그게 전부였던 것 같다. 분노보다 의아함이 더 앞섰다. 어쨌든 증오의 대상은 눈앞의 그 남자가 아니었으니까.

대체 독은 뭐 하러 가져온 걸까 응시하는데, 이반 황제가 마치 제 걸 뺏기기라도 할까 봐 우려하는 사람처럼 덧붙였더랬다.

"이따 마실 거야. 탐내지 말거라."

그러더니 갑자기 무언가가 생각났다는 듯 제 주변을 뒤졌다. 그리고 꺼내 든 건 한 자루의 검이었다.

지나고 나서 돌아보니, 이반 황제가 그 검으로 내리쳤으면 꼼짝없이 죽은 목숨이었을 텐데, 이상하게 그 자리에서 자신은 별다른 위협도 느끼지 못했고, 의심도 하지 못했다. 그저 이반 황제가 하는 행동을 멀거니 쳐다만 보았을 뿐.

"대신 이걸 주마."

그때 그가 건네준 것.

"내가 내 형의 목을 벤 검이다. 그때 묻은 피가 아직도 검신에 남아 있지. 별건 아니지만 그래도 아비가 되어 자식한테 유산 하나 남기지 못하고 죽는다는 게 좀 그래서 말이야."

그것은 지금도 솔레이의 가장 큰 홀에 걸려 있는 '형제의 검'이었다.

그때는 그런 유산 따위가 대체 무슨 소용일까 싶었지만 다시 생각해 보니 그게 이반 황제에겐 나름대로 의미가 깊은 일이었던 모양이다. 평생 그 많은 자식들이 제 자식이 아닌 것처럼 살아온 남자 주제에.

"네 어미도, 내 신하들도 참 이상해. 난 원하는 걸 다해 줬는데, 대체 왜 그러는 걸까?"

진심으로 모른다고 하진 않겠지?

그렇게 대꾸했던 것 같다. 그 대꾸에 이반 황제는 턱을 괸 채 가만히, 그리고 조용히 웃었더란다.

"모르는데."

그리고 또다시 술잔에 술을 따랐다.

조르륵.

넓은 홀에 울리던 그 소리가 지금도 생생하다.

"뭐, 짐작은 하지만."

상큼하게 웃던 이반 황제가 들었던 건 술잔이 아니었다.

탐내지 말라던 독이 든 병.

뭐하자는 심산일까 지켜보기만 하는 제 앞에서 아무렇지 않게 이반 황제는 보란 듯이 제 술에 그 독을 따랐다.

"그리 좋은 아버지도 아니었는데, 자식에게 제 아비를 살해한

패륜을 하게 할 순 없지.”

그리고 남긴 마지막 말.

“넌 부디 네 자식에겐 좋은 아버지가 되거라.”

그게 그의 유언이 되었다.

눈앞에서 고꾸라진 아버지를 건드려 볼 생각도 하지 않았던 것 같다. 아무 감정도 없던 관계라지만 그 마지막은 분명 제 안에 어떤 식으로든 파문을 일으켰으니까.

그땐 저게 무슨 한심한 짓이냐며 뇌리에서 지워 버렸지만. 그러나 후에 후계 문제가 불거졌을 때, 차라리 아이 같은 거 가지지 않는 편이 낫다는 생각을 하는 데 지대한 공헌을 했다고 제 자신도 인정했다.

지긋지긋한 기억들.

잊었다고 생각했고, 필요 없다고 생각했던 제 자신의 과거.

그래, 이제는 인정한다. 그 모든 게 알게 모르게 자신에게 영향을 끼쳤다는 걸. 어떤 식으로든 과거에 연연하고 있었다는 걸. 그 말이 종국엔 나를 발목 잡아 하나밖에 없는 딸을 제대로 사랑하는 방법조차 쉬이 알 수 없게 만들었다는 걸.

모든 걸 인정하고 나니 마음이 가벼워진다. 자신을 옭아매던 과거의 족쇄가 하나씩 하나씩 풀려 가는 걸 느꼈다. 그렇게 떨쳐 내려 해도 지겹게도 떨어지지 않던 것들이었는데.

정신이 든 건 그때였다.

자연스럽게 눈이 열리고, 햇살을 받아 하얗게 빛나는 천장이 시야에 들어온다.

'분명 눈을 감을 때만 해도 이런 풍경은 아니었는데.'

익숙해지기 힘들 정도로 낯선, 이 나른한 고요함에 눈을 떠 놓고도 실감할 수가 없다. 얼마 전까지만 해도 자신의 것이었던 평온이었지만 어쩐지 다시 되돌아온 솔레이는 예전과는 조금 다른 느낌이었다.

달칵.

문이 열리는 소음이 그곳을 지배하던 평화를 깨뜨렸다.

하지만 나쁘진 않았다. 들어가지도 않는 힘을 내서 상체를 일으키자 문이 열리는 게 눈에 보인다.

그리고 들어온 한 소녀도.

급히 달려온 건지 숨을 가다듬는 모습이 눈에 띈다. 발그레해진 뺨도, 눈물이 고여 촉촉하게 젖은 눈동자도, 이리저리 엉켜 든 머리카락도.

분명 예쁘다고 할 만한 상태는 아니거늘, 창문에서 비쳐 들어온 햇살이 아이의 주변에 녹아들어 똑바로 쳐다볼 수 없었다.

눈부시도록.

"안녕?"

작게 울리는 목소리.

그게 어떤 신호라도 되는 듯 자연스레 제 입가에 미소가 퍼져 나갔다.

"안녕."

나지막이 가라앉은 목소리가 겨우 그 인사에 대꾸한다.

갈라진 목소리가 듣기 싫었을 텐데도 그 인사를 듣고 리아가 웃는다. 그 밝은 미소가 놀랍게도 자신이 얼마나 이 상황을 그리워했는지를 깨닫게 해 주었다.

그리고 이어진 잔잔한 깨달음.

이런 게 그리움이구나. 죽는다고 해도 이 얼굴 한 번 보고 싶다는 간절함이 그리움이라는 것이구나.

—이런 게 사랑한다는 거였구나.

몰랐다. 겪어 본 적도, 배운 적도 없으니.

이름 모를 감정들이 너무 많이 쌓여 나를 좀먹는다. 거기에 내가 알던 나는 사라지고 내가 모르는 내가 튀어나와 자꾸 나를 덧씌웠다.

그럼에도 가장 큰 문제는, 그런 나를 멈추지 못한다는 것이었다.

사뿐사뿐.

발자국 소리도 내지 않고 다가온 아이가 조심스레 자신의 팔에 손을 올렸다.

뜨거울 정도로 따듯한 체온.

이런 게 사람의 온기라는 거로구나.

덥다 느낄 정도로 버거운 온도라 생각했는데, 도리어 그것이 가슴에 내려앉아 무언가를 녹였다.

"어서 와, 아빠."

여린 목소리가 반겨 준다.

언제라도, 어디라도, 무얼 하든.

3. Goodbye, Mr

3. Goodbye, Mr

눈을 떴을 때.

아주 길고 오래된 꿈에서 깨어난 기분이었다.

무언가 아주 슬프고 무척이나 끔찍한 꿈. 악몽이라 부를 수도 있었지만 그렇게 부르고 싶은 마음은 들지 않았다.

눈을 감은 동안 울었던 탓인지 눈가가 잔뜩 젖어 있었다. 그 축축한 감각이 도리어 내가 눈을 떴다는 사실을 똑똑히 인지시켜 주었다.

돌아왔구나, 정말로.

무엇이 그리도 슬펐는지 모르지만 막상 눈을 뜨고 나니 모든 게 희미해졌다. 그래도 다행이라면 나와 같이 아빠도 돌아왔다는 점이라고 할까.

"이제 좀 진정이 되세요?"

"응."

이제야 몸에서 기운이 쫙 빠져나간다. 나는 손가락 하나도 까딱할 수 없었다.

일린이 걱정스러운지 내 이마를 짚어 보았다.

“열은 안 나는데.”

그건 나도 알 수 있었다. 가벼운 탈수증처럼 내 상태는 좋지도 않았지만 그렇다고 완전히 나쁜 것 또한 아니었다.

“이런 몸으로 폐하께 달려가신 거예요?”

한심하다는 듯 일린이 혀를 찬다.

눈을 뜨자마자 카이텔의 방부터 달려간 나를 보며 시녀들은 긴장한 기색이 역력했다.

이제 안 그럴 건데.

단지 아빠가 눈을 진짜 떴나 안 떴나 그게 궁금했을 뿐이었다.

직접 눈으로 확인하고 싶었다고!

그것뿐이었는데, 아빠랑 뭐라 제대로 된 대화를 하기도 전에 세르이라에게 붙잡혀 다시 내 방으로 끌려와야 했다.

……그리고 이어진 잔소리 폭풍.

폭풍처럼 몰아치는 그 잔소리가 얼마나 무시무시하던지. 오랜 잠에서 깨어난 지 얼마 되지 않아 허약해진 몸만 아니었으면 분명 오늘밤을 새고도 남았을 기세였다.

다행히 그런 일은 일어나지 않았지만. 단지 조금 속상한 표정으로 한숨짓던 세르이라가 마음에 걸렸을 뿐이었다.

그리고 세르이라가 나가자 마치 기다렸다는 듯 일린이 들어왔지.

“얼굴 좀 봐! 이 상한 거 어쩌실 거예요. 이거, 이거! 저희 송장

치우는 줄 알았어요, 정말로!"

"안 치웠잖아."

"그래도. 이게 뭐예요, 정말! 공주님께선 사람을 너무 애태우세요!"

딱히 내가 애태우고 싶어서 애태우는 건 아닌데.

일린이 들고 온 건 내 밥이었다. 오랫동안 밥을 먹지 못해서인지 내게 나온 식사는 고작 수프일 뿐이었다.

그래, 이런 거 나올 줄 알았다.

익숙하게 내 시중을 드는 일린이 오랜만이기도 하고 낯설기도 해서 자꾸 시선이 갔다. 묽게 끓인 수프를 한입 대어보다 나는 무심코 눈앞의 일린을 바라보았다.

"……근데 일린은 왜 아직도 여기 있어?"

이럴 때 할 질문은 아닌 것 같다만, 묻지 않을 수 없었다.

애 엄마가 집에서 애는 안 보고 왜 궁에 있는 거지? 일린의 아이들이 그렇게 어린아이는 아니었지만 그래도 여전히 엄마의 손길이 필요한 나이였다.

내 질문에 일린이 당연하다는 듯 한숨을 내쉬며 제 뺨을 감쌌다.

"그거야 상심하신 세르이라 님 챙겨 드리고, 공주님 돌봐 드리려고 여기 있지요."

아…….

억지로 입에 넣던 수저가 힘없이 떨어진다. 미처 생각하지 못했던 부분이다. 허를 찔리니 자연스레 입맛이 떨어진다.

그래, 그렇지.

순식간에 입맛이 쓰다. 자연스레 인상이 찡그려지는 건 정말 어쩔 수 없었다. 온통 아빠만 생각하느라 뒤에서 전전긍긍하며 걱정할 엄마를 생각하지 못했다. 그 사실을 깨닫자마자 가슴이 저릿했다.

이래저래 불효녀구나, 난.

"아빠 걱정도 좋지만, 가끔은 엄마 걱정도 좀 해 주세요, 공주님."

나무라듯 말하긴 했으나 내가 바로 침울해 하자 일린이 급히 표정을 바꾸었다. 일부러 밝게 낸 높은 목소리가 방 안에 크게 울렸다.

"너무 기죽으실 필요는 없으세요. 세르이라 님은 항상 공주님 편이시니까요. 네?!"

"응."

"에이, 이렇게 침울해 하시면 안 되죠! 웃으세요! 공주님은 웃는 게 제일 예쁘다고요."

어릴 땐 마냥 바보 같았는데. 이 바보가 언제 이렇게 속 깊은 언니가 되어 버린 걸까.

내가 멈춰 있는 동안 일린은 훌쩍 성장해 버렸다. 그 간극에 나는 조금 기분이 이상했다.

일린이 일부러 익살스러운 표정을 짓는다. 나는 억지로 웃으며 고개를 끄덕였다. 기분이 크게 나아지진 않았지만 마음은 좀 편해졌다.

"그래, 엄마는 좀 어때?"

"괜찮으시죠, 당연히. 이렇게 하나밖에 없는 딸이 무사히 돌아왔는데."

그렇구나.

왠지 그걸로는 미진한 느낌이었으나, 그렇다는데 굳이 이의를 제기하고 싶진 않았다.

일린이 부러 너스레를 떠니 나도 모르게 웃음을 짓게 된다. 차라리 누군가가 이렇게 정신없이 떠들어 주는 게 나을 때도 있다는 걸 나는 일린을 보며 깨달았다.

어릴 땐 정말 시끄러웠는데.

멀거니 내가 웃고 있으니, 나를 빤히 바라보던 일린이 뜬금없이 감탄했다.

"우리 공주님은 정말 세르이라 님을 닮으셨어요."

"안 닮았는데."

뭔 헛소리지?

안 닮았다는 걸 내가 너무 잘 알고 있어서 오히려 이게 무슨 소리인가 싶다.

얘가 오랜만에 날 보더니 눈에 콩깍지라도 쓰인 건가.

하기야 내가 어릴 때부터 날 콩깍지 쓰인 눈으로 쳐다봤으니 새삼스러운 일은 아니었다.

그래도 그렇지. 어떻게 엄마랑!

"세르이라는 너무 허들이 높다고."

저 자비로움에 어찌 내가 감히.

내가 뚱하니 항의하자 일린이 엄하게 고개를 가로젓는다. 그 모양이 제법 단호해서 나도 모르게 설득되고 있었다.

"아니에요. 닮았어요. 상냥한 점이라든가, 단호한 점이라든가, 엄격한 점이라든가."

'응응, 그래, 맞아' 라고 본인 혼자 맞장구치며 일린이 웃었다.

뭐하는 거지, 얘.

구체적으로 무엇이 닮았다는 말은 늘어놓지 않았으나 자기 혼자 내뱉고 납득하는 점이 참 일린다웠다.

그래, 내가 너랑 무엇을 논하겠느냐. 그냥 닮았다니, 닮았으려니 하는 거지.

허탈해서 웃자 일린이 웃는 나를 빤히 쳐다보았다. 그 시선이 제법 무례했으나 싫은 건 아닌지라 굳이 그 점을 꼬집지는 않았다. 그러고 있으니 일린이 빙그레 웃는다.

"아마 공주님께서 보고 배우신 거겠죠? 세르이라 님 가장 옆에서 항상 보고 자라셨으니까요."

뭐, 그렇겠지. 보고 배울 게 엄마밖에 없으니.

물론 시르도 있고, 페르델도 있고, 여러 사람이 있긴 했으나 그래도 역시 같이 시간을 보낸 걸로 따지면 세르이라가 압도적이었다.

아, 아빠는 제외.

아빠는 오히려 저렇게 자라면 안 되겠다는 반면교사가 충실히 되어 주었으니.

"자, 이제 돌아오셨으니까 세르이라 님도 좀 챙겨 주세요. 말은 안 하시지만 속이 엄청 상하셔서 말이 아니실 거예요."

"응. 알았어."

"아이구, 우리 공주님, 착해라. 우쭈쭈!"

……이러지만 않으면 참 좋은 인간인데 말이지.

훈훈한 분위기가 지속되기도 전에 찬물을 끼얹는 일린 때문에 나는 살짝 물러나 앉았다.

이제 애 취급은 사절이거든.

내가 질색을 하니 일린이 후후후 웃으며 방을 나간다.

어째 저건 결혼하고 나서 쓸데없이 능글맞아졌어?

분명 남편의 영향일 거라고 생각하니, 결혼을 잘못 시켰다는 회의감이 물씬 몰려들었다.

뭐, 그래도 본인이 행복하게 잘 살고 있으니까.

일린이 나가자 뜬금없이 허기가 몰려왔다.

그래, 밥이나 먹어야지.

제대로 된 밥은 언제 먹을 수 있으려나 한가하게 그런 물음이나 떠올리며 수저를 들었다. 손에 힘이 없긴 했지만 혼자 못 먹을 정도는 아니니까.

어째 꾸역꾸역 처먹고 있는데, 상냥한 목소리가 나에게 물었다.

"입에 맞지 않으신가요?"

앗, 깜짝이야! 간 떨어지는 줄.

언제 들어온 건지 소리 없이 옆에 선 세르이라가 멀뚱히 놀란 표정으로 날 바라본다.

나도 놀랐어, 엄마.

안 그래도 일린에게 들은 소리가 있던지라 더 놀랄 수밖에 없었다. 어쨌든 뭐, 흠흠.

"아니, 맛있어."

"정말요?"

"응."

전혀 맛있다는 어조는 아니었지만 엄마는 그 말에 납득하고 넘어가 주었다.

뭐, 오랫동안 무얼 먹지 않아서 아무리 맛있는 걸 가져와도 맛을 느끼지 못할 것 같았다. 미각이 퇴화할 수도 있는 건가.

그래도 이거라도 넘어가는 게 어디냐.

묵묵히 수저를 뜨는데, 세르이라가 갈아입을 옷을 가지고 옆에 섰다. 익숙한 자세와 익숙한 배려.

당연하게 여겨 왔던 건데 왜인지 오늘따라 새롭다.

내가 누워 있을 동안에도 계속 날 돌봤던 건 엄마겠지. 그 생각을 하니 갑자기 울컥 무언가가 치밀었다.

"왜 그러세요?"

수저도 들지 않고 엄마를 쳐다보자 놀란 듯 세르이라가 이쪽으로 몸을 숙인다. 풍겨 오는 익숙한 향기와 이마에 닿는 다정한 온기가 내 마음을 지그시 녹였다.

"엄마, 미안."

이제 와서 제대로 용서를 비는구나.

용서를 빌지 못할 정도로 미안하고 죄송하고 죄스러웠는데도 뻔뻔하게 내 입에선 사과의 말이 튀어나왔다.

나도 정말 약았다니까. 엄마가 용서해 줄 걸 알면서.

정말 약았는데, 그래도 용서받고 싶다. 나이를 먹어도 엄마 앞에서만큼은 난 한없이 어린아이일 뿐이었다.

"내가 너무 멋대로 굴었지?"

세르이라가 말없이 내 머리카락을 넘겨주었다.

나는 다시 흘러내리려는 눈물을 억지로 삼켰다.

"근데 있잖아. 나 거기서 아빠를 도저히 그렇게 보낼 수가 없었어. 내가 멋대로 굴고 있다는 건 알았는데, 그래도……."

"알아요."

나와 시선을 맞추려는 듯 세르이라가 몸을 숙인다. 내 손을 감싸는 손이 너무 부드러워서 나는 더 미안하고 죄스러운 마음에 고개조차 제대로 들 수 없었다.

"알아요, 공주님. 단지 제가 화가 나는 점은…… 그런 공주님에게 아무런 도움도 되지 못했단 거예요. 뭐라도 조금이나마 도움을 드릴 수 있었다면 좋았을 텐데, 결국 공주님 혼자 해내셨잖아요."

"그건 아니지."

씁쓸히 웃는 세르이라를 보며 나는 단호히 고개를 가로저었다. 세르이라가 있었기에 부릴 수 있는 패기였다. 뒤에서 지켜봐 주는 엄마가 없었다면 내가 어찌 그런 무모한 일을 벌였겠는가.

곱게 주름진 손을 잡으며 다시 한 번 단호하게 고개를 가로저었다.

"날 그렇게 할 수 있는 아이로 키워 준 게 엄마잖아."

과연 엄마가 없었으면 지금 내 이 평온한 삶이 과연 가당키나 했을까.

말은 안 했지만 은연중에 항상 생각하고 있었다. 카이텔과 내 사이가 좋은 건 언제나 세르이라의 부단한 노력 덕이었다는 걸. 말로 표현해 본 적은 없지만 엄마야말로 우리 둘이 서로를 놓지 않도록 꾸준히 이어 준 사람이었다.

그 고마움을 어찌 말로 다 표현할 수 있을까.

그러고 보니 그 말을 안 했다. 나는 조용히 내 손을 잡아 주는 따뜻한 손을 힘주어 잡았다.

입가에 자연스레 퍼지는 따스한 미소. 이 온기를 온전히 느끼고 나서야 와 닿는다.
내가 돌아왔다는 걸.
이 안온하고 상냥한 품으로.
"돌아왔어요."
갑작스런 내 인사에 놀란 듯 세르이라가 두 눈을 동그랗게 뜬다. 그 모습이 너무 귀여워서 나는 나도 모르게 웃고 말았다. 내 미소에 엄마도 같이 웃어 준다.
사분한 대답이 그 뒤로 따라왔다.
늘 그렇듯.
"어서 오렴."

* * *

별로 오래 잔 기분은 아니었다. 고작 사나흘 정도?
아무리 길어 봤자 일주일 정도 자리를 비웠을 거란 것이 내 예상이었다.
하지만 내가 눈을 떴을 땐 이미 보름이 지나간 후였다.
그렇게나 잤다고?
처음 그 말을 들었을 때 나는 납득할 수 없었다.
보름이라니.
보름. 십오 일. 이 주 하고도 하루.
괜히 눈을 떴을 때 내 몸이 허약해진 걸 느낀 게 아니었다. 아무튼 드란스테의 경고에 따르면 최소 일주일 안엔 눈을 떠야 하는 우리가 계속 깨어나지 않으니 그동안 황궁은 거의 장례식 분위기였다고 했다.

뭐, 궁 전체가 어쩐지 침체된 분위기라고 생각은 했으니까.

우리가 일어났다는 소식이 알려지자마자 구름처럼 몰려든 귀족들의 안부 인사나 서신들만 봐도 알 수 있는 일이었다.

"궁이 뒤집어졌었겠네."

"뒤집어졌다는 말로도 표현을 못할 걸요—."

일린이 괜히 뻐기며 손가락을 흔들었다.

어휴, 쯧쯧.

나는 일린을 무시하고 세르이라를 쳐다보았다. 세르이라는 내가 먹을 약을 먹기 좋게 따르는 중이었다.

올 것이 왔구나.

나는 바로 표정이 어두워졌다.

아, 저 무시무시한 걸 또 먹어야 한다니. 차라리 악몽을 계속 꾸는 게 나은 기분마저 든다.

거무튀튀한 색에 진한 향으로 미친 존재감을 뽐내는 저 약의 정체는 바로— 만병통치, 죽은 이도 살린다는 최고급 자양강장제! 원기 회복에 좋다고 태의원에서 처방한 것이었다. 물론 나는 정말 싫었다.

저 약, 아무리 그래도 인간이 먹을 수 있는 맛이어야 하는 거 아니냐고! 너무 써!

"그런 표정 지으셔도 꼭 다 드셔야 돼요."

"……자비 좀."

떨떠름하게 쳐다보고 있으니 세르이라가 웃는다.

엄마는 지금 내가 고난에 처해 있는데, 그게 좋아?!

엉엉, 그래. 내가 운다고 해도 엄마는 눈 하나 깜짝하지 않고 저 웃는 얼굴로 내가 다 먹을 때까지 바로 코앞에 서 있겠지. 그게 얼마나 압박적인지, 소리 없는 압박에 눌려 고스란히 저 약을 며칠씩이나 기어코 처마시고 있었다.

나 자신, 힘내라!

빨리 건강을 회복해야지 안 되겠어. 그래도 이젠 약간의 산책 정도는 허용이 되어서 좋았다.

"아빠는 어때?"

"기적적인 회복을 보이고 계시답니다. 그래도 부상 입은 부분이나 정도가 있느니 후유증은 있을지 모른다고 하더라고요."

세르이라가 걱정스러운 얼굴로 대꾸했다.

후유증이 있을지 모른다니. 살짝 겁이 나는 발언이다. 큰 후유증은 아니어야 할 텐데.

내가 끙끙대고 있으려니 갑자기 일린이 손을 번쩍 들었다.

뭐야, 잰?

"그래도 폐하시니 괜찮으시겠지요!"

그거 어째 우리 아빠에 대해 너무 맹목적인 발언인데. 하지만 막상 그 딸인 나마저도 아빠니까 괜찮을 거라 생각하고 있으니 말 다했다. 어쩌겠어?

십오 일. 내가 아빠를 데려오기 위해 스스로 잠에 빠져든 시간.

이젠 아득해져서 모든 게 머나먼 이야기처럼 느껴지지만 내가 아빠를 잃어버릴 뻔했던 아찔한 순간이 불과 한 달도 지나지 않은 상황이었다. 그리고 어쩌면 이 아그리젠트를 송두리째 흔들어 놓을 수도 있었던 사건이.

사실 아직 이 현실이 조금 꿈같기도 했다. 너무 포근하고 아늑해서.

이 평온이 지속될 수 있는 것 역시 수많은 사람들의 노력 덕이겠지. 물론 그 중심엔 페르델이 있었다. 아무리 공주의 인허가 있었다지만 이 정도로 정국이 안정될 수 있었던 건 페르델 본인의 역량 덕이었다. 나는 그저 페르델의 행보에 정당성을 실어 준 것에 지나지 않으니까.

"페르델은 여전히 바쁜가?"

"음, 제가 듣기로는 재상 대행으로 일하시느라 지금 거의 삼 주째 본가로 돌아가시지도 못하신대요!"

역시 소문은 일린이 제일 빨랐다. 더 이상 시녀도 아니건만 대체 저런 소문은 어디에서 주어 듣고 온단 말인가. 다시 보면 이것도 재능이었다.

일린의 말을 듣더니 세르이라가 옆에서 걱정스러운 얼굴로 제 뺨을 만졌다. 나도 사실 걱정이 되긴 했다. 우선 왜 재상직에서 잘린 건지 그 이유를 모른다는 게 아직 마음에 걸렸다.

분명 별거 아닌 일은 아닐 텐데. 우리 아빠가 제멋대로이긴 하지만 멍청하진 않다고.

"아시시는 아직 이차르타 백작령에 있어?"

"여전히 대치 중이시래요. 어, 왜 그 하벨 황제가 직접 이끄는 군대랑 겨우 자웅을 겨루는 중인가 봐요. 아무래도 기사님 덕에 전선이 겨우 유지되는지라 바로 수도로 올라오시긴 힘드실 것 같아요.”

이번만큼은 일린도 얌전히 대꾸했다. 간간이 세르이라를 보는 시선이 낯설지 않았다.

왜냐면 나도 엄마 눈치를 보고 있거든. 그 전선에 시토와 산세가 있다는 걸 알고 있어서 그런지 마음이 편하진 않았다. 세르이라도 대놓고 내색하진 않지만 시토가 걱정되는 모양이었다.

하긴 남편을 잃은 것 역시 전쟁터였으니.

우리가 할 수 있는 거라곤 고작 전군 무사 귀환을 기도하는 것밖엔 없었다.

아시시가 질 거란 생각은 들지 않았지만 하벨의 이야기는 나름대로 내 마음을 무겁게 했다.

평화를 위해서 아그리젠트까지 친히 납셨던 게 아니었던가? 그대로 제법 친하게 지냈던 것 같은데, 그저 내 착각이었나.

호감 정도는 아니어도 호의 정도는 있는 관계라고 생각했다. 근데 이 상황은 대체 뭐지? 정작 페르델은 프레치아의 배반에 너무 평온하고…….

온통 알 수 없는 것들투성이라 답답했다.

아, 모르겠다. 머리 아파!

“자, 드세요.”

드디어 왔나!

두둥.

내 앞에 대령한 까만 액체를 보며 왜 약은 이따위로 생긴 걸까 약 십 초간 고민했다.

생긴 건 콜라처럼 생겨서 마시면 맛이 안드로메다 특급 열차라니. 어찌나 여파가 큰지 이 약을 들이켜면 한 네 시간 정도 약 냄새에 아무것도 입에 대고 싶지 않았다.

내가 요새 식욕이 없는 건 백 퍼센트 이 약 때문이야. 확실해!

"윽."

"남기지 말고 다 드세요. 마지막 한 방울까지."

웃으며 하는 말이 왜 그리 잔인한가요, 어머님.

세르이라는 여리여리해서 만만해 보일 것 같지만 저래 봬도 카이텔과 육아로 십 몇 년을 싸워 온 철혈여인이었다.

나는 이왕 마실 거 그냥 한 번에 끝내자고 생각했다.

일단 코를 막고.

자, 덤벼라, 약!

"으아아아!!"

―나는 오늘도 패배했다.

약의 냄새란 나 따위가 이길 수 없는 위대한 것이었다.

하, 죽겠다.

다 마시긴 했는데, 코를 잡고 있어도 풍기는 약 냄새 때문에 미칠 것 같았다.

하지만 이 코를 놓는다면 후각을 잃게 되겠지, 엉엉. 설령 썩은 우유를 마신다고 해도 이런 냄새는 나지 않을 거야.

"자, 이거 드세요. 빨리!"

일린이 달디단 사탕을 내 입에 물려 주었지만 이 떫고 쓰고 시고 썩은 고구마를 먹은 듯한 찝찝한 식감을 도저히 어쩌지 못했다.

아, 모르겠다. 그냥 이걸 저녁에 한 번 더 먹어야 한다는 사실이 날 좌절케 만들었다.

으아, 나 그냥 돌아갈래—.

"그러니까 빨리 나으시면 되잖아요, 리아 님!"

"그게 내 맘대로 되냐."

"어머, 그래도 제법 많이 좋아지셨는걸요?"

그래, 쇠약해진 몸이 그래도 어느 정도 고쳐진 느낌은 있었다. 아직 요양을 좀 더 해야 하는 상태이긴 했지만 이 정도 회복이라면 빠른 거라고 태의도 그랬으니까. 단지 맘에 안 드는 건 저 약이 정말 더럽게 맛이 없다는 점이었다.

다른 약 없어?!

내가 다 마신 약을 들고 세르이라가 방을 나갔다. 다른 때라면 내 옆에 꼭 붙어 있었을 엄마였지만 어째 일린이 와 있는 동안은 나를 살짝 방치하는 듯한 느낌마저 들었다.

그건 좀 서운한데. 뭐, 그만큼 일린을 신뢰한다는 거겠지만.

"공주님, 그거 아세요? 요새 폐하에 대한 소문이 심상치 않아요."

"응? 왜?"

"많이 달라지신 것 같다고. 뭐랄까 살짝 분위기가 달라졌다던가, 뭐 그런 거 있잖아요. 예전엔 반경 오백 미터만 들어가도 끽하면 죽겠구나 싶은 특유의 날카로움이 있었는데, 요샌 아니신가 봐요."

……그랬나?

그 특유의 날카로움에 익숙해져서 무뎌진 건지 나는 살짝 일린의 말을 따라가지 못했다.

아빠는 항상 그랬는데?!

물론 아주 어릴 땐 정말로 그 살기라는 걸 느껴 보긴 했지만, 내가 말을 하면서부턴 딱히 느껴 본 적이 없었다. 이런 내 의견은 받아들일 수 없는 건지 일린이 아주 완강히 고개를 가로젓는다.

“그런 게 있었어요. 폐하께선 뭐랄까, 항상 날이 서 계신 느낌이었거든요. 그런데 요샌 그런 게 많이 희석되었다고 해야 하나. 많이 달라지셨더라고요.”

“그래, 많이 편해 보이시긴 하더구나.”

어느새 돌아온 세르이라가 우리 대화에 낀다. 나는 두 사람의 대화를 따라갈 수 없었다.

뭐가 달라졌다는 거지?

“물론 이전에도 살짝 유해지신 느낌은 있었지만 그래도 완전히 그 예기가 사라진 건 아니셨거든요. 아무래도 폐하께서 눈을 뜨신 뒤로 그런 것 같아요. 사람이 좀 달라진 기분이랄까. 그 때문인지 시녀들 사이에서도 장난이 아니더라고요. 세월을 거꾸로 살고 있는 것 아니냐며, 더 멋있어졌다고 아주 난리가 났어요.”

그래도 성격은 그대로겠지만.

어차피 이 난동은 전에도 몇 번 있었던 거라 크게 신경 쓰이진 않았다. 시녀들이 아무리 아빠를 좋아한다고 해도 카이텔이 쌓아 올린 견고하고 높은 마음의 벽은 쉽게 허물어질 수 있는 게 아니었다.

그래, 그렇겠지.

우리가 꿈속에서 겪었던 일은 아주 희미하게 내 안에 남아 있어 어렴풋이 그게 지금 아빠에게 영향을 미친 거라는 사실을 알 수 있었다. 다만 정확히 그 일이 아빠에게 어떤 영향을 미친 건지는 알 수 없었다. 눈을 뜨자마자 흐릿해진 기억은 어느새 희미해져서 이제는 대충 그런 일이 있었던 것만 겨우 기억하는 정도가 되었다.

그러고 보니, 내가 어마어마한 고백을 받은 건 기억이 나는데 말이지.

그게 무슨 고백이었더라?

"아, 맞아! 어째 아시시 님은 공주님 어릴 적 그대로인 것 같아요. 저흰 늙는데 말이죠. 그쵸, 세르이라 님?"

"그런 말은 하는 게 아니란다."

"근데 그건 폐하께서도 마찬가지시잖아요. 왜 늙질 않는 거죠? 오히려 나이를 먹을수록 수도의 여심을 더 휘어잡고 다닌다니! 이건 반칙이라고요!"

반칙이라고 말해 봤자 둘 다 콧방귀만 뀔 텐데.

그런데 듣고 보니 뭔가 이상하다. 나는 이의를 제기했다.

"근데 페르델은 왜 빠져?"

일린은 당연하다는 듯 호들갑을 떨며 대꾸했다.

"어머, 거긴 유부남이잖아요. 게다가 페르델 님은 잘생기긴 하셨지만 솔직히 세기의 미남은 아니시잖아요?"

"그거 페르델이 들으면 운다."

분명. 백 퍼센트. 확신할 수 있었다.

분명 저 소리를 들으면 엉엉 울면서 징징거릴 거라고! 자신이 세기의 미남이 아니라면 대체 누가 세기의 미남이냐며 징징거릴 걸 생각하니 모르는 게 낫겠다는 생각이 들기도 하고.

뭐, 사실 세기의 미남 정도는 아니긴 하지.

"근데 어쩜, 우리 기사님은 나이가 들어도 그리 멋지신 걸까요? 청년 때도 아우라가 장난이 아니었지만 지금의 온화하면서도 약간 음울한 분위기가 더 매력적인 것 같아요. 뭐랄까, 감싸 주고 싶은 모성애가 막 치솟는달까. 품 안으로 끌어들여서 그 베일을 한 커플씩 벗겨 보고 싶은, 뭐 그런 마음이 생긴다고요."

"그거 상당히 위험한 발언인데."

내가 아는 일린이 이런 인간이었던 건가.

음울……. 뭐? 베일을, 뭐?

"일린, 아시시 싫어하지 않았어?"

"으음, 확실히 말하자면 싫어한 건 아니죠. 단지 불편해 했을 뿐. 그땐 저도 어렸잖아요. 그렇게 잘 벼린 검처럼 살기가 찌를 듯 넘쳐나는 남자는 무섭기 마련이죠."

그랬던가. 살기라는 건 아빠 때문에 면역이 된 건지 나는 아시시를 처음 만났을 때부터 그런 건 제대로 의식해 본 적이 없었다. 뭐, 그때 아시시는 지금보다 더 심각하고 폐쇄적이었다는 건 인정하지만.

"많이 온순해지셨네요. 어떤 레이디 덕에."

그렇게 강조하지 않아도 누구인지 다 알거든?

애써 시선을 회피하며 나는 사탕을 깨물었다. 입안에서 조각난 사탕이 와그작와그작 소리를 냈다. 그러고 있는데 문 밖에서 기척이 들렸다. 익숙한 손기척에 나는 들어오라는 고갯짓을 했다.

누구야, 이 시간에?

"어, 페르델!"

"몸은 괜찮으십니까, 공주님."

놀랍게도 들어온 인물은 다름 아닌 페르델이었다.

아까 한 발언이 찔리는지 페르델을 보자마자 일린이 얌전을 빼며 뒤로 물러난다. 페르델이 일린을 슬쩍 훑는 시선을 보건대—.

들었구나. 들어 버리고 말았어.

나는 다급히 말머리를 돌렸다.

"바쁠 텐데 내가 걱정되어서 온 거야?"

"네. 세기의 미남은 아니지만 미남인 저는 상냥한 남자니까요."

"……."

그거 설마 마음에 담아 둔 거냐.

어째 일린의 미래가 살짝 암울해질 것 같은 느낌이 드는 건 기분 탓이겠지? 어쨌든 나는 열심히 웃었다.

하하, 이 나라가 어찌 되려는지. 미래가 암울하군.

"세기의 미남은 아니지만 상냥한데다 똑똑하고 유능하고 멋지고 천재에다 잘생기기까지 했죠."

"……."

"세기의 미남은 아니지만 집안, 머리, 학벌, 외모, 뭐 하나 빠지는 게 없는 완벽한 남자죠."

"그만해."

그만하면 됐어! 됐다고!

언제까지 뒤끝을 보여 줄 셈인지 의아할 정도였다. 이미 일린은 식은땀에 질식할 것 같은 몰골로 압사당한 모습이라고! 물론 저놈의 입방정이 언제 한번 사고를 치겠거니 했지만 그래도 페르델은 상대가 안 좋은데…….

눈치를 주니 세르이라가 일린을 데리고 방 밖으로 나갔다.

그래, 눈에 안 보이는 게 최고지.

대체 앞으로는 어떻게 일린을 도와줘야 하는 건지 고민하고 있는데, 순간 페르델이 상큼하게 웃었다.

뭐야. 나이 많은 아저씨 주제에 나보다 상큼하지 마라, 진짜!

"아, 그건 그렇고 전해 드릴 말이 있어서 왔습니다."

"응? 페르델이 직접?"

"예, 꽤 중요한 일이라서요."

뭔데 여기까지 친히 납시신 거지?

예감이 좋지 않다. 절로 겁을 먹고 입을 다무니, 페르델의 미소가 점점 더 진해졌다.

뭐야? 왜 저래?

"내일 모래쯤 스헤르토헨보스에서 사신이 도착합니다."

"……사신?"

"예. 앤시프의 사신과 파르텐-키헤른 사신은 이미 도착해서 쉬고 계시지만 스헤르토헨보스 말고도 북대륙의 사신들이 꽤 올 예정이라."

근데 이 말을 내게 하는 이유는 대체 뭘까.

나는 잡소리는 건너뛰고 얼른 본론부터 말하라는 표정을 지었다. 알아들은 건지 페르델이 고개를 끄덕인다.

어째 슬금슬금 불안한 예감이 들기 시작한다. 왜인지 슬픈 예감은 빗나간 적이 없는데.

"단도직입적으로 말씀드리자면 공주님께서 스헤르토헨보스에서 오는 사신을 전담해 주시기 바랍니다."

"……."

응?

아니, 잠깐. 내가 뭘 잘못 들은 기분인데.

"저기, 페르델?"

"예."

생글생글 잘도 웃는다.

와, 저 웃는 얼굴에 주먹이라도 꽂아 주고 싶다.

"……스헤르토헨보스 사신을 나보고 상대하라고?"

그 거물을?! 응?!

굳이 나라를 급으로 나누고 싶진 않았지만 스헤르토헨보스는 북대륙을 지배하는 압도적인 영향력을 가진 제국. 절대 설렁설렁 상대할 수 없는 상대였다.

허, 이놈 보게. 지금 그런 어마어마한 놈을 이렇게 연약하고 병약한 나에게 맡기겠다는 거야?!

나는 당연히 거절이었다.

절대로 거절! 이건 못한다고!

내 격렬한 대꾸에 페르델이 잠시 뜸을 들이더니 쌈박하게 되묻는다.

"그럼 폐하께 하라고 할까요?"

"……내가 할게."

하면 되잖아. 썩을!

엉엉, 이렇게 부려 먹혀지는구나.

내가 눈물을 삼키는 내내 페르델은 상큼하게 웃는다.

아오, 저 나쁜 놈. 저놈도 절대 좋은 놈은 아니야. 확실해!

"그럼 전 이만 가 보겠습니다."

"뭐야, 이렇게 빨리?"

"아직 처리해야 할 게 좀 남아서요."

그 말을 하는 페르델은 어쩐지 좀 지친 듯했다. 이렇게 대놓고 힘들어 하는 기색은 처음이라 좀 움츠러들었다.

뭐야. 저러니까 불쌍해서 미웠던 마음도 사그라지잖아! 이거 설마 노림수인가. 하지만 노림수라기엔 페르델이 얻는 게 너무 없었다. 고작해야 내 동정뿐인데. 내 동정을 받아서 뭐에 쓰려고.

그래도 안쓰럽긴 하다.

"들어 보니 삼 주간 집에 들어가지도 못하고 궁에서 일하는 중이라며."

내 말에 페르델이 잠시 골똘히 생각에 잠겼다.

"그러고 보니 벌써 삼 주째네요."

"……."

뭐지, 이 인간.

자기가 언제 집에 들어간 건지도 기억을 못한단 말인가. 어째 집에서 페르델의 안위를 걱정하고 있을 시르비아가 격하게 불쌍해지기 시작했다.

가여운 시르비아, 지아비란 놈은 집은 안중에도 없고, 어. 저렇게 일만 죽어라 하고, 어. 워커홀릭에다가, 어.

아이구, 불쌍한 우리 시르비아!

한참 속으로 불쌍한 시르비아를 걱정하고 있는데, 페르델이 문득 한마디를 툭 내뱉었다.

"해 놔야 할 일이 워낙 많아서……."

반사적으로 하던 생각이 끊겼다.

잠깐의 정적.

그러나 이제껏 느꼈던 공기와는 뭔가 달랐다. 순식간에 환기라도 된 듯 분위기가 달라졌다. 약간은 침체된 듯한 어딘가 음울한 그런 공기.

여태껏 봐 왔던 페르델과는 좀 다른 느낌이었다.

뭐지, 이 여운은?

잠시 이것이 대체 무엇의 징조인가를 고민하고 있었는데, 페르델은 내게 더 이상의 시간을 주지 않았다. 방긋 웃으며 금세 빠져나간다.

"어쨌든 잘 부탁드립니다. 공주님께서 잘해 주실 거라고 믿어요."

"믿지 마!"

다급히 소리쳤지만 문 밖으로 나가는 페르델의 미소는 여유 만만할 뿐이었다.

어우, 얄미워!

*　*　*

아침부터 일어나서 이렇게까지 차려입은 건 정말 오랜만이었다.

맨날 이렇게 입었던 것 같은데, 가출부터 시작된 일련의 사건들이 미친 여파가 너무 커서 정말 한 몇 년 만에 입어 보는 기분까지 들고 말았다.

그러고 보면 하루가 한결같이 이렇게 꾸미고 다녔는데 말이야.

주름 하나 허용하지 않는 선이 확실한 드레스 자락과 목에만 가볍게 걸친 목걸이, 작지만 충분히 화려한 머리 장식이나 연하게 한 화장까지. 최대한 우아하게 꾸민 내 모습은 말 그대로 공주 그 자체였다.

그래, 내가 원래 이런 사람이라고!

"역시 미모가 죽지 않으셨네요, 우리 공주님!"

"그럼, 내가 누군데."

무려 우리 아빠의 딸이다! 내가 바로 카이텔의 딸이라고!

그 다이아몬드 급 절대미모를 닮은 내가 쉽게 녹이 슬 리 없었다. 그래도 꾸미는 게 오랜만이라 그런지 마냥 신이 난다.

이렇게 화려한 드레스가 반갑다니. 나 정말 고생 많았구나…….

감상에 젖어 있는데, 옆에서 옷의 맵시를 잡아 주던 일린이 물었다.

"사신은 언제쯤 되어야 온대요?"

"글쎄."

"아직 궁내부에서 시종 오지 않았어요?"

오긴 왔을 텐데. 딱히 옷 갈아입고 있다고 내쫓진 않으니 들어와도 됐을 텐데.

물론 그랬다간 목이 날아가니 안 그럴 확률이 높았다. 나를 어마어마하게 사랑하는 어떤 분의 성화가 오죽해야 말이지.

아무튼 유난이라니까.

이미 속옷을 입은 순간부터 가릴 건 다 가린 셈인데 말이야. 아마 대기를 하고 있을 텐데, 오긴 온 건가?

찾아서 데려오라는 손짓을 하니 세르이라가 나갔다.

저기 엄마, 친히 데려올 필요까지는 없는데 말이야…….

마지막으로 팔에 얇고 가는 팔찌를 차는 걸로 내 치장은 끝이 났다. 손을 들고 내릴 때마다 작은 다이아몬드가 촘촘히 박힌 백금의 팔찌가 화려하게 반짝인다.

오, 역시 광채가 달라. 비싼 거 낀 보람이 있는 듯?

물론 이것도 아시시 선물이라는 게 중요했지만.

"곧 오려나."

"대충 점심때 오겠지, 뭐."

정말 아무 생각 없이 때려 맞춘 건데, 놀랍게도 막 들어온 시종이 맞다는 듯 고개를 끄덕였다.

"스헤르토헨보스 사신 일행이 오후쯤에 도착할 예정이라고 합니다."

"아, 그래?"

기껏 힘 빡 주고 있었는데, 준비되자마자 출전이 아니라니. 뭔가 허무하다.

음, 그럼 뭘 하지?

애매하다. 시간을 보니 아직 점심이 되기는 글렀다. 피부 마사지하고, 머리 만지고, 옷 입는 데 오전 시간을 다 보낼 줄 알았는데, 생각보다 내 상태가 너무 뛰어나다 보니 금방 끝나 버렸다.

어쩌겠어? 내가 예쁜걸.

하지만 문제는 여기서부터였다.

……뭘 하지? 할 게 없어!

원래대로라면 할 일이 태산처럼 쌓여 차고 넘쳐흘러서 쓰러질 지경이어야 하는데, 놀랍게도 지금 난 잉여했다. 정말로.

"아, 뭐하지."

"잠이라도 주무세요."

부족한 잠을 보충하라고 일린이 조언했으나 잠이 오진 않았다.

일단 내가 일주일을 잠만 잔 상황이잖아? 잠을 자고 싶을 리가. 졸리지도 않았을뿐더러 무엇보다 오랜만에 이렇게 예쁘게 꾸몄는데 잠이나 자다니 그건 너무 슬프잖아!

오죽하면 일이나 할까 싶었는데, 안타깝게도 난 아직 환자 취급을 받는 터라 그건 주변에서 허용하지 않았다.

"진짜 뭐하지?"

이쯤 되면 슬슬 걱정인데.

잔뜩 차려입은 채로 카우치몸을 비스듬히 기대서 휴식하는 소파에 앉아 있으려니 세르이라가 내 머리를 만지며 말했다.

"그럼 폐하라도 뵈러 가시는 건 어때요?"

"……."

천잰데?

내가 반색을 하고 일어나니 엄마가 웃는다.

그래! 쇠뿔도 단김에 빼랬다고 당장 간다!

바로 나갈 준비를 하니 내 시녀들이 부산스럽게 움직이기 시작했다.

그러거나 말거나 나는 간다. 마지막으로 거울 앞에 서서 제 모습을 한 번 쭉 점검하고…….

음, 이상 없네.

이제 아빠 보러 가야지!

그러고 보니 아빠도 환자고 나도 환자가 된 터라 서로의 병문안은 상태가 양호해질 때까지 금지여서 지금 가는 게 오랜만에 보는 것이었다.

이게 다 눈을 뜨자마자 달려간 제 잘못이라죠.

자업자득이라 딱히 항의할 생각은 들지 않았다. 그저 슬플 뿐. 물론 나만 보면 무리를 해 대는 카이텔 때문에 금지된 것도 있긴 했다.

“자, 기사님 오셨어요.”

“어?”

내 전속 기사인 아시시가 없으니 임시로 다른 기사가 날 호위한다는 건 알았지만 이건 좀 놀라웠다. 날 호위하려고 온 기사를 보고 나는 입을 동그랗게 모았다.

아시시 대신 날 경호하게 된 건 다름 아닌 발르였다.

제집 드나들 듯 하던 궁인데, 제복을 차려입은 발르가 내 앞에 서자마자 정중히 고개를 숙여 인사한다.

오호?

“안녕하십니까, 공주님. 처음 뵙겠습니다. 듣던 대로 아름다우시네요.”

“제가 좀 아름답긴 하죠.”

“푭.”

능청스런 대꾸에 발르가 웃음을 참지 못하고 폭소했다.

쯧쯧, 중생, 어리구나. 더 자라서 오렴.

내가 고개를 가로저으니 발르가 웃음을 그치고 옆에 섰다. 키가 큰 터라 올려다봐야 했지만 나에겐 무적의 하이힐이 있어서 괜찮았다. 12센티미터 킬힐은 아니지만 5센티라도 괜찮아.

근데 이 자식, 왜 여기 있지?

당연히 모르는 기사가 날 호위할 거라 생각했는데 정말 의외였다. 한동안 안 보여서 당연히 아시시를 따라 남부로 갔겠거니 했는데.

일단 산세는 거기 있는 게 맞고, 그레시토도 출전했으니까 당연히 발르도 가는 게 정상 아닌가. 아무튼 좀 의아했다.

"넌 왜 안 갔어?"

"대기 발령이라."

대기 발령?

처음 듣는 소리에 이마를 찡그렸다.

그거 뭐지? 영업 정지랑 같은 거 아니었나.

내 기억으론 분명 기사가 본분에 어울리지 않은 일을 했을 때나 받는 명령이었다.

그래도 자잘한 것까지는 터치를 잘 안 하고 엄청 큰 게 터졌을 때나 받는 건데…….

내가 의아한 눈으로 쳐다보니 발르가 어깨를 으쓱인다. 별로 현 상황에 불만이 없는 듯한 표정이었다.

"뭐야, 사고라도 쳤어?"

"그건 아냐."

그게 아닌데 왜 여기 있는 건가, 겨울달의 기사여.

가볍게 어깨를 으쓱이며 발르가 입을 다물었다. 이거 대답을 해 줄 낌새는 아닌데?

이놈이 웬만해선 이럴 놈이 아닌데.

인생을 밝고 긍정적이고 행복하게 살다 못해 남의 인생까지 덩달아 피곤하게 만드는 인간이 이러는 건 정말 드문 일이었다.

"무슨 일 있어?"

제법 걱정되어서 물은 건데, 내 질문에 발르가 됐다는 듯 웃었다. 그러고는 제법 근엄한 목소리를 냈다.

"어린이는 아직 몰라도 된단다."

"이게 누나한테."

아무튼 이건 걱정을 해 줄라고 해도 지가 걷어차요, 아오.

이렇게까지 하는데 굳이 캐물어서 파고들 생각은 없었다. 무엇보다 내가 피곤하니 여기서 그만두자. 정 궁금하면 나중에 페르델을 통해서 알아보면 되는 거니까.

잠깐 발르 때문에 신경이 쏠리긴 했지만 일단 지금 내 목적은 아빠를 보러 가는 것이었다.

나는 내가 나가면 궁에서 늘어지게 쉬고 있을 일린과 세르이라를 향해 인사를 했다.

"그럼 다녀올게."

"다녀오세요!"

"다녀오세요, 공주님."

호위하는 발르와 시중을 들 리비만 데리고 방을 나왔다. 여러 명이 쫓아오려고 해서 손을 휘이휘이 저어 주니 알아서 물러났다.

어차피 솔레이에 갈 건데 주렁주렁 매달고 가는 거 싫단다.

요 며칠 누워 있기만 해서 뻐근한 몸을 움직이며 궁 밖으로 나왔다.

눈부시게 새하얀 아침 햇살이 폭포처럼 쏟아져 내려 사방이 예쁘게 반짝였다. 보석이라도 뿌린 듯 빛나는 풍경에 순간 넋을 잃었다.

예쁘다—.

안온하게 와 닿는 온기와 새하얗게 반짝이는 대리석. 푸르른 잎은 더 선명하게 윤기 흐르고, 색색들이 다양한 꽃들은 저마다의 색채를 자랑하듯 뽐낸다.

항상 봐 왔던 풍경이지만 오늘 따라 더 예쁘게 느껴지는 건 내가 죽을 고비를 겪고 돌아와서인가?

모르겠다.

단지 이런 세상에서 살고 있는 내가 정말 행운아구나. 그런 생각만 들었다.

"날씨 좋다. 그치?"

"좋은 날씨에요."

리비도 좋은지 입가에 미소가 머무른다. 이렇게 웃는 리비는 오랜만인데. 내가 신기한 듯 멈춰 쳐다보니 쑥스러운지 애써 괜찮은 척 시선을 내리깐다.

얘 봐라. 그런다고 내가 모를 줄 알고!

그래도 무뚝뚝한 리비가 이렇게까지 좋아하는 건 드물어서 덩달아 나까지 더 기분이 좋아졌다.

아…….

의미 모를 탄식이 내 입에서 흘러나온다. 멀거니 하늘을 올려다보니 구름 한 점 없는 깨끗한 푸른빛이 내 시야에 들어왔다.

그런 나를 가만히 지켜보다 문득 발르가 물었다.

"왜?"

"아니, 그냥……."

좋은 것 같아서.

대답 대신 빙그레 웃으니 발르가 싱겁다며 재미없어 한다.

그러거나 말거나 난 새록새록 드는 이 새로운 기분을 마음껏 만끽했다.

항상 걷던 길이 이렇게 달라 보인다니.

역시 죽을 위기라는 것도 막상 극복하면 좋은 점이 있는 듯했다. 그렇다고 다시 겪는 건 사양이지만.

내 궁에서 솔레이로 바로 이어지는 길은 조경사들이 심혈을 기울여 만들어 놓은 작은 오솔길이었다. 지나다니는 길이 심심하지 않게 예쁜 꽃부터 그늘을 주는 나무까지. 얼마나 조경사들이 땀과 눈물을 쏟아부었는지 이 길은 사계절 변함없이 매번 다른 느낌을 선사해 주었다.

그러고 보면 이 길도 만드는 데 3개월 정도 걸렸었나.

카이텔 앞에서 쩔쩔매던 조경사들을 떠올리며 나는 작게 웃었다.

짧다면 짧고 길다면 긴 이 길은 그대로 걸어가면 솔레이 궁에 바로 맞닿았다.

익숙한 건물이 웅장하게 나를 맞이해 준다. 건물 입구에 서 있는 두 개의 큰 기둥은 겨울나무를 본떠 조각되어 있고, 나뭇가지처럼 뻗어 지붕을 떠받친 위엔 태양이 새겨져 있었다. 그리고 그 밑에 새겨진 솔레이란 문자가 이 궁이 어떤 곳인지 방문자들에게 일깨워 준다.

어렸을 때부터 지냈던 곳이어서 그런지 이곳에만 오면 항상 상반된 기분이 엄습했다.

고향에 온 듯한 안정감.

그리고 동시에— 또 어떤 일이 있을까 싶은 긴장감 같은 것?

물론 항상 느끼는 건 이젠 내가 정말 독립했구나 싶은 거지만.

솔레이에 들어서 길게 뻗은 복도를 지나 별이 들어오는 회랑을 지나면 내 키의 족히 세 배는 될 법한 거대한 문이 나타났다.

이곳이 바로 아빠와 내가 함께 잠을 청했던 곳.

황제의 침실.

내가 다가가니 기다렸다는 듯 시종이 자리를 비킨다. 나는 그 앞에 선 채 잠시 문을 바라보았다.

거대한 문에 양각된 것은 뿌리에 다이아몬드를 쥔 겨울나무. 아그리젠트 제국의 국장이자 아그리젠트가家의 문장. 이것을 달 수 있는 사람은 이 세상에서 단 하나밖에 없었다.

“공주님, 오셨습니까?”

“오랜만이에요, 르드네 백작님.”

“폐하께선 아직 주무시고 계십니다.”

이런.

내 표정이 안 좋아지자 시종장이 난처한 듯 웃었다. 실망하긴 했으나 어쩌겠나. 내가 타이밍을 못 맞춘 것을.

“아침은 먹었어요?”

“네, 다 드시고 약까지 드셨습니다. 약 기운 때문에 바로 잠드시긴 했지만 상태는 굉장히 많이 호전되셨습니다.”

“그럼 됐어요.”

카이텔이 재활 운동에 열심히라는 소리는 듣고 있었다. 그도 그럴 게 내가 약을 안 먹으려고 할 때마다 일린이랑 세르이라가 협박(?) 삼아 들려주곤 했으니까.

둘 다 건강해질 때까진 서로를 볼 수 없게 격리한다는 태의의 선언에 카이텔이 반발하긴 했지만 의사 선생님은 실로 위대한 직업이었다.

하지만 내가 이렇게 나아서 아빠를 보러 왔는데, 정작 아빠님은 자고 있다니, 좀 슬픈걸?

"살짝 얼굴만 봐도 될까요?"

아쉬운 마음에 물으니 시종장이 의외로 흔쾌히 고개를 끄덕였다.

헐, 그냥 돌아가기 아쉬워서 해 본 말이었는데.

어쨌든 좋은 게 좋은 거니 나는 바로 웃으며 고개를 끄덕였다.

좋아!

기름칠을 잘해 놔서 그런지 이렇게 크고 무거운 문이 열리는 데 소음 하나 나지 않았다. 시종이 열어 주는 문을 통해 혼자 그 안으로 들어섰다.

짙은 커튼이 쳐져 있는 탓에 낮임에도 불구하고 방은 굉장히 어두웠다.

잠잘 맛은 나겠다.

천천히 발걸음 소리도 죽인 채로 침대맡에 다가갔다. 카이텔 곁에 서니 고요한 와중에 작은 숨소리가 간헐적으로 들렸다.

약이 독하긴 한 모양이구나.

내가 이렇게 옆에 왔는데 용케 안 깨네.

그래도 흡족하다. 일단 얼굴은 봤잖아? 게다가 이렇게 평온하게 자고 있는 아빠를 보니 뭔가 만족스럽기도 하다.

그래, 이 아빠야. 내가 이거 보려고 고생 좀 했다고. 알아?!

여기다 대고 아우성을 쳐 봤자 카이텔은 알지도 못하겠지만 그래도 좋았다.

아, 어쩌다 내가 이렇게 아빠 바보가 되어 버린 거람. 큰일 났어, 정말.

"……으음."

자고 있는 아빠를 가만히 보고 있으려니 왜 아빠가 항상 잠든 나를 보러 왔는지 그 기분을 알 것도 같다.

이런 기분이었으려나.

무언가 말로 설명하긴 애매하지만 가슴이 벅찬 그런 기분이다.

누군가가 그냥 잘 자는 것뿐인데도 이런 기분을 느낄 수 있는 거구나. 너무 세세해서 미처 느껴 보지 못한 기분을 카이텔이 알려 준다.

정말 잘도 자네.

좀 더 붙어 있고 싶지만 아쉬운 마음은 여기서 이만 접어야 했다.

그래도 이제 가야겠지.

하지만 그냥 가긴 아쉽지!

나는 조심스레 잠든 카이텔의 이마에 살포시 입을 맞추었다. 아빠가 내게 그러했듯.

"좋은 꿈꾸세요."

부디 이번에 꾸는 꿈은 악몽이 아니길.

* * *

사신이 도착한 건 점심이 지난 조금 늦은 오후였다.

이미 준비고 뭐고 다 흐트러져서 한참 몸도 마음도 해이해져 있을 때라 나는 이제야 사신을 접대하러 나가는 게 정말 마음에 들지 않았다.

아니, 왜 이제 오냐고! 타이밍 봐라, 진짜.

하지만 마냥 투정을 부릴 수만은 없는 게 지금 오는 사신님께서 바로—! 지금 남부에서 하고 있는 전쟁을 끝내냐 마느냐를 결정해 주기 때문이었다.

하, 썩을 전쟁.

페르델이 뭘 어떻게 구워삶았는지는 모르겠지만 지금 프레치아와 아그리젠트의 극한 대립 상황이 어쩌다 보니 세계적인 문제가 되는 상황에까지 처했다.

뭐, 카이텔이 이참에 다 죽여 버리겠다며 2차 정복 전쟁을 일으키면 세계적인 문제가 되는 건 맞지만. 다행히 아시시가 출전해서 이차르타의 땅 반 정도를 잡고 일방적으로 밀리던 전선을 유지해 주어서 더 이상의 피해는 없었다. 단지 지지부진한 국지전 때문에 페르델은 극도로 이 상황을 싫어했다.

그냥 군 유지에만도 수천만 골드가 들어간다나 뭐라나.

어쨌든 재정에 큰 부담을 주는 건 사실이기도 하고, 나 또한 개인적으로 전쟁이 빠르게 끝났으면 했다.

아시시가 보고 싶으니까! 물론 산세도, 시토도 보고 싶었다.

음, 근데 발르는 진짜 왜 안 간 거지? 죽기 싫어서 몸을 사릴 녀석은 아니라 괜스레 더 궁금했다.

"뭘 봐."

아니, 그냥 궁금해서.

내가 애매하게 시선을 돌리니 발르가 고개를 갸웃한다.

아냐. 그냥 쳐다봤단다, 아가.

뭣보다 아시시 옆이라면 산세 못지않게 좋아하는 발르가 황궁에 있다는 게 역시나 수상했다.

진짜 무슨 일 있었나 본데? 뭣보다 겨울달 기사를 대기 발령 시킬 수 있는 사람이 이 아그리젠트에서 몇 명이나 되겠는가.

내가 진지하게 고민하건 말건 우리는 어느새 사신 접대실 앞에 도착했다.

아, 오셨군요. 운명의 시간이.

"후우……."

일단 숨 한번 들이켜고.

후—.

마음의 준비가 필요하다.

아자! 넌 잘할 수 있어! 넌 우아하고 예쁜데다 똑똑하기까지 한 아그리젠트 공주잖아!

리아, 힘내라! 리아, 네가 최고다!

자기 최면을 다 걸고 내가 한 건 표정 관리였다. 최대한 우아하고 아름답게! 부단히 우아한 웃음을 유지하도록 노력해야 했다.

내 안면 근육들아, 힘내라.

"아리아드나 공주님 드십니다."

시종의 짧은 소개와 함께 딱 사신 접견실에 들어섰다.

마음의 준비까지 딱하고 이제 인사만 내뱉으면 됐는데! 안타깝게도 나는 그 말을 내뱉지 못했다.

왓 더 헬! 이게 누구야?

"오랜만입니다."

웃으며 내게 인사를 건넨 스헤르토헨보스의 사신은 다름 아닌.

"아힌……."

스헤르토헨보스의 차기 성황, 아힌이었다.

도대체 아힌이 어떻게 여기에 있을 수 있는 거지?

후계자는 해외로 나갈 수 없다는 규율까지 있을 정도로 엄격한 스헤르토헨보스인지라 내 충격과 놀라움은 정말 이루 말할 수 없었다.

이거 혹시 꿈인가?

생각지도 못한 상황에 놀라다 못해 떨떠름하다. 하지만 옆에서 툭 치는 발르의 행동으로 보건대 꿈은 아니었다. 무엇보다 점점 표정이 어두워지는 리비가 너무 리얼했다.

아, 이럴 때가 아니지.

"어서 오세요. 먼 곳에서 오시느라 힘드셨을 텐데 머나먼 북대륙에서 이렇듯 발걸음 해 주셔서 감사드립니다. 아버님을 대신해 제가 인사드려요. 아그리젠트의 아리아드나 공주입니다. 환영합니다, 스헤르토헨보스에서 오신 사신분들."

물 흐르듯 이어지는 환영 인사에 리비가 흡족한 듯 고개를 끄덕였다.

마음에 드니?

어쩌다 내 평가 담당이 내 시중을 드는 시녀가 된 건지 정말 모르겠다. 뭐……, 좋은 게 좋은 거겠지. 아마도.

갑자기 뒤바뀐 내 태도에 아힌 뒤에 있던 기사들이 눈을 동그랗게 뜬다. 안 그런 기사들도 있었지만 놀란 기색을 보이는 사람들이 더 많았다.
그래, 내 연기에 놀랐구나?
쯧쯧, 아직 어려. 다들 어리군, 훗.
“환대에 감사드립니다.”
……그래 봤자 아힌의 여유엔 태양 앞의 반딧불이었다.
아, 눈부셔.
다행히 첫 인사를 망치진 않은 모양이었다. 남몰래 한숨을 내쉬니 아힌이 갑자기 웃는다. 그저 미소 수준의 웃음일 뿐이었는데, 어쩐지 내 마음을 들킨 것 같아 부끄러웠다.
흠흠! 아, 저 눈치 빠른 놈.
“그럼 머무르실 사신관으로 안내해 드리겠습니다.”
비록 이렇게 재회할지는 몰랐다고 해도 살짝 기분이 들떴다. 반가운 얼굴을 만나는 건 항상 즐거우니까! 특히 그게 좋아하는 사람이라면…….
아, 물론 이성으로 좋아한다는 게 아니라 그냥 좋아한다고. 남자 사람으로! 아니, 남자 빼고 사람으로.
그래, 이건 뭐랄까 박애적인 좋아함이라고.
난 온 인류를 사랑해! 아, 물론 몇 명은 빼고. 6황자라든가, 6황자였다든가, 제외해야 할 사람이 몇 명 있었다.
“오랜만입니다.”
너무 입을 꾹 다문 채로 걸었나. 아힌의 인사에 괜히 깜짝 놀랐다.
윽, 자꾸 이러면 안 되는데.
“정말 오랜만이에요, 예하.”

그래, 오랜만이다, 자식아.

그래도 반가운 건 진심이었다. 날짜로 따지자면 불과 한 달도 안 되어 다시 만난 셈이었지만 내 기분상으로는 한 몇 년 정도 지나서 만난 기분이라고!

내 대꾸에 아힌의 표정이 잠시 굳는다.

응? 뭐지?

"예하…… 요?"

뒤이어 다시 웃으며 재빠르게 대꾸하긴 했어도 이미 그 표정 변화를 내가 다 본 뒤였다.

뭐야. 내가 뭐 잘못 말했나?

어쩐지 서운해 하는 것도 같고, 섭섭해 하는 것도 같고, 겨우 웃는 입매가 조금 처진 듯 보여 나는 당황했다.

아니, 갑자기 왜 이래?!

잔뜩 당황해서 뭐라고 해야 할지 모르고 있는데, 뒤에서 발르가 끼어들었다.

"전엔 이름 잘만 부르더니 왜 갑자기 존칭이세요, 공주님."

뒤에서 들려온 잔뜩 불퉁한 목소리가 거슬리긴 했으나 정작 내 관심을 끈 건 다른 것이었다.

존칭 때문에 떨떠름한 거였어?! 그놈의 존칭이 뭐라고!

하지만 정작 아힌이라 다시 부르려니 민망한 건 둘째 치고, 입이 안 떨어졌다. 어째서인가요?

"아, 저기, 음, 그러니까……. 오랜만에 뵈니 이름 부르기가 쉽지 않아요."

무엇보다 아힌은 어려웠다. 뭔가 발르나 시토같이 편하지 않다고 해야 하나. 그렇다고 산세나 하카처럼 보듬어 주고 싶은 것도 아니고.

그런데도 이런 친근감은 처음이란 말이지. 이런 유형의 감정은 나에게도 처음인지라 마냥 당황스럽기만 하다. 그렇다고 거리가 느껴지는 건 아닌데 말이지. 오히려 더 친해지고 싶었다.

끙, 이런 기분은 대체 어떤 이름을 붙여야 하는 거지?

내가 쩔쩔매니 아힌이 장난스럽게 물었다.

"제가 싫어지신 건 아니고요?"

"네?! 그럴 리가요!"

그럴 리가 없잖아!

내 단호한 부정에 아힌이 빙그레 웃는다. 그 미소가 아까보단 짙어진 것 같아 나도 모르게 홀린 듯 멀뚱히 쳐다보고 있었다.

흠흠, 자중해야지.

뭐랄까. 안심이 되었다. 왜 그렇게 느꼈지?

뭔가 기분이 이상했다. 뭔가 좀 민망한데. 어색한 침묵이 계속되니 괜히 더 어색했다.

으아아아, 이 분위기 대체 어쩔 거야…….

다른 때 같았으면 웃으며 이런저런 이야기도 좀 하고, 이 분위기를 좀 바꿔 보려 뭔가 노력을 했을 텐데, 이상하게 지금은 그럴 수가 없었다.

왜 이러지? 나 이런 여자 아닌데!

이렇게 수줍음 타고 그런 여자 아닌데!

……그냥 단순히 잘생긴 남자가 앞에 있어서 그런가. 그건 뭔가 좀 좌절스러웠다.

별 이야기 안 한 듯했는데, 우리 발걸음이 빠른 건지 벌써 사신관에 도착했다.

다행이다!

나는 도착하자마자 속으로 환호성을 질렀다.

드디어 말을 꺼낼 수 있는 화젯거리가 생겼어!

사신관은 으리으리했다. 아무래도 스헤르토헨보스의 국격을 생각해서 사신에게 내줄 수 있는 건물 중에 가장 좋은 건물을 고르다 보니 그런 거 같았다. 본궁과 별로 멀지 않다는 이유도 있긴 했다.

"이곳이 바로 예하께서 앞으로 지내게 되실 사신관이에요."

"좋은 곳이군요. 신경 써 주셔서 감사합니다."

"아니에요. 당연한 건데요, 예하."

그래, 페르델이 널 얼마나 잘 꼬셔 보려고 이렇게 좋은 곳을 배정해 주었겠냐.

사신관의 위치와 위용을 보고 나는 페르델이 얼마나 단단히 작정했는지 알 수 있었다. 사사로이 따져 보면 페르델이 아힌의 삼촌이 되겠지만 회담에선 그런 것 없이 스헤르토헨보스를 대표하는 분이셨으니까.

거기다 미래의 권력자가 아니던가. 알아서 잘 보여야지.

하지만 계속 이어지는 어색한 침묵은 내가 어쩔 수 있는 게 아니었다.

……망했어.

살짝 얼굴이 떨리는 기분이 드는데, 나 지금 잘 웃고 있나?

시선이 자꾸 내려간다. 내가 한참 고민해 봤는데, 아무리 생각해도 상대를 잘못 만났다.

아힌이라니. 상성이 안 좋다고!

결국 시간이 지나자 나는 땅만 쳐다보고 있었다. 정말 아힌에겐 그게 뭐든 이길 수 없을 것 같은 예감 아닌 예감이 들었다. 아, 어쩔…….

"그래서."

말을 끄는 목소리에 무심코 시선을 든다.

순간 마주친 시선. 나를 담는 청은색 눈동자가 순간 빨려들 듯 반짝였다.

와, 눈동자 겁나 예뻐! 며칠을 바라보고 있어도 정말 질리지 않을 색채였다. 어떻게 사람이 이런 색깔을 가질 수 있담?

"언제까지 예하라 부를 생각이세요?"

빙그레 휘어지는 눈매를 넋 놓고 구경하다 나는 정신을 차렸다.

흠흠, 내가 뭘 한 거지?

뭐랄까, 아힌은 순회하던 검소한 차림으로도 빛이 났지만 그래도 정복 차림의 절제된 모습을 보자니 느낌이 또 많이 달랐다. 같은 사람인데, 같은 사람처럼 느껴지지 않는다.

근데 어쩌지?

어, 음…….

등 뒤로 싸한 기분과 함께 식은땀이 흐른다.

아, 진짜 어떡해. 이젠 내 등 뒤의 기사들과 아힌의 수행원들까지 나를 쳐다보고 있다.

저기, 이렇게 노골적으로 들어오면 아무리 나라도 대답하기 힘든데! 하지만 지금 대답하지 않으면 나는 자유를 잃게 되겠지.

결국 기어 들어가는 목소리로 겨우 대꾸했다.

"노, 노력해 볼게요."

아힌이 잠시 고개를 숙였다. 확연히 웃음을 참는 듯한 그 모습에 나는 얼굴이 달아올랐다.

아니, 잠깐만. 이건 내 계산에 없었다고!

그래도 내가 귀엽다는 듯 보내는 시선에 졸지에 내가 더 당황스러웠다. 아니, 이게 뭐지?!

"그럼 이만."

어, 저기…….

아힌은 건물 안으로 들어갔으나 나는 안으로 들어갈 엄두조차 내지 못하고 그 앞에서 쩔쩔맸다.

아니, 아니! 아니, 이게 뭔데!

정말 이게 뭔데! 무슨 상황인데!

내가 안절부절못하고 있으니, 뒤에서 발르가 한심하다는 듯 혀를 찬다.

"좋냐?"

"뭐!"

넌 또 왜 그러는데!

신경질적으로 그를 노려보니 발르가 제 왼손을 내 어깨에 턱하니 걸쳤다.

이게 건방지게 누나한테!

내가 흘겨보니 발르가 마치 다 안다는 측은한 시선으로 나를 쳐다봤다.

"어휴, 이 오빠는 널 응원한다."

“누가 오빠야! 이거 안 치워?!”

“아직 애야, 애.”

“이씨, 진짜 이게 뭐래!”

저건 또 무슨 헛소리여!

발버둥을 쳐 봤지만 발르는 내 발길질을 여유롭게 피하고는 고개를 절레절레 저으며 먼저 앞서 가 버렸다.

“좋을 때다—.”

저게 진짜!

*　*　*

“페르델, 아힌 예하가 오신다는 소리는 안 했잖아!”

일련의 사신 접대를 마치고 찾아간 곳은 당연히 포더르 궁이었다. 그것도 재상 집무실.

궁에 들어올 때부터 씩씩거리며 들어온 터라 아무도 날 잡지 않았지만 정말 재상 집무실까지 멋대로 쳐들어왔는데 아무도 말리지 않을 거라곤 예상하지 못했다.

이건 살짝 서운한데. 내가 우리 아빠냐…….

하지만 이런 나와 달리 페르델은 한껏 여유로운 자세로 나를 올려다봤다. 늘 그렇듯.

아오, 짜증.

내가 떠들건 말건 보던 서류를 말끔히 정리하고 그제야 페르델이 놀랐다는 얼굴을 한다.

이놈이!

와, 이 능청스러운 거 봐라.

전혀 놀라 보이지 않아서 나는 더 짜증이 치밀었다.

"알고 있었지?!"

내 다그침에 페르델이 어깨를 한번 으쓱였다.

"거물이 올 거라는 건 알았지만 아힌이 올 거라곤 정말 몰랐습니다."

"정말?"

"네."

"왠지 거짓말 같은데."

이상하게 이런 데에선 신뢰감이 확 떨어진다.

내가 계속 의심하자 페르델이 여유롭게 웃었다. 웃는 얼굴에 침 못 뱉는다 이거지?

확 뱉어 주고 싶은 충동이 순간 욱하고 치밀었지만 나에게는 인격과 사회적인 체면이라는 게 있었으므로 일단 참았다. 아무튼 얄밉다니까.

"어떡하지?"

따질 걸 따지고 나니 다시 걱정이 물밀듯 몰려온다.

으아아! 어떡하냐고!

아힌을 상대로 내가 무언가를 한다는 건 거의 불가능에 가까웠다. 왜인지는 모르겠는데, 아힌의 웃는 얼굴이 카이텔의 굳은 얼굴보다 어려워!!

어떻게 해야 할지 모르겠다. 아, 정말!

그냥 단순히 내 주변에 그런 상냥한 사람이 없어서 그런 건가.

"그냥 평소대로 하시면 됩니다. 회담은 제가 진행하는 거니까요. 공주님께선 잘 대접해서 보내 드리는 것만 생각하세요."

"그래도……."

어떻게 그래. 그 전쟁이 잘 끝나야 아시시가 내 옆으로 돌아오는데. 그뿐인가. 전쟁에 앓고 있는 남부의 백성들도 고통에서 해방될 테고, 우리 아빠도 더 이상 전쟁한다고 나대지 않을 거 아니야.

입을 내밀고 불쌍한 표정으로 페르델을 쳐다봤지만 안타깝게도 우리 스승님에게 이런 건 씨알도 먹히지 않았다.

"아, 그래도 여기까지 어려운 발걸음 하셨는데 오신 김에 서명이나 하고 가시죠?"

……넌 요새 날 보면 부려 먹을 생각밖에 안 나더냐.

살짝 짜증이 치밀긴 했지만 결국 나오는 건 한숨이었다. 싫다고 외치고 도망가 버리고 싶다.

그래도 이리 보고 있으니, 페르델이 좀 짠하긴 했다. 항상 깔끔하고 젠틀한 페르델이 요 며칠 잠도 제대로 못 자고 일에만 매달린 건지 몰골이 말이 아니었다.

이러니까 접견은 전부 나 아니면 시종장한테 시켰지. 이래도 이따 저녁 만찬엔 쫙 빼입고 나오겠지.

에라, 그래. 내가 그깟 서류 몇 개에 사인 하나 못해 주겠냐.

결국 자리를 잡고 앉으니 페르델이 웃는다.

좋냐?

"후임은 정해졌어?"

품에 안기도 힘들 정도의 두께로 쌓이는 서류에 한번 기함해 주고, 그대로 서명을 시작하며 내가 물었다.

바쁘게 움직이던 페르델의 펜 끝이 잠깐 멈춘다.

페르델이 대체 왜 해임당하는 건지 모르겠지만 이것 하나만은 알았다. 페르델이 다시 재상이 될 일은 없을 거라는 걸. 아빠와 페르델, 둘 사이에 대체 무슨 일이 있었던 건진 모르겠지만 억지를 부릴 만큼 내 나이가 어리지 않은 게 조금 슬펐다.

재상은 자고로 페르델이 최고인데. 구관이 명관이라는 말이 괜히 있는 게 아니란 말이다.

"음, 글쎄요. 제로를 천거하고 물러날 예정입니다만, 해임당하는 거라 그 호용성이 얼마나 있을지는 모르겠습니다."

"그럼 나도 같이 추천해 줄게."

그러면 카이텔이 해 주겠지.

안 해 줘도 상관은 없지만 그래도 이러고 싶었다. 해 줄 수 있는 게 이것밖에 없어서 미안하다.

내 대꾸에 페르델이 자조하듯 희미하게 웃었다.

"카이텔이 움직이며 발생했던 자잘한 외교 문제는 제 선에서 해결했습니다. 완벽한 건 아니지만 적어도 후에 잡음이 나올 정도는 아닐 겁니다. 아그리젠트에 남아 있던 6황자 잔여 세력도 한층 더 감시를 강화했습니다. 그렇다고 6황자가 제 발로 아그리젠트에 오진 않겠지만요."

"아냐. 약발 떨어지면 올 것 같아."

"그 인간이 무모하긴 해도 멍청하진 않아서 안 올 걸요."

그런가. 그래도 언제고 또 사고를 칠 것 같았는데. 하긴 지 엄마랑 같이 도망쳤는데 남은 인생이라도 잘 보내야지.

그래도 막 그렇게 크게 걱정이 되진 않았다.

왜지? 아빠가 곁에 있어서 그런가.

"앞으로 공주님께서 잘해 주셔야 할 겁니다."

"지금도 충분히 잘하고 있거든."

"더 잘해 주셔야 해요. 제 후임이 들어오면 국정에 자잘한 혼란은 있을 겁니다. 아무리 다음 재상이 유능하다 해도 저를 따라잡는 건 천재라도 힘들거든요."

아, 네.

훗하고 웃는 페르델을 보니 갑자기 짜증이 치민다. 재수 없어.

그런 의도가 아니라는 건 익히 알고 있지만 재수가 없는 건 어쩔 수 없었다.

네가 대단하다는 건 인정하지만 눈앞에서 이러면 상당히 짜증나거든? 다행히도 페르델이 거기에 더 뭔가를 덧붙여서 잘난 척하지 않았다. 정말 다행이었다.

"제가 재상 자리에 머물러 있던 것이 이십여 년 정도이니 하루아침에 새사람이 자리 잡는 건 힘들 겁니다. 그래서 제로를 추천하고 떠나는 것이기도 하고. 아무튼 신임 재상이 들어오면 공주님께서 많은 도움을 주셔야 할 겁니다."

왜 내가 도움을 줘야 하는 건지 그 이유는 나도 익히 알고 있었다.

"아빠가 도와줄 리는 없을 테니까?"

"네, 잘 아시네요."

그래, 우리 아빠가 그렇게 친절한 사람은 아니지. 나는 수백 번도 더 공감할 수 있었다.

내가 격하게 고개를 끄덕이니 페르델이 웃는다. 항상 보던 미소이건만 왜인지 오늘따라 조금 다르게 느껴졌다. 이 방에 페르델이 없다는 건 내겐 솔레이에 아빠가 없다는 것만큼이나 큰 상실감을 주는 일이었으니까.

자그마치 18년. 이 방에서 날 맞이하던 페르델을 마주한 시간이었다.

"괜찮습니다, 공주님. 쫓겨나는 건 아니니까요. 저 역시 제가 물러날 때가 되었다고 판단했기에 곱게 물러나는 겁니다."

"왜?"

내가 입을 모았다. 정말 궁금했으니까.

내 질문에 페르델은 마치 수업 시간에 모르는 걸 질문한 학생에게 답해 주듯 상냥하게 대꾸해 주었다.

"제가 영원히 사는 건 아니니까요."

그건 알지만…….

물론 페르델이 없는 아그리젠트가 올 거라는 사실은 알고 있었다. 언젠가 그런 미래가 예견되어 있다는 걸.

하지만 그래도.

내가 주저하자 페르델이 부러 웃었다.

"슬슬 이 나라도 준비해야죠. 제가 없고 카이텔이 없는 미래를."

그런 게 과연 오기나 할까?

순간 든 생각은 그것이었지만 이 영원할 것 같은 현재가 영원히 지속되지 않을 거라는 건 나도 알고 있었다. 서운하고 슬프고 싫지만 그게 현실이라는 걸 이미 알고 있다.

그래, 인정할 건 인정해야겠지. 그게 인생이라는 거니까.

어쩐지 기분이 좀 씁쓸하다. 묘하게 처지는 감상을 나는 억지로 다른 쪽으로 돌려 버렸다.

"있잖아, 페르델."

"예."

"아빠가 날 데리러 왔을 때 6황자의 어머니라는 여자를 끌고 왔어. 난 어머니고 뭐고 6황자가 무시할 줄 알았는데 엄청 동요하더라고. 그래서 풀려났는데, 페르델은 알아? 아빠가 어떻게 그걸 알았는지?"

내 질문에 페르델이 생각도 하지 않고 대답했다.

"카이텔에게 물어보세요."

……아빠가 대답해 주진 않을 것 같은데.

근데 폼을 보니 페르델에게서 답을 듣는 것도 어려워 보였다. 그것도 페르델이 해임당한 거랑 연관이 있는 건가? 모르겠다.

그다음은 얌전히 입 다물고 서명만 했다. 페르델이 어련히 알아서 잘했겠지만 그래도 적어도 어떤 것에 찬성을 하고 반대를 하는 건지는 알아야 하니 열심히 서류도 읽었다.

하, 자고로 약관은 안 읽어 보고 동의 누르는 게 장땡인데.

"공주님."

"응?"

"아마 제가 재상으로서 공식적으로 끝마치는 소임은 이 전후 처리가 마지막이 될 겁니다."

응? 그래서 뭐?

내가 고개를 갸웃하니 페르델이 지체 없이 말을 덧붙였다.

"제가 물러날 때, 공주님께서 해임해 주세요."

"응? 왜?"

"공주님 손에 해임당하고 싶습니다."

그러니까 그걸 굳이 내가 해야 하는 이유가 있냐고. 어쩐지 껄끄러웠다. 페르델이 그냥 재상이었으면 모르겠는데 내 스승이기도 하니 더 그랬다. 게다가 따지고 보면 먼 친척뻘이기도 하고.

"내가 꼭 해야 돼? 그냥 아빠가 하면 안 돼?"

"공주님 손으로 파면당하고 싶은데요."

……뭐지, 이 변태는?

파면해 줄 수 있는 사람이 널려 있는데 굳이 날 고르는 이유가 뭐냐, 이 변태야. 내가 눈살을 찌푸리니 페르델이 당연하다는 듯 고개를 끄덕인다.

이 인간 봐라. 뭐지, 이 당당함?

"뭣보다 카이텔이 하는 것보단 공주님 손에 물러나는 게 모양새가 좋습니다. 어쨌든 카이텔은 절 이 자리에 이십여 년을 있게 한 장본인이니까요."

으음, 그건 또 그렇지.

페르델이 말하는바 전부를 알아들은 건 아니지만 대충 맥락은 알아들었다. 아빠에게 불이익이 갈지도 모른다는 것.

그래, 적은 시간도 아니고 이십여 년 동안이나 이 나라를 맡겨 놓고 하루아침에 파면이라니. 꿀 다 빨고 버리는 것처럼 보일 수도 있었다.

사실 그게 맞는 것 같다만.

"알았어. 그냥 파면한다고 하면 되는 거야?"

"후임도 같이 정해 주셔야죠."

"응."

후임은 보나마나 제로였다. 페르델 옆에서 구른 시간이 있으니까 잘하겠지. 페르델도 제로를 자기 비서관으로 고를 때 그걸 염두에 두고 고른 거라고 했으니까.

그래도 역시 기분이 좋지 않았다. 페르델을 내 손으로 파면한다니. 내가 침울하게 어깨를 늘어뜨리니 페르델이 씩 웃었다. 장난기가 발동한 미소였다.

"서운하세요?"

"응."

내 짧은 긍정에 놀란 듯 페르델이 두 눈을 동그랗게 떴다.

"어, 정말요?"

설마 내가 솔직하게 대답할 줄 몰랐다는 태도라 나는 살짝 서운했다. 아무리 그래도 페르델인데.

응애응애 애기 적부터 친숙하게 봐 왔던 사람이 하루아침에 그 자리를 비우고 다른 곳으로 가 버린다는 건 상상하기도 힘든 상실감을 내게 주었다.

"내가 앞으로 포더르에 와서 재상 집무실에 들르면 여기 없는 페르델이 항상 그리울 거야."

항상 있었으니까.

그 빈자리가 언제나 항상 허전하고 그립고 또 보고 싶을 거다. 분명했다. 일린도 그랬으니까. 하물며 페르델은 얼마나 더 보고 싶겠는가.

내 말에 페르델이 고개를 끄덕인다. 코끝이 찡한 듯 살짝 찌푸린 표정이 어쩐지 소년같이 느껴졌다.

"비테르보 영지 멀지 않아요. 언제든지 놀러 오십시오. 우리 공주님은 언제든 환영입니다."

"응."

"자주 수도에 올라올 테니 서운해 하지 마세요. 당장 내려가는 것도 아니니까."

"응."

어쩐지 길게 대답하면 울 것 같아서 짧게 고개를 끄덕이는데, 그런 내 모습을 페르델이 자랑스럽게 바라본다. 수많은 말이 떠올랐지만 굳이 하고 싶진 않았다. 말하지 않아도 페르델은 알 테니까. 어디 죽으러 가는 것도 아니잖아?

내가 처진 기분을 어쩌지 못해 머뭇대니 페르델이 낮고 조용한 목소리로 입을 열었다.

"제가 재상이 되기 전에 시르비아와 약속한 것이 하나 있었어요."

"약속?"

"예."

그땐 결혼은 안 하고 약혼하고 있던 때 아니었던가. 결혼은 내가 태어나고 했으니 내 기억은 정확했다.

내 시선에 페르델이 빙그레 웃는다. 둘만의 비밀이라는 태도에 나는 그게 대체 어떤 약속인 건지 궁금해 하진 않았다. 페르델이 그 말을 꺼내며 짓는 미소가 너무 고즈넉해서 그게 너무나 부러웠다.

"이제 그 약속을 지키기 위해 물러나는 것뿐이에요. 그러니 너무 슬퍼하지 마세요. 쫓아낸다고 힘없이 쫓겨나는 게 아니랍니다."

……그래, 이렇게까지 말하는데 내가 더 이상 슬퍼할 수는 없지.

고개를 끄덕이며 웃어 보이니 페르델이 덩달아 웃어 주었다.

"아, 이제 보셔야죠?"

"그래야겠네."

별로 오래 앉아 있은 기분은 아니었는데, 벌써 시간이 저녁을 향해 가고 있었다. 나는 잉여하다지만 페르델은 아니니까.

회담이 있는데 바쁜 사람을 붙잡고 있을 수는 없지.

나는 단번에 자리에서 일어났다.

"회담 준비 잘해."

"배웅해 드리지 못해 죄송합니다."

페르델이 죄송하다며 고개를 숙였으나 그런 건 아무런 상관도 없었다. 그냥 잠시 그 모습을 내 두 눈에 새기느라 길을 나서지 못했을 뿐.

이젠 다시는 보지 못하는 풍경이니까. 아니, 영원히 볼 수 없는 모습이겠지.

그렇게 생각하니 지금 이 순간이 너무나 아깝게 느껴졌다.

이 순간을 어디에 영원히 보관해 둘 수 있으면 좋을 텐데.

* * *

저녁 만찬 시간.

페르델의 당부대로 스헤르토헨보스 사신만 따로 내가 식사 대접을 하기로 되어 있었는데 이상하게도 식당에는 아힌 혼자만 덩그러니 앉아 있었다.

들어오다 놀라서 잠시 멈칫한 것 빼곤 아무 문제 없이 착석했지만……. 그래도 비어 있는 아힌의 옆자리들이 미친 듯이 신경 쓰였다.

뭐지? 어떻게 저렇게 죄다 텅텅 빌 수 있는 거지?

스헤르토 사람들은 저녁밥을 안 먹나?!

"좋은 저녁이에요, 예하."

"네, 좋은 저녁이네요."

일단 인사 먼저 하고 물어봐야지.

생긋생긋 최대한 예쁘게 웃으려고 노력했는데 다행히 먹힌 모양이었다.

그래, 내가 웃는 거 하나는 기가 막히게 잘한다고! 물론 거기엔 눈물 없인 듣지 못할 슬픈 사연이 얽혀 있었지만 여기에선 생략하고 넘어가도록 하자.

하, 인생 따위.

근데 인사를 하고 나니 뭔가 이상하다.

응?

그 순간 아힌이 의미심장한 미소를 보냈다.

"공주님께서 이름으로 불러 주시면 더 좋은 저녁이 될 것 같지만 말입니다."

"……."

어쩐지 힘든 저녁이 될 듯한 건 기분 탓이 아니겠지.

"하하……. 하하하."

억지로 웃으며 넘기긴 했지만 내 속에서는 이미 불이 나 있었다.

어떡해, 이걸?

이러면 이럴수록 점점 더 아힌의 비어 있는 옆자리들이 신경 쓰인다. 대체 저긴 왜 없는 거야. 사람이 이—렇게 많고 북적북적거려야 내가 숨통이 트일 것 같단 말이다! 근데! 왜! 안 오냐고!

웬만하면 이러고 싶지 않았지만 나는 결국 눈물을 삼키며 조심스레 입을 뗐다. 대체 네 옆은 왜 비어 있는 거니, 아힌 님?

"항상 지키고 계시는 성기사분들이랑 추기경분들은 어디 가신 건가요?"

"산책을 하고 간소하게 먹는다 하여 저 혼자 왔습니다. 초대해 주신 분께서 기다리고 계신데, 저마저 오지 않으면 실례일 것 같아서요."

그래요. 실례이긴 하죠.

근데 혼자 오는 게 더 실례인데요.

일대일 면담이라니. 살짝 좌절스러웠다. 뭐 때문인지는 모르겠지만 이 자리가 심히 부담스럽다. 전엔 이런 기분은 아니었던 것 같은데.

대체 왜 이렇게 이 자리가 가시방석처럼 느껴지는 거지?

"산책이요?"

"다들 오기 전부터 아그리젠트의 영험한 겨울나무가 보고 싶다고 하더니, 희사원에 간 뒤로 그 앞에서 벗어나질 못하시더라고요."

"아, 그러시구나."

이해 못하는 바는 아니었다. 나도 잘 알지, 그건.

겨울나무의 신묘한 매력은 쉽게 헤어날 수 있는 게 아니었다. 나무 자체도 아름답고 신비롭지만 무엇보다 그 나무엔 다른 나무가 가지지 못하는 수많은 이야기들이 담겨 있었다.

겨울 정령이 잠든 나무라니.

그 자체로도 심히 경이롭지 않던가.

아그리젠트에 사는 사람들도 매료되어서 쉽게 빠져나오지 못하는데 하물며 성직자들은 오죽할까. 아무리 믿는 자가 다르다고 해도 그 성스러움까지 부정할 수는 없는 법일 터.

나는 너그럽게 이해했다.

"그럼 우선 둘이서라도 식사를 할까요?"

"예."

아힌이 웃으며 긍정했지만 내 마음은 전혀 행복하지 않았다.

이걸 진짜 어쩐담. 도대체 무슨 이야기부터 꺼내야 하는 거지? 만인의 즐겨 찾기 대사 1번인 '오늘 날씨 좋죠?'를 시전해 볼까.

근데 이 대사의 단점은 너무 널리 알려져서 듣는 상대방도 내가 할 말이 없어서 이딴 말이나 꺼내고 있다는 걸 알게 된다는 사실이었다.

아, 진짜 어쩌지?

난감한 고민을 하며 침묵을 지키는 순간, 다행히도 아힌이 먼저 입을 열었다.

와, 역시 매너남. 당신이 최고예요!

"오면서 전해 들었습니다."

뭘?

조심스레 말을 꺼내는 낌새를 보건대, 이건 분명 심각한 이야기였다.

대체 뭘 전해 들었다는 거지?

내가 혼란스러워 하는 기색을 보이자 아힌이 옅게 웃으며 덧붙였다.

“안타까운 일이 있으셨다고요.”

“아—. 괜찮아요.”

그 일 말하는 거구나. 6황자, 썩을 놈 그거.

하긴 시간이 꽤 있었으니까 아힌이 아는 것도 이상하진 않았다. 이미 전 대륙으로 소문이 퍼졌겠지.

그건 좀 부끄러운 걸.

내가 분명 괜찮다고 말했는데, 날 바라보는 아힌의 시선은 전혀 누그러지지 않았다. 아니, 진짜 괜찮다고. 정말로.

“이미 다 지나간 일인걸요.”

“제가 끝까지 책임지고 보내 드렸어야 했는데…….”

안심시키려고 한 말인데, 내 말에 안색이 되레 어두워진다.

어, 어……? 저기요. 왜 그러세요?

아힌이 이러니 괜히 내가 다 미안하다. 설마 그 일에 죄책감 같은 걸 느끼는 건가? 책임감 같은 거? 안 그래도 되는데?? 대체 왜??

“설령 그랬다 해도 그 일을 막을 순 없었을 거예요. 오히려 스헤르토의 기사들이 희생당하지 않은 걸 감사하게 여깁니다.”

아힌은 대꾸하지 않았다. 단지 입을 굳게 다물었을 뿐.

그래, 내가 괜찮다고 백번 천 번 말한들 자기 마음이 불편한데 뭐가 편해지겠냐. 나는 그냥 입을 다물었다. 괜찮다고 말해도 들을 것 같지도 않고.

아, 이러면 되려나.
“대신 이번 회담에서 많이 도와주세요.”
“예, 그러겠습니다.”
……? 정말로?
이게 이렇게 쉽게 로비가 되는 사안이었던가.
잠시 놀라 내가 눈을 깜빡이니 아힌이 나와 똑바로 시선을 마주한다.
“더 이상 아그리젠트와 프레치아만의 문제는 아니니까요.”
뭐, 그건 그렇긴 하지…….
납득 못하는 바는 아니었지만 얼떨떨한 건 어쩔 수 없었다.
근데 여기서 회담 이야기 꺼내는 건 좀 칙칙하지 않으려나. 게다가 그 회담을 내가 주도하는 것도 아니고. 난 환자인지라 회담에서 대충 어떤 걸 어떻게 진행하는지는 알고 있었지만 구체적인 건 몰랐다.
이걸 어째?
잠깐 난감했으나 결론은 간단했다. 말을 돌려 버리면 되지!
“아그리젠트는 오랜만이시죠?”
“예.”
고향이라고 그립긴 한 모양이었다.
그러고 보면 어릴 땐 자주 왔었다고 들었는데. 나랑 마주친 것도 그때였으니까. 아힌이 못 오게 된 건 성황의 후계자가 된 다음부터였다.
“많이 달라진 것 같은데, 또 기억 속과는 같네요.”
“제 궁이 생긴 것 외엔 전부 같으니까요.”

"사랑받는 따님이시군요."

분명 칭찬인데, 왜 욕으로 들리지?

알고는 있었지만 이렇게 남의 입으로 들으니 쑥스러웠다. 확인받는 기분이라고 해야 하나. 뭔가 민망하기도 하고 유난 떠는 것 같기도 한데, 뭐, 기분은 나쁘지 않았다.

그래, 내가 바로 사랑받는 딸이다!

그것도 무려 카이텔한테 사랑받는 딸이라고!

"건강은 괜찮으신 겁니까?"

"네. 아직은 좀 힘들긴 하지만 괜찮아요."

"오랫동안 의식을 찾지 못하셨다고 들었는데요."

"저는 크게 다치거나 한 게 아니라서요."

사실 아빠 구한다고 나대서 그런 거지만. 다행히 측근을 제외하고는 자세한 사정은 다들 모르는 모양이었다.

그래, 그건 정말 다행이네. 무엇보다 아그리젠트 내에 드란스테의 존재를 아는 사람이 손에 꼽긴 하지만.

그러고 보니 드란스테 놈, 내가 일어났는데 눈코빼기도 안 비추네? 이 나쁜 놈. 원래 나쁜 놈인 건 알고 있었지만 그래도 이가 갈리는 건 어쩔 수 없었다.

다음에 오기만 해 봐라.

"궁의 시녀들이 유난을 떨어서 회복은 빨라요. 다행히 지금은 이러고 있을 수 있답니다. 뭣보다 산책도 자주 못해서 몸이 좀 찌뿌등해서 죽겠어요."

"그러시면 식사한 뒤 좀 걸을까요?"

어? 정말?!

"그래도 돼요?"

"네."

아힌이 웃으며 고개를 끄덕인다.

……지금 내 행동이 살짝 애 같았던 건 알지만 그래도 그 애들 보는 듯한 시선은 좀 심하지 않니, 너.

그래도 기쁜 건 어쩔 수 없었다.

이렇게 들뜬 기분도 오랜만이네.

그도 그럴 게! 걷는 건커녕 심지어 내 방 침대 밖에 나가는 것도 시녀들이 경기를 일으킬 정도로 싫어해서 한동안 침대 위에서만 살았더니 살도 뒤룩뒤룩 찐 것 같고.

아무튼 걔들은 나에 대한 과보호가 너무 심하다니까.

지금 허용해 주는 산책도 사실 산책이라고 하기 민망할 정도의 짧은 후원 둘러보기일 뿐이었다.

뭣보다 아침, 점심, 저녁으로 하던 산책을 하지 못하는 건 정말 곤욕이었다. 몸에 밴 습관이라는 게 참 무서운 것이 그 시간에 하던 걸 하지 않으니 불안하다고 해야 하나.

아무튼 산책을 같이해 줄 사람이 생긴다는 건 희소식이었다. 뭣보다 그 상대가 아힌이라는 것도 좋았다. 아힌이라서 좋은 게 아니라 거물이라서 좋은 거라고. 우리 시녀들이 반대를 해 봤자 눌러 버릴 수 있으니까!

"그럼 저 뒤에 희사원이 정말 예쁘거든요. 거기로 가요, 우리."

이게 얼마 만의 산책이더냐!

내가 밝게 말하니 뭐가 웃긴 건지 아힌도 덩달아 따라 웃었다.

그러거나 말거나.

기대해라, 아그리젠트 정원의 진수를 보여 주마. 그래, 한 번 보면 빠지지 않고는 못 배길걸.

내가 고개를 끄덕이니 아힌이 작게 웃었다.

“그럽시다.”

“네!”

* * *

내가 떠날 때만 해도 아그리젠트는 태양볕이 따사로운 여름이었다. 그런데 다시 돌아오고 나니 계절이 바뀌어 있었다. 어느새 낙엽이 떨어지는 가을이 된 것이었다.

겨울이 오고 있구나.

고작 2개월 남짓밖에 안 되는 겨울이지만 이 중앙 대륙을 통틀어 겨울이 존재하는 나라는 아그리젠트가 유일했다. 따라서 겨울을 준비하는 늦가을의 풍경은 아그리젠트에서만 볼 수 있는 진풍경. 주렁주렁 열매를 맺은 나무들을 구경하는 건 제법 쏠쏠했다.

이것이 바로 수확을 앞둔 농부의 마음인가.

“아, 오랜만이다!”

운동을 좋아하는 것도 아닌데, 이상하게 산책은 좋았다. 어릴 때부터 하도 아침, 점심, 저녁으로 산책을 해 대서 그런가.

내가 너무 좋아하는 건지 멀거니 걷던 아힌도 따라 웃었다.

그나저나 또 무슨 이야기를 해야 하지? 일단 산책하는 건 좋은데, 예기치 못한 방해물이 내 앞길을 가로막았다.

뭐라고 말해야 되지? 할 얘기가 없는데.

"황실에 과일나무라니, 특이하네요."

입을 꾹 다물고 열심히 걷다 아힌의 말에 잠시 멈춰 섰다.

"멋지잖아요. 좋지 않아요?"

그래, 멋있잖아!

사실 황실 산책로에 있는 나무가 과일나무라니, 품위가 떨어진다며 왕실부의 엄청난 반대가 있었지만 내가 억지로 밀어붙였다.

왜!!

과일나무 옆에서 사는 건 백 년 전부터 간직해 온 나의 소박한 꿈이었다고!

"여기 있는 과일들은 다 먹을 수 있는 겁니까?"

"그럼요. 저 과일들로 잼 만들어서 먹거나 말들 먹이로 주기도 해요."

물론 내가 지나다니다가 하나씩 따먹는 게 주된 용도지만. 덕분에 정원사 말고도 과일나무만 전문으로 키우는 농부를 고용했다는 게 개그 아닌 개그였다. 이것 말고도 해외에서만 나서 구해 오기 힘든 희귀한 과일들은 따로 온실을 만들어서 키우고 있었다.

이 모든 게 다 나의 아름다운 디저트를 완성하기 위한 눈물 없인 볼 수 없는 노력이다!

하지만 어쩌겠어? 맛있는걸.

우스갯소리긴 한데 황궁엔 그런 농담까지 생길 정도였다. 황실 요리가 맛있는 건 재상님 덕이라면 황실 디저트가 맛있는 건 공주님 때문이다, 라는!

내 디저트에 대한 사랑과 애정과 관심은 이미 외국에까지 소문이 널리 퍼져서 오죽하면 대륙의 모든 파티쉐들의 꿈이 나에게 맛있는 디저트를 바치고 칭찬을 받는 걸로 바뀌었다는 것 아닌가. 그러니, 말 다했지. 역시 난 최고야!

"하나 따 드릴까요?"

따는 김에 내 것도 따고.

아힌이 그래도 되냐는 듯 날 쳐다봤지만 난 거리낄 게 없었다.

자, 따 와라!

손짓하자마자 바로 따 오는 시종을 보며 아힌이 놀라운 얼굴을 한다. 아힌이 저런 표정 짓는 건 처음이라 나는 마냥 신기했다.

항상 웃는 얼굴인 건 아니네?

시종이 따 온 사과를 리비가 깨끗한 천으로 닦아서 나에게 넘겨준다. 나는 그걸 바로 아힌에게 넘겼다.

"드세요. 맛있어요."

역시 가장 만만한 게 사과지.

한입 베어 무니 아삭한 소리와 함께 맛있는 사과가 입안을 가득 채운다. 황실 터가 농사에 적합한 건지 여기서 자란 과일들이 하나같이 당도가 장난이 아니었다.

음, 사과잼 만들어 달라 해야겠다.

"맛있죠?"

"네."

한입 베어 문 아힌이 웃으며 고개를 끄덕였다.

그래, 맛있다니까.

아, 흐뭇하군. 내일 아그리젠트가 망한다고 해도 오늘 한 그루의 사과나무를 심으리. 아니다. 오렌지 나무가 좋으려나?

나란히 사과를 입에 물고 다시 걸어가니 뭔가 아까보단 부드러운 침묵이 둘 사이에 감돌았다. 물론 사과 먹는 소리가 대화 소리 대신 가득 메우긴 했지만.

안 그러려고 하는데 자꾸 아힌 눈치를 보게 된다. 괜찮은가? 그래도 여기 풍경이 엄청 멋진 곳인데. 어째 아힌이 페르델보다 속을 알기가 더 어려워…….

"멋지네요. 아무도 이런 생각 못할 텐데."

"뭘 이런 거 가지고."

그래, 멋지지. 나도 알아. 내가 좀 멋져.

발르가 이 말을 들었다면 시끄러울 정도로 웃으면서 죽으려 하겠지만 지금 발르는 여기에 없었다. 아까 겨울달 기사 관저로 가버렸지!

음하핫.

고로 지금 나에게 태클을 걸 수 있는 사람은 여기에 존재하지 않았다. 물론 단순히 과수원 옆에서 살아 보고 싶단 나의 꿈 때문에 이렇게 만든 거라면 모두가 웃으며 그거 농담이냐고 말하긴 했다.

아힌도 웃겠지?

한 번 시도해 볼 만했으나 나의 사회적 위신과 체면 때문에 참았다. 흡, 공주가 뭐라고.

"제가 불편하십니까?"

"예? 아뇨! 절대 아니에요!"

내가 격하게 부정을 했으나 우리 사이에 떠돌아다니는 어색한 공기는 내 말이 거짓부렁이라는 걸 다 일러바치고 있었다. 썩을!

아니, 좀 불편하긴 해.

분명 전엔 안 그랬던 것 같은데…….

사실 이 불편함이 어디에서 오고 있는 건지 알고 있어서 답도 없었다. 하긴 그런 말까지 들었는데 쉽게 대한다면 그건 그것대로 문제였다.

아, 진짜 어쩌지.

이러고 있는 사이에도 시간은 잘만 지나간다.

뭐라고 말을 건네야 하는 건 알고 있긴 한데 아무리 생각해 봐도 꺼낼 말이 쉽게 떠오르지 않았다. 진짜 날씨 이야기라도 해야 하나?!

“쉽지 않네요.”

한참의 침묵이 지나간 뒤에 나지막이 읊조린 말. 혼잣말에 가까웠지만 사실 내가 들어도 상관없는 말이었다.

뭔가 처진 듯한 목소리에 괜히 신경이 쓰인다.

뭐가 쉽지 않다는 걸까. 나무가? 말하는 게?

사실 쉽지 않긴 해. 화젯거리가 없어.

내가 쉬이 대답도 못하고 쩔쩔매자 아힌이 부드럽게 웃었다. 분명 웃는 얼굴인데, 왜 저렇게 안쓰러운 건지는 모르겠다. 아힌이 가끔 웃는 걸 볼 때마다 나는 차라리 다른 표정을 짓는 게 나을 것 같다는 생각을 했다. 지금 역시도.

“괜찮습니다. 기다리는 건 잘하거든요.”

뭐라 말을 하고 싶은데 무슨 말을 해야 하는지 모르겠다. 그냥 닥치고 있는 게 나으려나. 어째야 할지 감을 못 잡고 있는데, 아힌이 다시 웃었다.

"손잡아도 될까요?"

……네?

방금 내가 무슨 말을 들은 거지?

너무 놀라면 놀란 티도 안 난다던데, 내가 지금 딱 그랬다. 내가 지금 들은 것이 진정 진실이란 말인가.

"아니지. 손잡을게요."

거절할 시간도 주지 않고 아힌이 손을 내민다.

바로 코앞으로 내밀어진 손을 보고 나는 순간 머뭇거렸다. 의식해 보진 않았는데 항상 먼저 손을 잡아서 그런지 이렇게 누군가 손을 잡자고 내미는 건 처음이었다.

어, 어쩌지? 그렇다고 이걸 여기서 거절하기도 좀 그런데.

결국 조심스레 손을 얹었다. 맞닿는 손바닥에서 느껴지는 체온이 낯설다. 손잡은 누군가의 온기를 이렇게 의식해 본 건 처음이었다.

뭔가 뺨이 달아오르는 느낌인데.

이상하게 부끄러웠다.

부끄러운 일 없는데 왜 부끄럽지?! 목 근처가 간질간질한데, 도대체 왜 그런지 모르겠다.

"손이 작네요."

물끄러미 내 손을 내려다보던 아힌이 말한다.

내 손이 작은가?

모르던 사실이라 고개를 갸웃하니 날 보던 아힌이 웃었다. 항상 웃는 게 예쁘다고 생각하긴 했지만 이 미소는 조금 달랐다. 진심으로 누구 하나 홀릴 심산인 건지 부드럽게 웃는 얼굴이 황홀할 정도.

이렇게까지 좋아하는 걸 본 적이 있었던가.

이런 미소도 지을 줄 아는 사람이구나.

“그럼 마저 걸을까요?”

“아.”

순간 멍하니 쳐다봤다는 걸 깨달으니 격하게 부끄러움이 몰려온다.

아, 내가 진짜 이런 여자가 아닌데. 내가 예쁜 것에 약하다는 건 알고 있었지만 이렇게까지 약할 줄은 몰랐다. 아, 이거 조금 많이 당황스러운데. 곤란하다, 정말.

아까보다 눈에 띄게 말이 없어졌다. 그러지 않으려고 해도 잡은 손 때문에 자꾸 신경이 쓰여서 무슨 말을 꺼내야겠다는 생각조차 사라졌다.

아무것도 안 했는데, 볼이 화끈거린다고!

“자꾸 그렇게 보셔도 안 놔 드릴 거예요.”

“네?”

내가 너무 힐끔거린 모양이었다. 좀 보긴 했지만 그래도 콕 집어 말할 필요는 없잖아! 어디 쥐구멍에라도 숨고 싶다. 이런 기분은 맹세코 처음이었다.

뭐라 항의하고 싶은데 말이 나오질 않았다.

어쩌겠어. 이미 망했는데.

“경치가 멋지군요.”

그 와중에 아힌은 뭐가 그리 좋은지 예쁘게도 웃었다. 그 미소를 바라보고 있으려니 괜히 의식하고 있는 나만 바보처럼 느껴진다.

에라, 모르겠다!

* * *

밤이 잦아드는 시간은 늘 그렇듯 평온했다. 아무리 온갖 모략과 계략이 판치는 황궁이라고 해도 밤만큼은 고요한 정적이 감돈다.

이런 평온한 안정감에 휩싸여 잠들 수 있다는 게 얼마나 큰 축복인지 새삼 느끼며 나는 멀거니 침대에 앉아 창밖의 풍경을 눈에 담고 있었다.

어슴푸레 흐르는 별빛만이 하늘을 화려하게 수놓고 있다.

죽다 살아나서 그런 건지 아니면 그냥 내가 유난한 건지 모르겠지만 오늘만은 이 풍경이 특별하게 느껴졌다. 어차피 곧 익숙해져서 무심코 흘려 넘길 시간들이라고 해도.

"이제 좀 살 만한가?"

예감한 건 아니었지만 다시 올 거란 건 알고 있었다. 사실 이젠 놀랍지도 않았다.

나는 조용히 고개를 돌렸다.

문 근처에 기대서 있는 청년의 실루엣이 어스름히 깔리는 별빛을 피해 존재했다.

"이제 오냐?"

"기다렸나?"

아니, 그건 아니지만.

드란스테가 몸을 일으킨다. 한 걸음 한 걸음 내게 가까워지는 드란스테를 지켜보며 나는 괜히 불만을 토해 냈다.

"넌 왜 꼭 이런 시간에 찾아오는 거야?"

대답 대신 희미한 미소가 어렸다.

늘 생각하는 바이지만, 새벽빛에 웃는 드란스테의 모습은 눈이 시릴 정도로 매혹적이었다. 의식해 본 적은 없었지만 드란스테야말로 인간을 유혹하기엔 최적화된 존재였다. 저게 검이라는 걸 알지 못했다면 악마라고 서슴없이 불렀을 정도로.

어둠이 깔린 이 까만 세상 속에서도 희미하게 빛나는 푸른 눈동자. 드란스테가 소리 없이 웃는다.

"돌아오지 못할 줄 알았는데."

가벼운 어조.

그러나 목소리만큼은 진중했다.

무릎을 끌어다 품에 안은 채 나는 드란스테를 바라보았다. 마치 제자리라도 되는 양 창문 옆으로 자리를 옮긴 드란스테는 팔짱을 낀 채 나와 시선을 마주했다.

침대와 창문 사이의 거리가 꽤나 있었으나 이상하리만치 불편하지 않았다. 오히려 그게 우리 사이의 거리를 보여 주는 듯해서 도리어 편했다.

"어렵더라. 아빠 찾는 거."

"그렇겠지."

"그렇게 오랜 시간이 걸릴 줄도 몰랐고."

고작해야 하루 이틀일 줄 알았는데. 뭐, 아빠 찾아서 데리고 나올 수 있었단 것 자체가 기적이었으니 별로 불평거리는 아니었다.

"네가 멋대로 들어가서 꿈을 헤집어 놨으니 이로써 카이텔은 또 한동안 악몽에 시달리겠군."

저 자식이!

미미하게 인상을 찌푸렸다.

아무튼 미워하지 않을 수 없게 한다니까. 틈만 나면 이렇게 긁어대니 누가 좋아하겠어. 그건 내가 아주 어렸을 때부터 항상 그랬다.

아주 한결같아서 놀라울 정도네요. 소나무세요?

그렇다고 신경질을 내 봤자 드란스테는 좋아만 할 게 뻔했다.

저 변태.

결국 나는 조용히 삭이고 다시 창밖을 쳐다보았다.

까만 하늘. 이상하게도 그렇게 생각해 보려고 끙끙대도 생각나지 않던 꿈속 일들이 저 까만 하늘을 쳐다보니 모래 속에 파묻혔던 유물들이 잊힌 기억 속에서 발굴되는 것처럼 빛바랜 채 하나둘씩 떠올랐다.

"내가 꿈에서 본 거…… 전부 다 진실일까?"

그냥 꿈일 뿐이었으면 좋겠다.

그렇게 생각하고 싶었다. 하지만 드란스테는 내 희미한 바람마저 무참히 짓밟아 버렸다.

"그렇겠지."

"……."

"하지만 전부는 아닐 거야. 말했잖아. 카이텔의 기억과 소망, 혹은 두려움 같은 게 한데 섞여 나타난 거라고."

그런 말을 들었던 것 같기도 하다. 애초에 꿈속의 일 자체가 너무 희미해서 기억나는 거라고는 드문드문 느꼈던 감상과 단편적인 장면, 장면뿐. 하지만 그것만으로도 충분했다.

"정말 한낱 꿈에 불과한 일들이었으면 좋겠어."

그런 일, 아빠가 겪었다고 생각하고 싶지 않았다. 정말 그게 사실이라면 내가 너무 슬프니까. 내가 어떻게 해 줄 수 있었다면 상관없겠지만 그건 이미 모두 지나간 이야기. 내가 어찌해 줄 수 없는 이야기들이었다.

아, 정말! 아빠 때문에 내가 오래 못 살지. 분명해, 이건.

하지만 나 못지않게 아빠를 놓아주지 않는 존재가 여기 또 하나 있었다.

"드란스테."

"왜?"

"넌 말이야."

잠깐 숨을 들이켜고 나는 최대한 진지하게 물었다.

"카이텔이 행복해지길 바라?"

"행복?"

이게 무슨 헛소리냐는 듯 드란스테가 인상을 찌푸린다.

"아니. 그런 거 바란 적 없는데."

"하지만 넌 나랑 우리 아빠를 매번 도와주잖아."

"그게 도와주는 거야?"

비스듬히 올라가는 입꼬리가 얄밉다. 드란스테는 놀리듯 대꾸했다.

"난 놀리는 거라고 생각했는데."

"놀리기도 하지만 도와주기도 하잖아."

안 놀아난다, 이놈아.

저놈이랑 이런 대화를 몇 년 동안 해 봤어야지.

이미 곤란하면 화제를 넘기는 드란스테의 대화 패턴에는 익숙해진 지 오래였다. 최대한 휘말리지 않으려 신경 쓰며 나는 꿋꿋이 다시 물어봤다.

"왜 그러는 거야?"

도무지 그냥 넘어갈 생각이 없는 내가 불만인 건지 드란스테가 이마를 찡그린다.

"도와준다고 생각하면 얌전히 도움 받고 있음 되지 뭘 또 물어봐."

"그냥 궁금해서."

궁금하잖아.

이런 일이 하루 이틀이라면 그냥 그렇구나 넘어갈 수 있었다. 하지만 이게 벌써 십 몇 년의 일이다. 그동안 굳이 물어보려 하지 않았던 것도 사실이었지만, 항상 궁금했었다.

사실 우리 곁에서 제일 많이 떨어져 지내는 건 드란스테니까.

하지만 그만큼 소홀할 수 있는 우리를 꼬박꼬박 찾아오는 것 역시 드란스테였다. 정말 잊힐 만하면 찾아오는 놈이니까.

나는 단지 그 이유가 궁금할 뿐이었다. 우리를 찾아오고, 도와주고, 신경 써 주는 그 이유가.

"재미있어서."

한참 만에 드란스테가 내놓은 대답.

나는 고개를 갸웃했다.

"빤히 보이는 그 답들을 아무것도 모르고 지나치는 너희들이."

이씨.

"죽을래!"

드란스테가 큰 소리로 웃는다.

밖에 소리 다 들릴 텐데. 하지만 그걸 신경 쓰기보다 저 자식이 날 또 골탕 먹였다는 사실이 더 중요했다.

아무튼 저 썩을 놈.

넌 진짜 좋아해 주려고 해도 좋아해 줄 수가 없어!

노려보는 내 시선에도 불구하고 드란스테는 그로부터 한참 동안이나 끗끗하게 처웃었다.

아오, 진짜!

"축하해. 돌아온 거."

그렇게 웃고서 그런 말 한다고 용서해 줄 것 같으냐?! 마음 같아선 한 마디 쏴 주고 싶었지만 나는 그냥 얌전히 고개를 끄덕였다.

"고마워."

내 답례에 드란스테가 빙그레 웃는다. 창가에 기댔던 몸을 일으키는 걸 보며 나는 물었다.

"또 가는 거야?"

"왜? 옆에서 같이 자 줄까?"

"죽을래, 이 변태야."

내가 기겁하며 싫어하자 드란스테가 또 낄낄대며 웃는다.

아오! 가까이 있었으면 한 대 쳤을 텐데. 안타깝게도 드란스테는 지금 나와 너무 멀리 떨어져 서 있었다.

결국 낄낄거리는 드란스테의 웃음이 잦아들 때까지 나는 입만 뾰로통하게 내밀었다.

"가 봐야 돼."

"어딜?"

"글쎄."

어디인지 자기도 모른다는 듯 드란스테가 어깨를 으쓱였다.

그래, 자기 몸이 어디에 흩어져 있는지도 모르는 불쌍한 놈 같으니라고.

나는 결국 한숨을 크게 내쉬었다. 그 바쁜 틈에 짬짬이 찾아와서 내 하소연 들어주는 것도 사실 엄청 감사한 일인데 말이지.

내가 가 보라고 고개를 끄덕이자 내 앞으로 드란스테가 다가왔다.

"찾으면 또 올게."

자연스럽게 내 손등에 키스하는 드란스테를 보며 나는 알 수 없는 기묘한 기분을 느껴야만 했다. 뭐, 오래가지도 않을 기분이었지만.

"그래, 다녀와."

* * *

지금 페르델의 목표는 카이텔이 완전히 회복하기 전에 지금 벌어진 전쟁을 끝내는 것이었다.

아그리젠트와 프레치아의 국경에서 발발한 전쟁.

정확히는 남부 구舊이차르타령을 강제 점령하며 프레치아가 일으킨 전쟁이었다. 페르델 입장에선 그냥 깔끔히 프레치아가 그 땅을 다시 주고 물러나는 게 이상적이었지만 어디 프레치아가 그러겠는가.

그렇다고 이대로 질질 끌면 분명 완전히 회복한 카이텔이 선택할 것은 똑같은 전쟁밖에 없었다. 어떻게 해서든 그 꼴만은 보지 않으려고 페르델이 애를 쓰고 있는 것이었다.

“그래서 휴전 협정인가요!”

“종전 협정이어야지.”

일린이 그게 그거 아니냐고 반발했지만 나는 깨끗이 기각했다.

다릅니다, 이 아줌마야.

어쨌든 드디어 페르델의 은퇴 직전 마지막 업적인 전후 처리가 마무리되어 가고 있었다.

각고의 노력 끝에 잡힌 협정 장소는 랑그르와 아그리젠트 둘의 국경이 맞닿는 지점. 온 세계의 관심이 이쪽으로 쏠린 와중에 이 협정이 갖는 의미는 매우 컸다.

뭣보다 약 이십여 년 전 아그리젠트 정복 대전쟁 때 열렸던 협정 다음으로 큰 협정일 정도로 중요한 협정이었다. 그리고 그런 자리에, 아그리젠트와 프레치아를 포함한 각국의 대표 사신들이 참석하는 곳에 페르델의 간곡한 요청에 따라 나도 함께 동행하게 되었다. 아빠는 반대했지만.

내가 따라간다는 소식에 궁 안의 모든 사람들이 우려했으나 이번엔 친위대란 친위대는 모조리 끌고 갈 생각이었으므로 내가 또 납치를 당할 우려는 하지 않는 게 좋았다.

배수의 진을 치겠소!

뭣보다 나야말로 잔뜩 긴장한 채여서 원래대로라면 황궁 밖엔 한 발자국도 내딛지 않을 작정이었으나 페르델이니까 가는 거였다.

나라에 보탬이 된다는데, 이 한 목숨 따위.

“공주님, 진짜 가셔도 괜찮으시겠어요?”

“괜찮아. 삼 박 사 일 정도인데.”

“또 쓰러지면 어떡해요.”

“맞아요.”

리비와 일린이 서로 맞장구를 치며 고개를 끄덕였다.

이것들은 또 언제 친해졌대. 무엇보다 사교성 없는 리비가 일린의 말에 이렇게까지 친근하게 대꾸하는 모습은 신기할 정도였다.

“그렇다고 몸져누워 계신 연로한 아버님께 가라 그럴 순 없잖아.”

졸지에 할아버지 취급을 받은 카이텔에게 애도를.

하지만 맞는 말이니까 아무도 내 말에 토를 달지 않았다. 아빠가 갈 수 있었으면 내가 황제 대리로 왜 그 먼 데까지 가겠니. 뭣보다 페르델의 입장에서도 언제 터질지 모르는 폭탄 같은 아빠보다 내가 편할 거다.

세르이라가 걱정스러운 듯 뺨을 쥐었다.

“폐하 다리에 입은 상처랑 머리에 입은 상처가 꽤 치명적이셨나 봐요.”

“그것도 있고. 오랫동안 의식을 못 찾은 게 영향이 제일 컸대.”

“세르이라 님, 그것도 다 우리 폐하라서 이 정도인 거예요.”

“맞아요. 폐하시니까 이 정도로 끝나는 거예요.”

그래, 병원이 있었다면 이미 중환자실에서 집중 관리를 받아야 할 부상이었다. 물론 태의원에서도 이미 충분한 관리를 받고 있었지만.

그나저나 우리 아빠가 요새 얌전하네?

물론 처음 눈을 떴을 땐 한동안 잡음이 좀 있었다. 내가 눈뜨자마자 달려간 것도 있었지만 우리 아버님께서 워낙 가만히 있지를 못하는 인사이니, 절대 안정은 무리였다.

그런데 대체 태의가 뭐라고 협박을 한 건지 깊고 심도 있는 상담을 하더니 그다음 날부터 바로 얌전해지는 게 아닌가.

그것참, 용하단 말이야. 나중에 물어볼까?

"아, 생각난 김에 아빠한테나 가 봐야겠다."

이번에 가면 그래도 사나흘은 못 보는 건데. 거기에 협정이 길어지기라도 하면 그보다 더 오랫동안 못 볼 수도 있다.

생각나자마자 나는 바로 자리를 박차고 일어났다.

"공주님, 괜찮으시겠어요?"

"그냥 몰래 다녀오시는 게 낫지 않으세요?"

시녀들이 우려한다. 나는 생각해 볼 것도 없이 그냥 고개를 끄덕였다.

"내가 숨긴다고 모를 아빠는 아니잖아?"

자고로 솔직한 것이 최고라고!

리비가 따라붙으면서도 걱정스러운 얼굴을 한다. 나는 웃으며 손을 흔들었다.

나 간다!

발걸음이 가벼워서인지 솔레이까지 오는 건 금방이었다.

오늘도 아빠는 자고 있으려나?

바로 카이텔의 방을 찾아가는데, 가는 도중에 낯익은 사람과 부딪쳤다. 솔레이의 시녀장이 나를 보더니 자리에서 멈춰 서 고개를 숙인다.

난 그 인사보다 시녀장이 들고 있는 쟁반에 더 시선이 갔다.

"식사 아직 안 끝났어요?"

"예, 공주님."

나도 그렇지만 아빠도 아직 식당에 나가서 식사를 할 때는 아니라 침대에서 밥을 받았다.

그나저나 아직 밥도 안 먹었다니, 살짝 걱정인데. 점심때 한참 지났는데.

내가 우려 어린 표정을 보이니 시녀장이 웃었다.

아빠 걱정하는 게 어디가 웃긴 거지?

"이제 깨어나셔서 점심을 내어 가는 겁니다."

"아, 그렇구나."

뭐, 그런 거면 이해해야지.

납득을 하고 자리를 비켜 주려 했는데, 순간 번뜩이는 생각이 내 머리를 스치고 지나갔다.

아, 그래.

"시녀장, 제가 가져갈게요. 이리 주세요."

내 말에 시녀장이 의문 가득한 시선을 보낸다.

그래 봤자 내 속마음은 모르겠지.

의아한 시선과 달리 시녀장은 순순히 내게 아빠의 밥을 넘겼다.

후후후.

"가자, 리비."

"공주님, 대체 뭐하시려고요?"

"비밀인데."

내가 그걸 쉽게 알려 줄 것 같으냐.

카이텔의 방까지 오는 데는 그리 오랜 시간이 걸리지 않았다. 내가 쟁반을 들고 오니 경비들이 의아한 표정을 짓긴 했는데, 다들 별말을 하지 않았다.

"아빠!"

"시녀장은 어디 가고 네가 그걸 들고 오는 거지?"

반가워서 싱글벙글한 나와 달리 카이텔은 날 보자마자 똥 씹은 표정으로 인상부터 썼다.

저 아빠가 진짜! 너무한 거 아니야?

나만 보고 싶어 한 것 같잖아! 살짝 서운할라 그러네.

"내가 달라고 했으니까 내가 들고 오는 거지. 근데 예쁜 딸내미를 봤는데 인사도 안 해? 아빠, 애정이 식었어!"

내가 투덜거리자 카이텔이 떨떠름하게 대꾸했다.

"넌 인사했냐?"

"아니. 아빠, 안녕!"

"……그래, 안녕."

안 했으면 지금 하면 되는 거지, 뭘!

내가 바로 인사하자 아빠가 인상을 구긴다.

어휴, 우리 아빠 이렇게 사교성 없어서 그동안 어떻게 살았대. 정말 딸로서 걱정이 이만저만이 아니었다.

내가 가까이 다가가자마자 카이텔이 손을 뻗었다.

뭐?

아빠가 쳐다보는 건 내가 들고 온 쟁반이었다.

"내놔."

"싫은데."

"……."

내 칼 같은 거절에 아빠가 미미하게 인상을 찌푸린다.

그러면 어쩔 건데요? 나에겐 이미 통하지 않는 방법이었다. 아빠가 인상을 쓴다고 무서워했던 건 이미 네 살에 끝났죠.

리비를 시켜 의자를 끌어와서 아빠 침대 옆자리에 떡하니 자리를 잡고 나는 빙그레 웃었다.

"자, 아빠. 아, 입 벌리세요."

내 애교 섞인 목소리에 카이텔이 불퉁하니 대꾸했다.

"내 손으로 먹을 수 있다만."

"어머, 아빠, 이렇게 예쁜 딸이 손수 먹여 주겠다는데 지금 싫다고 하는 거야?!"

그럴 수가.

내가 이렇게 친히 먹여 주려고 요렇게 있는 건데!

시무룩한 표정을 지으니 아빠가 당황한다. 미미한 기색이었지만 이미 오랜 시간 카이텔과 함께한 나는 알 수 있었다.

옳거니, 이미 반쯤 넘어왔어!

"……그런 게 아니라."

"아니면?"

어떻게 해서든 포장을 해 보려 하는데 아빠의 부족한 말발로는 페르델에게 단련된 나를 이길 수 없었다. 카이텔처럼 힘으로 짓누르는 사람들은 명령만 하기 때문에 이런 감정 호소에 약했다.

이것도 다 페르델이 알려 준 방법이지롱.

뭣보다 여기서 칼같이 싫다고 하면 내가 하루 종일 툴툴댈 게 뻔했으므로 그러지도 못했다.

호호호.

내 초롱초롱 반짝반짝한 시선을 차마 거부할 수 없는지 카이텔이 끙끙 앓는다. 결국 한참 만에 아빠에게서 허락이 떨어졌다.

"……줘라."

"응!"

냉큼 스프를 떠서 아빠에게 내미니 카이텔이 못마땅한 듯 이마를 찌푸린다.

저러면 뭐해. 이미 입은 내 스프를 받아먹고 있는데!

"어이구, 잘 먹네, 우리 아빠. 누굴 닮아서 이렇게 잘 먹을까."

"……."

아빠가 인상을 썼으나 뭐라 대꾸하진 않았다.

분명 언쟁을 해 봤자 질 게 뻔하니까 피하는 거겠지. 그 모습을 보니 웃음이 새어 나온다. 나는 터져 나오려는 웃음을 꾹꾹 참았다.

아, 이래서 페르델이 아빠한테 자꾸 개개는 거구나. 그 마음을 알 것 같다. 정말 꿀재미다.

"이번에 랑그르에 간다고?"

"응. 페르델한테 들었어?"

"그래, 당당히 와서 지껄이고 가더군. 페르델의 임시 재상 업무를 인허한 게 너라던데."

"어, 내가 했어."

질책하는 듯한 시선이었으나 나는 당당히 고개를 끄덕였다.

그래, 내가 바로 아그리젠트의 공주다!

"페르델이 아니면 인재가 없잖아. 아빠도 누워 있는데 나 혼자 처리하기엔 아무것도 몰라서 그냥 페르델 불렀어. 솔직히 말해서 페르델처럼 국정 잘 알고 일 처리 빠른 인재는 없잖아. 왜? 아빠, 싫어?"

쉽사리 대답을 못하는 걸 보니 아빠가 생각하기에도 페르델의 능력은 뛰어난 모양이었다. 그래, 항상 페르델을 못 죽이는 이유가 능력 때문이라고 했으니까 당연히 그렇겠지.

사실 뭘 모르는 내가 봐도 페르델은 정말 뛰어난 놈이었다. 난 놈이야, 갠.

잠깐 무거운 침묵이 깔린다. 이제 이런 침묵도 그리 무겁게 느껴지지 않을 정도로 내 안의 무언가가 바뀌어 있었다. 물론 뭐가 바뀐 건진 나도 모르겠지만.

"왜 파면당한 건지는 들었나?"

한참 후에 들려온 질문.

탐색하는 듯한 미지근한 질문에 나는 바로 알아차렸다. 정말 둘 사이에 무슨 일이 있었다는 걸. 근데 내 눈치까지 볼 정도의 일이라는 건 몰랐는데.

진짜 무슨 일인 거지?

"아니. 그건 왜?"

"모르면 됐어."

단칼에 대꾸하고 카이텔이 입을 다물어 버린다.

나는 조금 서운했다. 알려 줄 줄 알았는데.

아오, 둘만의 비밀이냐? 나도 좀 알려 주면 안 되는 거야? 아, 소외감 느껴지네.

괜히 얄미워서 스프와 함께 나온 빵을 일부러 크게 떼서 주니 아빠가 받아먹으면서도 인상을 쓴다. 내가 복수한 걸 알아차린 모양이군.

어쩌겠어, 아빠.

설마 이런 딸내미의 사소하고 귀여운 복수에 일일이 되갚진 않을 거지?! 활짝 웃으며 헤헤거리니 아빠가 노려보기만 할 뿐 아무 말도 하지 않았다.

훗.

"그러게 천천히 드셔야죠, 아버님!"

"……."

한 대 치고 싶다는 표정이 역력히 떠오른다.

나는 마냥 재미있었다.

아, 이제 나 독심술도 하나 봐. 나는 정말 못하는 게 없군. 역시 나야. 음음.

아빠 놀리는 데 재미가 들려서 정말 문제였다. 그래도 이렇게 재미있는데 평생 이 짓은 그만둘 수는 없을 것 같았다.

이 재미를 어떻게 포기해!

무엇보다 남들은 벌벌 떠는 아빠가 나한테는 이렇게 쩔쩔매는 게 귀여웠다. 남들은 알까 몰라, 우리 아빠의 이런 모습. 물론 공유하진 않을 거지만.

"아, 근데 아빠, 나 하나 물어볼 거 있어."

"뭔데."

"나 구하러 왔을 때, 그 성에서, 6황자 엄마는 어떻게 끌고 온 거야?"

페르델에게 물어봤지만 카이텔에게 물어보란 대답만 들은, 그 질문이었다.

"그 엄마 데려오면 나 풀어 줄 건지는 어떻게 알았어?"

계속 의아했다.

열심히 궁금해 했던 나와 달리 카이텔의 대답은 놀라울 정도로 허무했다.

"페르델이 제안했어."

응?

"내가 황제가 되고, 6황자가 도망쳤을 때, 그때 페르델이 그랬지. 도망친 6황자를 다시 불러들일 수 있는 건 그 여자가 유일하다고. 그래서 살려 뒀지. 그런데 빼돌렸어."

"응? 빼돌려?"

"그래. 페르델, 그 자식이 언제 내가 수틀려 죽일지 모르니 소중히 숨겨 놨더군. 그걸 찾아서 끌고 간 거야. 그 마마보이 새끼가 제 엄마를 눈앞에 두고 당당할 수 있을 리가 없으니."

마마보이라니. 도무지 이미지 매치가 안 되어서 허우적거리는데, 카이텔이 이를 갈았다.

"남부에 벌어진 전쟁도 그 새끼 짓이겠지. 음험한 놈."

"그 새끼?"

"시오른, 개자식."

거참, 딸내미 앞에서 어조가 상당히 거치신데요, 아버님.

뭐라 말하기가 애매하다. 뭐, 항상 이러긴 했는데 그래도 아빠! 가정교육이 중요한 건데 말이에요.

하지만 살벌한 카이텔 앞에선 그냥 입을 다무는 게 최고였다. 괜히 잠자는 호랑이의 코털을 건드릴 필요는 없지.

“그냥 놔두면 나중에 그 패거리를 한꺼번에 씨를 말려 주려 했는데, 내가 그러기도 전에 페르델이 선수를 치고 있군. 우리 따님은 거기에 동조뿐 아니라 협조까지 하고 계시고.”

하하, 어쩌겠는가. 페르델이 처리하는 게 여러모로 잡음이 없는 것을.

어색한 웃음으로 이 상황을 무마해 보려 했으나 카이텔은 딱히 크게 책망하는 얼굴은 아니었다. 그냥저냥 자신이 처리했다면 그렇게 했겠지만 지금 이렇게 해결되는 것도 크게 반대하는 건 아닌 모양이었다.

“아빠, 난 아빠가 싸우는 거 싫어.”

잠시 트레이를 옆에 두고 나는 아빠 손을 붙잡았다.

“왜?”

“다른 사람이 아빠를 싫어하잖아.”

오랜만에 잡는다. 우리 아빠 손.

이 손을 처음 잡았을 때가 생각나지는 않지만 앞으로도 이 손을 오래도록 잡고 싶다는 다짐만은 들었다.

“내가 아빠를 좋아하는 만큼 다른 사람들도 아빠를 좋아해 줬으면 좋겠어.”

어렸을 때부터, 아니, 카이텔을 좋아하게 된 무렵부터 어슴푸레 내 가슴에 남은 생각. 오래된, 카이텔에 관한 나의 진정 어린 소망이었다.

"너무 애 같은가?"

"너 애 맞아."

아빠의 핀잔에 저절로 웃음이 나온다.

그래, 아직 어리지. 열여덟. 적다면 적은 나이고, 많다면 많은 나이였다.

이제 내가 다시 태어나기 전의 생에서 몇 살이었는지는 잊기로 했다. 내가 전에 어떤 삶을 살아왔는지도 더 이상 상관하지 않기로 했다. 이미 끝난 걸 이제까지 붙잡고 있던 나도 참 미련했으니까. 계속 그걸 되뇌며 되새기는 것 자체가 이 삶을 충실히 살고 있지 않은 증거처럼 느껴지니까. 어찌 되었든 지금 내가 사는 삶은 열여덟의 아리아드나이다.

그렇게 결론을 내리니 갑자기 모든 게 달라졌다.

내가 해야 할 것, 할 수 있는 것, 모든 게 마치 수많은 별들처럼 갑자기 내 앞에 펼쳐져서 그 황홀함에 아찔했다.

다시 태어나서 다행이다.

정말 다행이다.

손에 닿는 아빠의 온기를 느끼며 나는 그 손을 꽉 잡았다.

"무사히 다녀올게요."

내 인사에 카이텔이 피식 웃는다.

"어디 시집이라도 보내는 심정이군."

"어머, 나 아직 결혼할 나이는 아니야."

그래, 적어도 스물다섯은 넘어서 할 거라고!

사실 서른은 넘어서 하고 싶은데, 그럼 나중에 아이 낳기 힘들 것 같아서 스물다섯 정도로 당겨 버렸다. 뭐, 운명의 상대만 만난다면 스무 살에도 할 수 있는 거지만!

카이텔이 내가 잡지 않은 다른 손을 들어 내 머리를 쓰다듬었다. 아주 천천히. 느릿하리만큼 느긋한 손길에 나는 내가 고양이라도 된 듯한 느낌을 받았다.

아, 기분 좋아.

"엊그제만 해도 이만했던 것 같은데."

"아니지. 엊그제도 요만했지. 이만한 건 벌써 십사 년도 더 전이에요, 아버님."

"벌써 그렇게 시간이 흐른 건가."

그럼, 얼마나 지났는데.

내가 고개를 끄덕이니 새삼스러운 듯 카이텔이 작게 한숨을 내쉬었다.

"내 나이 먹는 건 느껴지지 않는데, 널 보면 실감한다."

우리가 만난 지 이제 십칠 년인 건가. 그렇게 시간이 지난 건가. 정말 새삼스럽다. 요즘 따라 새삼스러운 일이 너무 많았다.

"얼마나 더 같이 있을 수 있는 걸까."

"내가 죽을 때까지!"

이 아빠가 갑자기 무슨 소리래!

"당연한 거 아냐?"

내 말에 카이텔이 혀를 찼다.

"철없는 소리로군."

"뭐야, 그 반응은!"

죽을 때까지 아빠 껌 딱지 할 예정인 나에게 너무 매정한 거 아니야?

내가 입을 내미니 카이델이 웃으며 다시 내 머리를 쓰다듬었다. 나지막이 내려앉는 잠잠한 목소리.

"너무 빨리 자라지는 마라."

이미 다 자랐는데…….

열여덟이면 다 자란 거지, 뭐. 그래도 아빠 눈엔 내가 아직 어려 보이는 모양이었다.

"보내기 싫다."

어디에 보내기 싫다는 걸까.

순간 그런 생각이 들었다. 왜인지 지금 가는 협정에 보내기 싫다는 말은 아닌 듯했다.

한숨과 같은 한마디. 아빠는 지금보다 더 먼 미래를 보는 듯한 눈동자로 나를 쳐다보았다. 어디를 보건, 내가 아빠를 떠날 생각은 없는데 말이야.

"잘 다녀올게요. 일주일만 참아 봐. 나도 아빠 많이 보고 싶을 거야."

"그래."

아, 정말 이 애 같은 아빠를 두고 내가 어디를 갈 수 있을까. 사람이 나이를 먹으면 어린애 같아진다더니. 아직 그럴 나이도 아닌 것 같은데, 우리 아빠는 벌써 애였다.

아, 남자는 몇 살이어도 애라고 했던가?

참 신기한 일이야. 그래도 나마저 이 품에서 떨어지기 싫으니 이것도 문제였다.

"이거 봐. 누가 보면 우리 이대로 영영 못 보는 줄 알 거야. 우리 부녀 진짜 유별나다. 그치?"

"괜찮아. 손가락질하면 그 손가락을 잘라 버리면 되니까."

분명 뭐라고 말하려고 했는데, 순간 그 대답에 할 말을 까먹어 버렸다.

아…….

일단 웃고는 있는데 나오는 건 한숨이다. 어휴, 대체 어디서부터 태클을 걸어야 할지 모르겠다. 그나마 다행이라면, 이게 전보다 나아진 거라는 사실이었다.

좋아해야 하는 걸까.

"아빠, 어디 가서 그러면 안 돼."

"……."

"진짜, 걱정돼서 그러는 거야. 알았지?"

카이텔은 대답 대신 내가 내려놓은 밥을 가리켰다.

"밥이나 내놔."

말 돌리는 거 보소.

그래도 할 거라고 대답 안 한 게 다행이었다. 나는 그걸 위안으로 삼았다. 하지만 다시 밥을 주면서도 걱정스러운 표정을 감출 수 없었다.

진짜 문제야, 문제.

"어휴, 이 아빠를 어떻게 하면 좋을까."

4. I love you, my daddy

4. I love you, my daddy

랑그르와 프레치아가 만나는 지점에 있는 가장 큰 도시는 펠리아였다. 국경 도시가 늘 그렇듯 무장한 군사들이 제일 많이 쏠린 도시였는데, 그 때문인지 시장을 건장한 기사가 맡고 있어서 놀라웠다.

그럼 뭐해? 랑그르 땅인걸.

정확히는 아그리젠트에서 랑그레에게 대여해 주고 있는 땅이었다.

근데 대체 무슨 영문인지 중재를 하라고 불러 놓은 랑그르의 사신은 대놓고 프레치아의 손을 들어 주고 있단 말이지.

저게 도로 땅 뺏기고 싶어서 돌았나.

그 때문인지 몰라도 무려 삼 주간 준비해서 시작하는 협정인데도 페르델은 협정 내내 고전을 면치 못했다.

물론 그 이유 중 하나엔 프레치아 측 수장이 너무 깐깐하게 굴었던 것도 있었다. 오죽하면 듣던 내가 다 머리를 짚고 한숨을 내쉴 정도였겠는가.

"구이차르타는 명백히 프레치아의 속국이었습니다. 그 땅을 되찾는 데 이유는 필요 없죠."

"카이텔 폐하께서 이차르타의 핏줄이라는 걸 잊으셨습니까? 그 땅의 정당성은 우리 아그리젠트에게 있는데 말이지요."

"이차르타의 핏줄을 끊어 놓은 건 카이텔 폐하가 아니던가요? 그건 명백히 정복 전쟁이었습니다. 우리는 그저 우리가 가졌어야 할 것을 가지려고 하는 것뿐입니다."

"먼저 도발을 한 건 이차르타 측이었습니다. 우리 아그리젠트는 절대 먼저 침략한 역사가 없습니다."

어휴.

아무것도 안 하고 그냥 자릿수만 채우는 용도로 동행한 나마저 한숨이 절로 나오는 상황이었다. 어느 정도 갈등은 있을 거라고 생각했지만 이렇게 첨예한 갈등이 펼쳐질 줄은 몰랐다. 이런 논쟁이라니. 머리 아프다.

그 와중에 페르델은 침착하고 차분하게 언쟁을 이어 나갔지만 저 자리에 만약 내가 있었다면 그냥 맞짱 까자고 외쳤을지도 몰랐다.

우리 아빠가 괜히 전쟁을 좋아하는 게 아니구나. 답답해 죽겠네, 진짜!

정말 페르델이 존경스러워지는 순간이었다.

재상도 그냥 해먹는 게 아니었어. 자꾸 이렇게 페르델의 유능함을 눈으로 확인하면 정말 보내지기 싫어지는데.

페르델이 유능한 만큼은 아니었지만 프레치아의 수상도 꽤나 유능한 사람이었다. 페르델을 상대하면서도 일방적으로 밀리지 않는다니, 내 인정해 주마.

"먼저 침략한 역사가 없다니요. 프레치아가 명백히 그 침략 전쟁의 산증인인데 말이죠?"

"그것 역시 그쪽 왕이 카이텔 폐하를 비웃어서 그리된 것이 아니던가요. 아그리젠트가 무시당했는데 어찌 그 모욕을 되갚지 않는단 말입니까. 아그리젠트 황실의 위신을 위해서라도 했어야만 했던 전쟁입니다."

"그래서 지금 침략한 것이 자랑이란 말입니까?"

"뭐, 자랑이라고는 안 했습니다만."

프레치아 수상, 암 걸리겠다.

페르델이 싱긋 웃자 울분이 터지는지 프레치아 수상이 테이블을 세게 한 번 쾅 쳤다. 그래 봤자 웅성웅성한 회의장의 소음이 사라지거나 하진 않았지만.

이 자리에 참석한 사신들은 하나같이 각 나라의 왕을 대신해서 온 고위 간부들이었다.

이게 그냥 자잘한 나라들의 다툼이었으면 이렇게까지 되진 않았을 텐데. 하필 부딪힌 두 나라가 둘 다 영향력이 어마어마한 나라들인지라 문제였다. 물론 십여 년간 프레치아가 아그리젠트의 식민지이긴 했지만 원래 남대륙에서 가지고 있는 뿌리 깊은 영향력을 죽여 버릴 만큼 지대한 영향을 끼치진 못했다. 돈이나 그 땅에서 나는 자원 같은 걸 착취해 왔을 뿐이지.

아, 식량 착취도 엄청나다고 전해 듣긴 했다.

"됐습니다. 어찌 되었던 프레치아는 지금 전선에서 절대로 물러날 생각이 없습니다!"

"그거 안 됐군요. 아그리젠트도 마찬가지인데 말이지요."

"그럼 잘됐네요. 지금 이대로 전선을 국경화하죠."

"설마 지금 전선 그대로 국경화하자는 멍청한 제안은 아니겠지요? 지금 전선이 얼마나 중구난방인지는 알고 하시는 말씀이십니까?"

페르델이 인상을 찌푸렸으나 프레치아의 수상은 그럼 어쩔 거냐는 듯 팔짱만 낄 뿐이었다.

이번엔 페르델이 지는 건가.

결국 점령당한 땅은 되찾기 어려울 듯했다.

그래, 못 찾을 것 같았어. 프레치아로서도 그 꿀땅을 그냥 버리고 철수한다는 게 말도 안 되지. 자고로 나라는 땅이 큰 게 장땡이었다.

도무지 진전이 안 되는 것 같은데, 그래도 용케 네 시간 만에 서류에 적을 한두 문항 정도는 정해지고 있다.

문제는 그 한 문항을 서류에 적기 위해 무려 두세 시간씩이나 쉴새 없는 논쟁을 해 간다는 게 문제지. 중재 역할로 참여한 다른 나라는 막상 두 재상의 기에 눌려서 아무것도 못하고 있었다.

그래도 아힌은 뭐라고 해 줄 법도 한데…….

시선을 돌려봤지만 아힌은 이 자리에 처음 앉을 때부터 같은 표정으로 한 사람만 쳐다보고 있었다.

……그래, 넌 너대로 바쁘구나.

하지만 그 상대가 누구인지 알고 있기에 딱히 건드리고 싶진 않았다.

그건 바로 하벨이었다.

정작 난 시선도 마주치지 않으려고 열심히 외면하고 있는데 말이지.

“공주님께선 뭐 하실 말씀 안 계십니까?”

……저게 근데.

페르델이 싱긋 웃으며 날 쳐다본다.

영혼 없이 앉아 있는 나한테 갑자기 화살을 돌리다니. 나는 멀거니 앉아 있다 인상을 구겼다.

얌전히 앉아 있었건만 대체 나는 왜 끌어들이는 거야?

하지만 이미 내게 시선이란 시선은 전부 쏠려 있었고, 이런 주목을 받고 헛소리를 한다는 건 내 공주 신념에 어긋나는 일이었다.

아, 뭐라고 지껄여야 하나.

“그럼 양측에서 원하는 국경 모양을 그려서 그 가운데에 해당되는 땅들로 국경을 긋는 건 어떨까요?”

내 의견에 회장이 순식간에 조용해진다.

뭐야? 그렇게 별로인가.

내가 생각해도 헛소리 같은 생각이긴 했는데, 생각보다 반응이 너무 별로였다. 에이 씨, 그냥 입 다물고 성모 마리아의 너그러운 미소나 지어 줄 걸 그랬나?

“좋은 생각이십니다. 어떻습니까, 수상.”

“흠, 좋은 생각이네요. 한 번 해 보는 것도 나쁘지 않을 듯합니다.”

……응?

늦긴 했지만 예상치 못한 반응에 놀란 건 오히려 나였다.

그게 좋다고? 그냥 되는 대로 지껄인 건데?!

아, 역시 나는 될 놈이었나 보다. 그래, 되는 사람은 뭘 해도 돼.

근데 그 와중에 하벨에게서 쏟아지는 시선이 유난히 따갑다.

아, 저놈은 도대체 왜 저렇게 죽일 듯한 시선으로 쳐다보고 있는 걸까.

저 열렬한 시선이 아까까지만 해도 페르델에게 꽂혀 있었는데, 어느새 내게로 전환되어서 도무지 바뀔 생각을 안 했다.

저기, 나도 아는 척하고 싶은데 상황이 상황인지라 참고 있는 거거든? 우리 이제 아는 척하고 그러는 사이 아니거든?!

"그럼 오늘 협정은 여기까지 하겠습니다."

"예, 이따 저녁 만찬에서 뵙도록 하죠."

드디어 끝난 건가!

뭐야, 내 한마디가 이 회의를 종결시킨 거야?

진작 끼어들걸!

이 지긋지긋한 협정이 끝났다는 생각에 나는 바로 자리에서 일어났다.

드디어 해방이다! 해방이야!

집안 어르신들 심각한 이야기를 하고 있는 데에서 나 혼자 무릎 꿇고 억지로 경청하는 기분이었는데, 드디어 해방이었다. 아싸라비야!

바로 싱글벙글 웃으며 인사를 하고 회장을 나왔다.

아, 행복해.

이렇게 바깥공기가 좋은데 저 답답한 회장 안에 갇혀서 내가 얼마나 슬퍼하며 후회를 했던가. 따라오지 말걸. 괜히 따라와서 이런 봉변을 당한다고 생각했는데!

"발르!"

"예, 공주님."

회장 근처엔 모든 수호 기사들이 출입 금지라 밖에 나오자마자 발르를 찾았다. 한쪽에 서 있던 발르가 날 보더니 휘적휘적 걸어온다.

나름 주위에 해외 사신들이 많이 있다고 예의를 차리는데, 내 눈엔 그냥 이상해 보였다.

어린애가 엄마 옷 입은 것 같아.

내 썩은 표정에 발르가 인상을 구긴다.

왜!

"여자애가 표정이 이게 뭐냐?"

"뭐가!"

"어, 뒤에 사신 나온다."

그 소리에 언제 인상을 썼냐는 듯 환하게 웃으며 뒤를 돌아보았다. 이젠 익숙한 앤시프의 사신이랑 파르텐-키헤른 쪽 사신, 그리고 북대륙의 사신들이 나오며 짧게 목례한다.

나는 일일이 웃어 주다 발르의 허리를 꼬집었다.

빨리 이 자리를 뜨자. 안 그러면 웃다 죽겠어!

다행히 회의장 옆에 작은 화원이 있어서 다행이었다. 꽃을 보고 마음의 정화를 해야지.

"너무 가까이 가진 마. 꽃이 싫어한다."

저게 뭐래, 근데. 발르의 말에 새초롬하니 노려보니 발르가 빙그레 웃는다.

좋냐? 좋아?

생각 같아선 한 방 먹여 주고 싶었는데, 안타깝게도 여긴 외국이었다. 비록 한 발자국만 움직이면 고국이지만.

그냥 오지 말 걸 그랬나.

협정 내내 부담스러운 공기에 압사당하는 줄 알았다.

써을. 괜히 왔어, 정말. 보고 싶지 않은 얼굴만 실컷 보고 말이지.

뭣보다 아힌이 하벨을 뚫어져라 쳐다보는 건 어떻게 감당이 됐는데, 하벨이 나를 뚫어져라 쳐다보는 건 도무지 감당이 안 되었다.

어떡하지, 남은 삼 일.

멀거니 걱정하며 꽃만 만지작만지작하는데, 또 다른 누군가가 이 화원을 방문했다.

정말 우연인지 노린 건지 모를 신기한 우연이었다. 그것도 하필 하벨이 말이지.

보자마자 굳은 나를 보고 발르가 인상을 구긴다.

아니, 거기 황제님은 꽃도 구경하시는군요? 참 서정적이네.

그냥 우연하게 이 좁은 건물 안에서 마주친 거라고 애써 믿고 싶었는데, 놀랍게도 하벨은 나를 보자마자 그대로 직진해서 바로 내 앞까지 다가왔다. 망할.

대체 이 상황을 어떻게 견뎌 내야 하는가.

난감해서 이마를 찡그리는데 그 순간 발르가 내 앞을 가로막았다. 딱 하벨이 내 앞으로 바싹 다가왔을 때였다.

"죄송하지만 적국의 황제께선 제 공주님 반경 백 미터 안에는 못 들어오시는데요?"

비아냥거리는 어조의 낮은 목소리가 크게 울린다. 하벨의 수행원들에게 들으라는 듯 보란 듯이 지껄인 말이었다. 정작 하벨은 아무런 반응도 보이지 않았지만 그 뒤의 수행원들의 표정은 무참히 구겨졌다.

그래……. 나도 알아. 재수 없지?

왜인지 내 편인데도 참 재수가 없단 말이야. 그거 신기한 일이로세.

하, 진짜 이걸 어쩐담.

그냥 무시하고 지나치고 싶었는데 점점 더 험악해지는 이 분위기 때문에 어떻게 외면이 되질 않는다.

망했어, 진짜.

짧게 이를 갈고 나는 한숨을 내쉬었다. 그리고 내 앞을 철통처럼 가로막은 발르의 어깨를 가볍게 쳤다.

"괜찮아."

내 행동에 발르가 인상을 구긴다. 넌 왜 나서냐는 듯한 시선이었다.

그럼 너 혼자 저 수많은 프레치아 사람들의 시선을 독점하고 싶었냐, 이 변태야. 내가 흘겨보니 발르가 다시 제자리로 돌아간다.

나는 잠깐 마음을 가다듬고 억지로 입가에 영업용 미소를 지었다. 최대한 자상하고, 다정하게.

그래, 대화를 못할 건 또 뭐냐. 대체 무슨 말을 하려고 왔는지 들어나 보자.

"무슨 할 말이라도 계신가요?"

분명 바로 대답을 할 거라 생각했는데, 그건 내 오산이었다. 하벨은 아무 대꾸도 하지 않았다. 그저 나를 뚫어져라 내려다봤을 뿐.

뭐냐, 그렇게 본다고 내 얼굴 안 뚫리거든.

서서히 미소 유지가 힘들어져 살짝 얼굴을 찡그리는데 한참 만에 하벨에게서 한마디가 툭 나왔다.

"괜찮아 보이는군."

……이 썩을 놈이 한참 만에 한다는 소리가, 뭐?

내가 납치당했다는 소식을 알긴 아는 모양이었다. 전쟁하느라 바빠서 모르실 줄 알았는데. 그렇다고 고마운 마음은 전혀 들지 않았다.

정말, 전혀!

하벨이 아무 말도 하지 않았는데, 갑자기 하벨 뒤의 수행원들이 화원 밖으로 나갔다.

저건 또 무슨 속셈이야?

나도 발르를 내보내야 하나 고민했다. 근데 하벨은 제 몸 하나는 지킬 수 있고, 나는 아닌데. 설마 하벨이 여기서 날 죽이려고 하진 않겠지?

짧게 갈등하긴 했지만 나 역시 발르를 화원 밖으로 내보냈다.

어쩔 수 없지, 후.

"카이텔 황제께선 안녕하신가?"

둘밖에 남지 않게 되자 하벨이 묻는다.

고요한 질문에 나는 순간 이 대화를 계속 이어 가야 하는 건가 깊은 회의감이 들었다.

그냥 단답형으로 대답하고 나가 버릴까. 갈등 생기네.

물론 진짜 그러지는 못했지만.

"안타깝지만 안녕하세요. 이 협정이 조금만 늦게 열렸어도 여기서 있는 건 제가 아니라 제 아버님이셨겠죠."

"그렇군."

납득했다는 듯 하벨이 고개를 끄덕였다.

오랜만에 보는 하벨은 여전했다. 아니, 전쟁 중이라 그런가 뭔가 더 날이 서 있는 기분이 든다. 마치 예전의 카이텔을 보는 기분이라 해야 하나. 아, 물론 우리 아빠가 더 잘났지만.

"그럼 운이 좋은 건가."

뭔 소리지?

갑자기 여기서 운이 좋다는 이야기가 왜 나오는 건지 이해를 못 해서 인상을 찌푸리는데, 한 걸음 다가온 하벨이 내게 손을 뻗었다.

반사적으로 물러나려 했지만 공주의 자존심이 뭔지 그냥 꼿꼿하게 그 자리에서 허리를 펴고 있었다. 다행히 하벨이 뻗은 손에 무기는 없었다. 단지 그 손에 내 머리카락이 잡혔을 뿐이었다.

적은으로 윤기가 흐르는 머리카락을 만지작거리더니 하벨이 피식 웃었다.

"분명 조금만 쓰고 돌려준다고 했었는데."

"……?"

오랜만에 봐서 그런가. 얘가 살짝 상태가 안 좋아 보인다?

이를 가는 쪼금 살벌한 기운에 나는 대체 얘가 왜 이러나 빤히 쳐다보았다. 너 나한테 무슨 불만 있니?

"어디 다친 데는 없나?"

"없는데요."

"그럼 됐어."

이제 더 이상 볼일 없다는 듯 하벨이 내 머리카락을 놓고 물러난다.

응? 이렇게 쉽게 물러나?

정말 미련 하나 없다는 듯 돌아서서 가는 하벨을 보고 오히려 당황한 건 나였다. 분위기상으로는 분명 뭔가 큰 거 하나 터질 분위기였는데.

이게 뭐지?!

왜인지 이대로 보내면 안 될 것 같은 기분이 든다.

뭐냐고, 이 찝찝한 기분은!

결국 나는 화원을 나가려는 하벨을 불러 세워 버렸다.

"하벨!"

내 부름에 하벨이 바로 뒤돌아섰다. 되돌아오진 않았지만 내가 몇 걸음 걸어갔으니 어차피 대화하기엔 그리 어려운 거리는 아니었다.

나는 이제 대놓고 인상을 썼다.

"어정쩡하게 그러지 말고 말해."

도대체 뭐냐, 속셈이!

내 말에 하벨이 비스듬히 웃는다. 삐뚜름한 미소는 항상 보던 것이었다.

"싫은데?"

어디 그냥 말해 주면 어디 덧나냐!

"그럼 내가 물을까?"

"내게 물을 것이 있던가."

그래, 있다.

나는 한 걸음 더 걸어가 하벨의 앞에 섰다. 그러고는 시선을 맞추고 진지하게 물었다.

"갑자기 전쟁을 일으킨 이유가 뭐야?"

페르델은 그러려니 납득했지만 난 여전히 납득할 수 없었다.

대체 어째서?

"괜찮았잖아, 분명. 난…… 좋게 끝난 거라 생각했어."

"괜찮았어."

"그런데, 왜!"

내가 무어라 더 말하기도 전에 하벨이 내 말을 자른다.

"나에겐 말이지."

나는 얌전히 입을 다물고 하벨이 하는 말을 들었다. 어느새 까맣게 가라앉은 시선은 마주하기 어려울 정도로 냉혹했다.

"이억 명의 사람이 있어. 내 땅에서 신음하며 살아가는 나의 백성들. 삼억이던 프레치아가 인구가 이억으로 줄어들었다. 그중의 오십 퍼센트가 기근 때문에 죽었다. 그 백성들을 고통에 빠지게 한 자가 누구인지 아나?"

……카이텔. 우리 아빠.

모를 리가 없지. 내가 그 사람의 딸이니까.

나는 아무 말도 대꾸할 수 없어 입술만 깨물었다. 프레치아가 그런 상황이라는 걸 몰랐다고 할 수는 없다. 물론 자세히는 몰랐지만 어느 정도인지 어림짐작 정도는 하고 있었으니까.

아그리젠트의 식민지 정책은 냉혹했다. 완전히 꿀만 빨아먹고 버리겠다는 식의 통치. 그 땅의 그 무엇도 배려하지 않는 정책. 그게 이후의 전쟁을 대비하기 위한 착취라는 건 알았지만 결국 이후의 전쟁 계획이 취소되어 버려서 아그리젠트를 살찌우는 데에 사용되었다.

그래, 알아. 내가 먹고 마시고 놀았던 그 모든 게 사실 누군가의 피로 만들어진 거라는 사실을.

"네가 황궁에서 곱게 자랄 동안 나는 내 땅에서 구르며 내 백성들의 실상을 바로 눈앞에서 목도했어. 지옥 같은 비참한 하루하루를 오로지 옛 프레치아의 영광을 되돌리기 위해 살아왔다. 그런데 내게 그깟 회담이 문제가 될 것 같나?"

내가 무슨 대답을 할 수 있으리오. 그저 작게 숨만 내뱉을 뿐이었다.

어렸을 때부터 끊임없이 마주했던 상황.

영원히 나를 놔주지 않을 이 딜레마. 내가 모르던, 내가 없던 시절의 카이텔이 저질러 온 수많은 죄악.

숨이 막힌다.

안 쉬어지는 숨을 억지로 쉬어 보려 나는 눈을 감았다.

카이텔의 딸이기 때문에, 내가 아빠의 딸이니까 영원히 이 딜레마는 내 뒤를 따라다닐 거다. 내가 무슨 짓을 해도, 어떤 말들로 사죄한다고 해도 어쩌면 전부 소용없는 일이 될지도 모른다.

이런 상황을 마주할 때면 몇 번이고 무슨 말을 해야 좋을지 난 언제나 알 수가 없었다.

"……그래서 아그리젠트에게 복수라도 하겠다는 거야?"

"복수는 이미 했어."

하벨이 차갑게 뇌까렸다.

"끝나지 않았을 뿐이지."

애초에 프레치아의 독립을 승인해 준 건 아그리젠트였다. 이 협정 위반으로 아그리젠트가 프레치아를 다시 침공한다고 해도 프레치아 측에선 반박할 수 없었다. 진짜 그러지는 않을 테지만 답이 보이지 않는 이 상황에 답답한 건 매한가지였다.

결국 내가 할 수 있는 말은 이게 최선이었다.

"쉽지 않을 거야."

"알아."

나를 뚫어져라 쳐다보며 하벨이 대꾸했다.

"알면서도 시작한 거니까."

뭐라 대답해야 할지 모르겠다. 그냥— 그냥 정말 답답했다. 어떤 말을 해야 하는 건지, 어떤 행동을 해야 하는 건지 하나도 모르겠다. 그냥 답답했다. 답답해서 눈물이라도 날 것 같다.

이런 기분을, 대체 무어라 말해야 하는 걸까.

"그 말은 결국 우리와 척을 지겠다는 거야?"

어떻게 이 관계를 회복할 수 있는 방법이 없단 말인가.

처음부터 이럴 수밖에 없는 관계임을 알고 있었다. 모르고 있었다 하면 그것 또한 거짓.

언젠가 이렇게 우리가 가는 길이 엇갈릴 거란 생각은 했다. 언젠가 이럴 것이라고.

하지만 언제 정이 들어 버린 건가.

이대로 엇갈린다는 생각을 하니 마음이 아프다.

내 말을 들은 하벨이 희미하게 웃었다. 마치 내 말을 곱씹기라도 하듯.

"우리, 인가."

한층 가라앉은 시선을 마주하고 있기가 힘들다.

나는 그저 가만히 서서 하벨이 하는 양을 바라보고만 있었다. 우리 사이를 가르는 간극이, 내가 어떻게 해도 뛰어넘을 수 없을 정도로 커져서 도무지 감당이 되지 않는다.

나는 조용히 고개를 떨구었다. 잡을 수도, 더 따질 수도 없는 이 상황이 그냥 마냥 싫었다.

"그 말 기억하나?"

무슨 말?

내가 고개를 드니 하벨이 바로 덧붙여 말했다.

"확인해 보러 왔다던 말."

"기억해."

더불어 내 머리끈 돌려준 것까지. 그걸 어떻게 잊을 수 있겠는가. 도대체 그게 어떤 의미인지 신경 쓰여서 밤에 잠도 잘 못 잘 정도였다.

기억한다는 내 말에 하벨은 가만히 입을 다물었다.

아까부터 그랬지만 지금 역시도 그렇다. 무언가를 애타게 원하는 열망 어린 시선. 그 눈빛이 너무 따가워서 나는 쉽사리 어떤 반응도 보일 수 없었다.

왜 저런 눈으로 쳐다보는 걸까?

"난 너와 척을 질 생각은 없어, 아리아드나."

하벨이 느릿하게 말을 이었다.

"하지만 네 아버지와는 달라. 우리 둘 사이엔 해결해야 할 숙제가 너무 많거든."

"우리 아빠랑 척을 지면 당연히 나랑 척을 지는 거 아니야?"

"이해를 못하는군."

나는 하벨이 뭐라고 하는 건지 더 이해할 수 없었다.

대체 내가 뭘 이해를 못한다는 거야? 물어보고 싶지만 뭔가 알고 싶은 의욕이 생기지 않는다.

하벨이 그런 나를 보며 피식 웃었다.

"뭐, 그런 점에 반한 거긴 하지만."

뭐?

놀란 내가 눈을 크게 뜨자 유쾌한 듯 하벨이 입꼬리를 비틀었다. 어느새 다시 내 앞에 선 하벨이 내게로 손을 뻗는다. 그 손이 닿은 건 내 뺨이었다.

"널 데려올 거야."

"뭐?"

"카이텔 황제 손안에서, 널, 기필코 되찾겠다."

이 미친놈이 뭐래?

정작 딸인 나는 정상인데, 엉뚱한 놈이 우리 아빠를 닮고 있었다.

"난 네 것이었던 적 없어!"

"아니."

하벨이 단호하게 부정한다.

"당연히 내 손에 들어왔어야 했어."

너 설마…… 술 먹고 꿈꾸니?

낮술을 벌써 했을 거라고 생각되진 않았지만 정말 의아했다.

내가 잔뜩 인상을 찌푸렸으나 하벨은 손등으로 내 뺨을 살며시 쓰다듬다 냉정하게 뇌까렸다.

"그 멍청한 6황자가 실패만 하지 않았다면 말이지."

"……!!"

이게 무슨 소리지?

정신이 번쩍 든다. 그와 동시에 내 머릿속이 하얘졌다.

"너, 너……."

6황자를 알고 있어?!

거기다 이 발언, 결코 그냥 넘어갈 수 없었다. 마치 6황자와 어떤 연관이 있다는 뉘앙스잖아.

내가 놀라서 씩씩거리니 하벨이 내 어깨를 붙잡았다.

"그렇다고 내가 널 넘긴 건 아니야. 널 시오른에게 넘긴 놈은 네 나라 아그리젠트에서 잘 먹고 잘살고 있을 테니까."

내게 손을 떼고 물러나는 하벨을 보며 나는 다급히 대꾸했다. 아그리젠트에 배신자가 있었다니. 이게 대체 무슨 소리야? 금시초문인 소식이라 더 놀라웠다.

"그게 누군지 말해!"

하벨이 물러나며 서늘한 시선으로 날 응시했다.

"그럼 내 여자가 될 텐가."

"뭔 개소리야, 이 미친놈아."

그게 왜 갑자기 여기에서 튀어나오는 건데?

말을 거르고 대꾸할 틈도 없이 반사적으로 욕이 튀어나갔다. 그럼에도 하벨은 별로 상관하지 않는 태도였다.

공주가 욕을 하는 데 놀라지도 않는 놈이라니.

하긴 저놈도 평범한 놈은 아니었지.

내가 노려보는 데도 개의치 않고 하벨이 입술을 비틀어 미소했다.

"그게 아니라면, 싫은데?"

와, 이 또라이.

할 말이 없다. 답도 없었다. 뭐 이런 놈이 다 있어?

"언젠가 널 내 황후로 만들 거다."

"거기에 내 의견은 들어가 있냐?!"

"그런 건 필요 없어. 내가 하겠다면 하는 거야."

"……."

아, 빡쳐.

공주고 나발이고 이 끓어오르는 분노를 어찌할 도리가 없다. 이 깊은 빡침을 어떻게 해야 한단 말인가. 참아 보려 했는데, 도저히 넌 안 되겠다.

나는 바로 허리에 손을 얹었다.

"나랑 결혼할 거면 제대로 청혼부터 해, 이 멍청아! 그리고 뭐? 우리 아빠한테서 날 빼앗아 오겠다고? 누가 너한테 시집가 준대?! 아오, 우리 아빠랑 난 당연히 원 플러스 원 묶음 상품이야! 그런데 우리 아빤 싫고, 난 좋아? 그게 무슨 도둑놈 같은 심보야! 그리고 그 정도의 리스크도 감수하지 않고 나같이 어마어마한 여자를 탐낸단 말이야? 날 네 황후로 만든다고?! 네가 지금 말이 막걸린 줄 아냐!"

입 밖에 내뱉는다고 그게 다 말은 아니거든? 누군 말을 못해서 가만히 입 다물고 있는 줄 아나.

"때려치워! 내가 너랑 결혼하는 일은 절대로 없어! 알아?!"

속사포처럼 쏟아지는 내 말에 하벨이 흥미롭다는 듯 웃었다.

"나중에 후회할 텐데."

"후회는 개뿔. 넌 우리 아빠 이기려면 백 년은 일러!"

"그건 두고 봐야 아는 거지."

길건 짧건 대보지 않아도 안다니까!

내가 인상을 쓰자 하벨이 피식 웃는다.

비웃냐, 너.

잔뜩 분노한 시선으로 쏘아보니 하벨이 나를 가만히 내려다보다 한 걸음 다가온다. 사뭇 진지한 시선에 나도 모르게 움찔해 버렸다.

읏, 아니야.

절대 무서워서 쫀 게 아니라고!

누구나 사람이 갑자기 다가오면 놀라는 법이잖아. 나도 그거였다고!

그래도 가까이 있는 덩치 큰 남자가 내뿜는 포스는 웬만한 담력으로 견딜 수 있는 게 아니었다.

이게 뭐야…….

내가 못할 말을 한 것도 아니고, 구구절절 옳은 말을 했는데, 왜 내가 쫄고 있는 거지? 어째서?

결국 아무 말도 못하고 그렇다고 물러나지도 못한 채 온몸으로 쏟아지는 하벨의 압박을 맨몸으로 버텨 내고 있었다.

아, 산은 산이오, 물은 물이로다.

아무 말 없이 한참을 내려다보던 하벨이 갑자기 희미하게 웃음 짓는다. 뭐야?

"귀엽긴."

……어?

얘가 지금 뭐란 거야?

당황한 것도 잠시, 내가 미처 반응하기도 전에 하벨의 입술이 내 이마에 닿았다가 떨어졌다.

어, 어?

"야!"

너무 놀라 굳은 것도 잠깐.

정신을 차리자마자 소리쳐 봤지만 어느새 하벨은 화원은 빠져나가고 있었다.

와, 저 발 빠른 놈. 도망치는 거냐!

일순 놀아났다는 생각이 들자마자 속이 다시 부글부글 끓어올랐다. 뭐 저런 놈이 다 있어?!

아오, 빡쳐.

황제고 나발이고 한 번만 더 마주치면 멱살잡이라도 불사하겠다.

건드리기만 해 봐.

씩씩대며 머리를 짚는데, 화원을 나가려고 몸을 돌린 순간 예상치 못한 사람이랑 눈이 맞아 버렸다.

아니, 아힌이 왜 여기에…….

대놓고 마주친 눈 때문에 모른 척 돌아 나갈 수가 없었다.

또르르.

아힌 옆에 서 있던 발르가 한숨을 쉬며 고개를 설레설레 젓는다.

헐, 망함. 넌 또 왜 거기 있냐!

내가 쳐다보니 발르가 어깨를 으쓱이더니 자리를 비켜 주었다. 아니, 그런 배려는 안 해도 될 것 같은데.

"아……."

"……."

저 놀란 눈동자를 보아라. 나는 그냥 입을 다물었다.

머리가 새하얘져서 뭐라고 말을 해야 할지 모르겠다. 그냥 죽을까? 죽어 버리면 되려나.

"보, 보셨어요?"

"예."

……숨 막힌다.

이 어색한 공기에 질식할 것 같았다. 억지로 숨을 들이켜며 겨우 다시 물었다.

"어, 어디까지?"

조심스러운 내 질문에 아힌이 고민하는 듯 고개를 갸웃했다. 그러더니 마치 놀리듯 웃음을 머금는다.

"뭔 개소리야, 이 미친놈아. ……부터?"

국어책 읽기에 충실한 아힌의 말을 들으며 내 영혼은 이미 내 몸을 빠져나가고 없었다.

거의 다 들으셨네요. 썩을.

"저기, 저…… 원래 이런 여자 아닌데."

정말 아닌데, 아니, 진짜 아니라고. 내가 얼마나 고상하고 착하고— 는 이미 설득력을 잃어버렸겠지?

저절로 고개가 잘 익은 벼처럼 숙어진다.

아……, 아.

어째 격한 부끄러움에 어디라도 숨어 버리고 싶었다.

"괜찮습니다. 보기 좋네요."

뭐?

내가 지금 뭔 소리를 들은 거지?

멀거니 깜짝 놀라 아힌을 바라보니 아힌이 눈웃음을 짓는다. 와, 그 와중에 눈웃음이 황홀하다니, 이건 사기야.

"우리 처음 만났을 때 기억나세요?"

"네? 아니요."

근데 갑자기 그 이야기가 여기에서 왜 나오는 거지?

난 마냥 의아하기만 했는데, 아힌은 의미심장하게 웃었다.

응? 뭐지?

대체 왜 웃는 건지 이해를 못해서 고개를 갸웃했다. 대체 뭔데? 우리 처음 만났을 때 뭐 있었나?

"신경 쓰이십니까?"

"네? 네……."

"그래요? 그건 좀 나쁘지 않군요."

저게 대체 뭔 소리여.

내 앞에 서 있는 상대가 아힌이 아니었다면 멱살을 붙잡았을지도 몰랐다. 헛소리 말고 본론만 말하라고.

그래도 기다리고 있으면 말해 주지 않을까? 살짝 초롱초롱한 시선으로 쳐다보니 아힌이 너그럽게 웃는다. 나는 기대했다.

"그럼 더 신경 쓰세요."

"네?!"

……이게 대체 무슨 상황이죠. 왓 더 헬.

그게 끝이야? 정말로?

진짜 끝인 듯 아힌은 그 말만 하고 목례했다.

아니. 저기, 저기요?!

붙잡고 싶은데, 이미 타이밍은 물 건너갔다…….

오늘 마가 꼈나. 올해가 삼재인가.

"끝났나?"

아힌이 가자마자 기다렸다는 듯 발르가 내 옆으로 돌아온다. 이 화창한 날, 이렇게 아름다운 화원에서 나는 때아닌 혼돈의 도가니탕에 빠져 버렸다. 아, 정말!

“발르, 넌 저게 무슨 소리인 줄 알아?”

머리를 쥐어뜯느라 예쁜 머리가 헝클어졌지만 상관하지 않았다. 이 답답한 상황에 누가 이건 이거라고 딱 답을 정해 줬으면 좋겠다!! 하지만 그럴 인간이 있을 리가 만무했다.

헝클어진 내 머리를 쓰다듬으며 발르가 입꼬리를 씨익 올린다.

“의미를 모르는 네가 더 신기한데.”

“뭐라고?”

이 자식이 누나를 놀리고 있어.

내가 인상을 구기자 발르가 검지로 내 미간 사이를 꾹 누른다.

아, 아파.

근데 내가 아힌을 처음 만났을 때 뭘 했나? 기억이 안 나는데. 지금 그 기억을 되살리기에 너무 오래전 일이었다.

끄응. 뭐지?

“내가 아힌 처음 만났을 때 뭐 했나? 발르, 넌 알아?”

“기억 안 나? 너 우리한테 엄청 뭐라고 하다가 형한테 들켰다며.”

아, 맞아.

왜 그걸 잊고 있었지? 내 어릴 적 개망신 순위 베스트 삼에 드는 사건이었는데. 특히나 이불을 발로 뻥뻥 차고 싶어지는 기억이다.

이놈의 울컥하는 성격, 진짜 어떻게 해야 되는데…….

이건 정말 아빠를 닮은 게 틀림없었다. 그래, 누가 우리 아빠 딸 아니랄까 봐.

조용히 절규하는 나를 낄낄대며 지켜보던 발르가 내 머리를 헝클어뜨린다.

이 자식이 진지하게 나와 외적 갈등을 겪고 싶나.

내가 노려보니 발르가 위로하듯 내 어깨를 토닥였다.

토닥토닥.

"괜찮아. 형은 그게 매력 있다고 했으니까."

"응?"

뭐라고?

당황해서 굳은 나를 보며 발르가 크게 한숨을 내쉰다.

"아무튼 이런 여자 어디에 반한 건지 모르겠다니까."

"……죽어 볼래, 발토르타?"

말은 그렇게 했지만 내 속은 이미 뒤집혔다.

아니, 진짜. 아, 정말.

말이 나오질 않는다. 그냥 미치겠다.

내가 절망의 구렁텅이를 구르는 동안 발르는 옆에서 신이 난 얼굴로 깔깔 웃었다.

아오, 진짜 이게!!

"인기 많아서 좋겠다, 우리 공주님."

이제 좀 진정이 된다. 그래 봤자 또 괴로워하겠지만 이렇게 찾아온 잠깐의 평화가 나는 마냥 반가웠다.

후.

일단 숨을 들이켜고.

내가 이러는 게 재미있는 건지 발르가 헤헤 웃는다.

나는 짧게 발르에게 경고했다.

"다물어라. 맞기 전에."

* * *

결국 1차 협정은 잠정적인 종전, 그리고 이후 두 나라의 관계를 어떻게 이끌어 갈지 두 나라에 큰 숙제만 남겨 두고 끝났다.

그래 봤자 삼 박 사 일간의 짧은 협정이었으니, 이 정도 성과도 어마어마한 것. 후에 있을 2차, 3차 협정도 페르델이 책임지고 끝낸다고 했으니, 그에 관해선 아무 걱정도 없었다.

아, 하나 있구나.

그건 바로 날 괴롭히는 두 남자에 관한 것이었다.

……이걸 어쩐다.

고민이 되지 않는 건 아니었다. 왜 걱정하는지도 모를 정도로 신경 쓰고 있었으니까.

아, 모르겠다. 버려! 안 해! 훠이훠이 날아가라, 생각들아! 이 지긋지긋한 고민은 대체 언제 끝낼 수 있을지 의문이었다.

하, 썩을.

협정을 위해 황궁을 떠날 때만 해도 확연한 가을이었는데, 돌아온 지르젠트는 어느새 완연한 겨울이었다. 앙상한 나뭇가지들을 살펴보며 나는 괜스레 다시 한 번 깨달았다.

가을은 짧구나.

"겨울이다."

오랜만에 걷는 산책길에 정말 괜히 황망한 기분마저 들었다. 어릴 때의 시간은 그리 가라고 해도 가지 않더니, 조금 나이를 먹었다고 시간이 지나는지 모르게 사라져 간다.

아빠도 이런 기분이었나. 빨리 자라지 말라던 아빠의 말이 떠올라서 나도 모르게 살포시 웃어 버렸다.

누가 애고, 누가 어른인 건지, 참.

"곧 눈이 내리겠네요."

리비도 감회가 새로운 듯 한마디 한다.

고개를 끄덕이고 나는 다시 높은 하늘을 올려보았다. 여름처럼 새파랗고 청명한 하늘은 아니었지만 옅은 겨울 하늘의 색채 또한 눈이 멀어 버릴 정도로 아름다웠다.

정말 곧 눈이 내릴 날씨구나.

돌아오자마자 한동안 페르델에게 불려 가서 이것저것 하느라 아빠 얼굴도 잠깐 제대로 못 봤는데. 이제 좀 숨통이 트일 것 같다.

이제 아빠나 보러 갈까.

"아빠는 어때?"

"여전하세요."

그거 기뻐해야 하는 건지, 슬퍼해야 하는 건지 감이 안 오는데.

뭐 회복에 전력을 기울여서 이젠 돌아다닐 수는 있다는 소식을 들었다. 그리고 바로 페르델에게 일거리를 받아서 서류에 사인을 하는 중노동을 하고 있다는 소식 또한.

음, 이건 내 예상인데, 어쩐지 아빠 보러 가서 나도 같이 서류에 사인을 하게 될 것 같은 불길한 미래가 눈앞에 선하게 보인다.

가지 말아야지.

"아, 이제 살 것 같다."

아빠도 건강하고, 나도 건강하고, 아그리젠트도 괜찮고, 나머지도 괜찮았다. 그래도 전쟁의 여파는 여전히 남아 한동안은 신경을 써야 하겠지만 그 정도는 너그러운 마음으로 넘어갈 수 있었다.

겨울바람은 싸늘했으나 잔뜩 껴입은 나에겐 아무런 추위도 안겨주지 못했다.

홀가분한 마음으로 길을 걷고 있는데, 문득 옆에서 훌쩍이는 소리가 들린다.

"응? 리비, 왜 울어?"

"아니에요."

아닌 게 아닌데.

조용하고 똑 부러지고 일 처리 잘하는, 여타 시녀들의 귀감이 되는 리비가 이렇게 감정을 드러내는 일은 흔한 일이 아니었다.

대체 이 평화로운 때에 왜 우는 걸까.

"그냥, 공주님께서…… 이렇게 걷는 게, 너무 감격스러워서……."

이를 어쩐다. 나는 진짜 죄 많은 여자였다. 남자 울리는 것도 모자라 여자까지 울리다니. 이 죄를 대체 어떻게 갚으리오.

멈춰 서서 나는 우는 리비의 어깨를 붙었다.

이걸 어쩐다?

"괜찮아. 이제 어디 사고 치고 그러지 않을게. 응? 그러니까 울지 마, 리비."

"평생, 공주님을…… 모실 수 있게, 해 주세요."

띄엄띄엄 들리는 말에 나는 저절로 웃음이 나왔다.

"그건 안 돼. 리비는 멋진 남자 만나서 결혼해야지."

"안, 해도 돼요. 결혼 같은 거."

훌쩍훌쩍 울면서도 잘도 대답한다.

결국 나는 말하는 대신 리비를 꼭 한번 안아 주었다. 때론 열 마디 말보다 한 마디 행동이 통하는 법이니까.

나만한 여자애를 품에 안고 토닥이는 건 생각보다 이상했다. 그래도 그렇게 해 주니 리비가 곧 울음을 멈추었다. 나는 빙그레 웃으며 리비를 놔주었다.

눈물을 그치고 나서는 울고 있던 자신이 부끄러운지 얼굴이 새빨개져서 리비가 고개를 숙여 버렸다.

흐음, 원래 내 성격이었다면 두고 두고 놀렸겠으나…….

뭐, 한 번은 봐주지.

"공주님!"

멀리서 익숙한 부름이 들린다.

고개를 돌리니 일린이 손을 흔들며 다가왔다.

뭔 일인데 저렇게 뛰어와?

일린이 호들갑을 떠는 게 하루 이틀 일은 아니었으나 이번엔 조금 느낌이 달랐다.

"기사님께서 돌아오셨어요!"

이 넓은 황궁에 기사가 한둘이 아니거늘.

하지만 어째서인지 나는 그 말을 듣고 바로 알아차렸다.

당연히 바로 발걸음을 돌린 곳은 솔레이였다. 분명히 돌아오면 카이텔한테 인사를 하는 게 먼저니까 거기 있겠지.

공주 체면도 잊고 달려가니 우연히 솔레이에서 나오는 아시시와 길이 마주쳤다.

그래, 내 예감은 틀리지 않는다니까.

달려와 숨이 찬다. 헐떡거리는 숨을 고르며 아시시에게 다가서니 놀란 표정의 아시시가 나를 멀거니 쳐다보았다. 그 넋이 나간 얼굴을 마주하니 저절로 내 입가에 미소가 퍼진다.

틀림없는 아시시다.

우리 아시시가 내 앞에 서 있었다. 어디 하나 다친 곳 없이.

"공주님을 뵙습니다."

이내 정신을 차리고 무릎을 꿇으며 아시시가 인사한다.

"일어나세요."

일어나라는 손짓을 하니 아시시가 군말 않고 일어났다. 다음 순간 나는 그대로 달려가서 아시시의 품에 안겼다.

"어서 와, 아시시."

얼마나 보고 싶었던가. 내 하나밖에 없는 기사님.

고작 한 달 남짓 헤어져 있었을 뿐인데, 한 일 년은 떨어져 지낸 기분이었다. 그건 아시시 역시 마찬가지겠지.

"정말로, 아시시가 보고 싶었어."

내 말에 아시시가 굳은 얼굴로 고개를 끄덕인다. 늘 이러고 끝이 났었는데, 웬일로 아시시가 입을 열었다.

"저도 그렇습니다."

자연스럽게 내 입가에 환한 미소가 걸린다. 장하다고, 언제 이렇게 감정을 솔직하게 표현할 수 있게 되었냐고, 등이라도 토닥여 주고 싶은데, 안타깝게도 장소가 밖이어서 참았다.

우리 아시시에겐 사회적 체면과 위신이라는 게 있으니까요.

"이제 도착한 거지? 자, 얼른 씻고 쉬어."

"공주님의 호위부터……."

어휴, 누가 성실한 남자 아니랄까 봐.

나는 바로 손가락을 까딱이며 고개를 내저었다. 고집 센 아시시를 꺾는 방법은 이미 정해져 있었다.

"명령입니다, 기사님."

우리 궁 식구들은 왜 이렇게 내 명령을 좋아하나 몰라. 꼭 명령이라는 말을 해야 내 말을 듣는다니까?

이 말을 하면 카이텔은 물론 네가 너무 물러서 그런 거라 대답하겠지만 난 이쪽이 더 좋았다. 다들 날 사랑하니까 그러는 거라는 진실을 알고 있기 때문인가.

내 명령에 아시시가 풀이 죽은 듯 고개를 숙인다.

그래 봤자 안 넘어갑니다, 기사님.

내 단호한 표정에 아시시가 결국 고개를 끄덕였다.

"공주님의 명령을 받들겠습니다."

군말 없이 물러나는 아시시를 보다 일린이 한마디 한다.

"이제 다루는 게 능숙하시네요."

"원래 능숙했거든?"

내가 아시시랑 산 세월이 몇 년인데.

뾰로통하게 입술을 삐죽이니 일린이 웃었다. 그런데 일린의 옷차림이 평소와 다르다?

"왜 겉옷까지 입었어?"

내 질문에 일린이 당연하다는 듯 고개를 크게 끄덕였다.

"이제 돌아가 볼 거니까요!"

"응?"

당연히 요 한 달가량 내 궁에서 끊임없이 마주쳐서인지 일린이 순간 내 시녀로 다시 돌아온 줄 착각했다.

그래, 그랬었지.

알고 있었음에도 서운한 마음을 감출 수가 없다.

살짝 굳어지는 내 표정을 보며 일린이 배시시 웃는다. 나를 달래주려는 그 미소에 더 진해지는 서운함을 어쩔 수가 없다.

"또 놀러 올게요. 저는 이제 아내로서 제 본분에 충실히 하러 갑니다."

"……그래, 그래야지."

미처 붙잡지 못하는 나를 보며 일린이 흐뭇한 미소를 지었다.

"나의 공주님, 아프지 마세요."

"그래."

"그리고 이건 선물이에요."

일린이 내민 것은 작은 보석함이었다.

푸른 사파이어가 박힌 보석함은 생각보다 수수했다.

"이게 뭐야?"

"공주님한테 보내는 제 사랑이요."

"응?"

뭔 헛소리야?

하지만 일린이 뿌듯하게 웃는 모습을 보고 뭐라 할 생각은 들지 않았다. 그저 궁금한 마음으로 함을 내려다봤을 뿐.

"지금 열어 봐도 돼?"

"어허, 제가 가면 그때 열어 보세요!"

"칫, 알았어."

리비에게 함을 넘기자 일린이 제 드레스 자락을 쥐고 고개를 숙였다. 이런 식의 인사는 어쩐지 처음인 것 같아 나는 괜히 긴장했다.

"나중에 뵙겠습니다, 공주님."

"잘 가."

내가 웃으니 일린이 마주 보며 웃는다.

사뿐한 걸음으로 가는 일린의 뒷모습을 보며 나는 괜히 골똘히 생각에 잠겼다.

* * *

"재상부에서 이번 달 풀고르 궁 예산 일정을 보내 달라 하셨습니다."

"그거 이미 재무부로 넘긴 지 오래인데?"

"예? 재상부엔……."

1차 협정을 맺은 지 3개월이 지났다. 2차 협정으로 완전히 종전 선언이 되었고, 아직 남부 정세는 불안정하지만 그럭저럭 나쁘지 않은 수준이었다.

카이텔이 완전히 복귀하기 전에 내 명령으로 페르델이 물러나고, 제로가 신임 재상이 된 지 약 2주도 지나지 않은 상황이었다.

그나저나 난 분명 이번 달 예산 보냈는데.

재무부에서 검토하고 바로 재상부로 넘기는 게 관례였다.

안 줄 리가 없는데? 지금껏 한 번도 그런 적이 없었다. 물론 재무

부도 바쁠 시기이긴 하지만 이런 걸 그냥 까먹을 리는 없을 텐데.

"조금만 기다리거라. 재무부에서 처리가 늦는 걸 수도 있으니."

뭐, 이미 갖고 있는 서류가 하나 있어서 다행이었다. 그냥 내 기우일 수도 있는데, 어째 느낌이 좋지 않다. 벌써부터 텃세인가.

기관끼리 알게 모르게 알력싸움이 있다는 건 알고 있었다. 페르델이야 처음부터 카이텔에게 전권을 위임받고 재상으로 임명된 터라 좀 특별한 경우였지만 지금부터 임명될 재상들은 달랐다.

뭐, 어쩔 수 없나.

내가 할 수 있는 건 그냥 잘할 수 있게 지켜봐 주는 것뿐이니까.

"여기 있습니다, 공주님."

"리비, 이거 맞아?"

"예."

서류의 두께가 어마어마한지라 일일이 살펴보고 있을 시간이 없다. 시간만 좀 넉넉했다면 맞는지 내가 확인해 줬을 텐데. 재상부 쪽도 오죽하면 내 궁까지 찾아왔겠는가.

나는 급해 보이는 초서관에게 서류를 넘겼다.

"자, 여기."

"감사합니다, 공주님."

재상부에서 나온 초서관이 고개를 숙이고 물러난다.

어휴.

초췌해 보이는 뒷모습을 보니 저절로 뺨을 짚게 된다.

"제로도 힘들겠어."

"그러게요."

그래도 어쩌겠어. 본인이 해결해야 하는 문제이거늘.

제로가 재상이 되고 나서 확실히 국정이 엄청 어지러운 게 가만히 궁 안에서 놀고만 있는 나에게까지 전해져 왔다. 그렇다고 아빠한테 신경 써 달라 해 봤자 통하지도 않을 터.

결국 자진해서 이 바닥에 뛰어들었는데, 고작 궁내부와 왕실부를 진두지휘하는 것밖에 하는 일이 없는 나에게도 제로가 자리 잡는 데 엄청 힘들어 하는 게 느껴졌다.

귀족들의 텃세가. 어휴, 아주 그냥…….

"원수부는 어떻대?"

"여전히 바쁜 모양이에요. 국경 강화한다고 시끄럽잖아요, 요새."

"그건 그렇지."

강화는 해야 할 텐데.

문제는 항상 그렇듯 돈이었다. 그렇다고 내가 전폭적으로 지지해 주면 제로가 재상으로서 독립하는 데 문제가 생기니…….

아, 진짜 고민되네.

"리아 님."

"응?"

"면담 시간이에요."

리비의 말에 시간을 확인하니 확실히 다른 업무를 볼 시간이었다.

아무리 바빠도 이 일은 처리해야지.

자리에서 일어나니 하루 종일 앉아 있기만 해서인지 굳은 몸이 찌뿌둥했다. 아, 진짜 시간 내서 운동이라도 해야 하나. 내가 체력이 없는 인간이라는 걸 요새 들어 정말 뼈저리게 느낀다.

음, 아시시의 업무도 아직 끝나지 않았을 텐데.

그래도 일단 가 볼까.

풀고르 궁에 따로 마련된 건물 하나는 아예 이런 면담용으로 바꿔 버린 지 오래였다.

잘 깎아 놓은 조각들로 기둥을 받친 공중다리를 건너 그 건물로 넘어가니 바쁘게 움직이는 사람들이 보인다. 다들 나를 보자마자 고개를 숙였으나 그렇다고 하던 일을 멈추진 않았다.

약속이 잡힌 방으로 들어가 보니 한 남자가 안절부절못하고 그곳에 서 있었다.

나는 반가운 얼굴을 보고 환하게 웃었다.

"아, 어서 와요."

"고, 공주 전하."

그 사람은 바로 내가 스헤르토헨보스를 여행할 때 만난 어떤 화가.

그래, 내가 좋아하는 그림을 그렸던 그 사람이었다!

아, 두근거려.

부끄럽지만 공식적인 활동을 재개하면서 내가 맨 처음 한 건 바로 내 휘하의 시종을 시켜 이 화가를 아그리젠트로 데려오는 일이었다.

안 올 줄 알았는데, 와 줬다니!

아, 이 설레는 기분을 어찌 설명할 수 있을까?

마음 같아서 실실대며 웃고 싶었는데, 공주의 위엄이라는 게 뭔지……. 억지로 웃음을 참고 있어야 했다. 그래도 흘러나오는 내 미소는 어쩔 수 없는 듯.

뭐가 무서운 건지 덜덜 떨며 자꾸 화가님이 고개를 숙인다.

음.

“그렇게 두려워할 것 있나요? 뭐 죄진 거 있으세요?”

“아, 아닙니다. 절대로 그럴 리가…….”

그래 놓고서도 잠깐 고개를 들었다가 눈이 마주치자 황급히 고개를 숙였다.

아, 그래. 내가 아직 그 말을 안 했구나.

“고개를 드세요.”

내 명령에 그제야 화가님이 주춤대며 고개를 들었다. 옆에서 시녀들의 못마땅한 시선이 한 가득이었으나 막상 나는 흐뭇함에 이루 말할 수 없는 설렘을 느끼고 있었다.

하, 앞으로 그 그림들을 계속 볼 수 있단 말인가.

“이름이 무엇이죠?”

“데그리언입니다.”

“좋은 이름이네요.”

데그리언은 내가 뭐라 말할 줄 몰라서 잔뜩 긴장한 기색이었다. 땀을 뻘뻘 흘리는 게 거리가 좀 있는데도 내 눈에 보일 정도였다.

음, 이대로는 대화가 힘들겠군.

어쩔 수 없지. 빨리 본론으로 들어가야겠다.

“좋아요, 딕. 제가 후원을 할 테니 원하는 그림을 그려 주세요.”

“제, 제가 감히 어찌…….”

놀라 차마 말을 잇지 못하는 딕을 보며 나는 내가 지을 수 있는 최대한의 상냥한 미소를 보여 주었다. 아, 이거 원래 잘 안 보여 주는 건데.

“아, 그리고 남는 시간엔 딕이 원하는 그림을 그려도 좋아요. 그리고 이건 정식으로 황실과 계약하는 게 아니라 저 개인과 계약하는 거예요. 음, 뭘 또 말해야 하더라?"

내가 골똘히 생각에 잠기자 옆에서 리비가 두꺼운 서류 뭉치를 넘겨주었다.

아, 맞아. 이게 있었지.

"그래, 이 계약서에 모든 게 들어 있어요. 바로 서명하지 않아도 돼요. 충분히 생각해 봐도 된답니다."

얼떨결에 내가 넘기는 서류를 받아 들며 딕은 넋이 나간 표정으로 나를 멍하니 쳐다보았다. 충분히 무례였지만 나는 그 정도는 이해할 수 있는 넓은 아량이 있었다.

왜냐고?

내가 좋아하는 화가니까 이 정도쯤이야!

"아, 그리고 혹시 아는 화가 있나요? 조각가도 괜찮은데. 제가 이런 걸 좋아해서 그래요."

"예, 예……."

"아, 그리고 사실 이게 제일 중요한 건데."

막상 말하려니 입술이 마른다. 나는 한번 마른침을 삼키고 겨우 웃음을 머금었다.

"제 그림 스승이 되어 주세요."

내 폭탄 발언에 놀란 딕이 그 자세 그대로 멈췄다.

이게 그렇게 놀라웠던가. 물론 말하는 나도 부끄러워서 죽을 것 같았다. 내 입으로 스승님이 되어 달라 말을 하다니. 그것도 이제 두 번 본 사람한테!

너무 무리인 걸 말한 것 같아서 부끄러운데, 딕이 아무런 반응도 하지 않으니 더 그랬다. 아…….

하지만 그것도 잠시, 시종이 눈치를 주자 정신을 차린 딕이 고개를 두어 번 조아리더니 멍하니 물었다.

"고, 공주님께서 직접 그림을 그리시게요?"

"예."

이 생각이 오래되진 않았다. 하지만 그렇다고 아무 생각 없이 무작정 그림을 그리고 싶다고 하는 건 아니었다.

분명 아직 그림을 그리는 건 귀족들 사이에선 천한 일처럼 여겨지고 꺼려지는 일이었다. 뒤에서 안 좋은 소리가 나올 거라는 사실도 알고 있었다.

하지만 꼭 그리고 싶었다. 그건 내가 처음으로 가져 본 내가 원하는 내 미래였다.

"꼭 그리고 싶은 게 있어요."

한참을 안절부절못하던 딕이었는데, 이번만큼은 조금 달랐다. 내 마음을 들여다보기라도 하듯 내 눈을 가만히 응시한다.

정적만이 맴도는 찰나의 시간.

그 시간이 지나자 딕이 무언가 결심이라도 한 듯 고개를 끄덕였다.

"알겠습니다."

어? 정말?

내가 눈을 크게 뜨니 딕이 웃는다. 물론 그 와중에도 시녀들의 눈총 세례를 받아야만 했다.

그렇게 딕을 보내고 나니 절로 콧노래가 나온다.

오늘 면담은 대성공이구나!

"그림 배우시게요?"

놀란 목소리가 뒤에서 들린다. 리비가 두 눈을 동그랗게 뜨고 나를 쳐다보았다.

"뭘 들었어? 배우려고 스승을 구한 거잖아."

"……."

"그리고 시간도 남으면 조각도 배우려고."

과연 내가 제대로 배울 수 있을지는 모르겠지만.

사실 전생의 난 그런 쪽이랑은 영 담을 쌓고 살아서 자신도 없었다. 그냥 꼭 하고 싶은 게 있다는 그 의지 하나로 무작정 덤벼 보는 거니까.

"힘드실 텐데, 웬만한 남자들도 힘들어 하는 작업이잖아요."

"남겨 놓고 싶은 게 있어. 물론 나 혼자는 힘들겠지. 근데 훌륭한 선생님 밑이라면 가뿐하지 않겠어?"

내 대꾸에도 리비가 걱정스러운 듯 우려 섞인 대답을 한다.

"그냥 시키시면 되잖아요."

"그게 뭐랄까……."

그럴 수 있다면 나도 좋겠다만.

나는 입맛을 다셨다.

"아무리 뛰어난 화가라도 내가 딱 보고 싶은 걸 정확히 그려 내진 못하더라고. 그건 아마 나만 꺼낼 수 있는 그런 건가 봐. 그래서 내 머리에 있는 걸 내 손으로 그려 보고 싶어서."

"대체 뭘요?"

알려 줄 것 같니?

나는 조용히 검지를 입에다 가져갔다.

"비밀."

이건 설령 아빠라도 알려 주지 않을 셈이었다.

이미 내 안에 장대하게 짜인 계획을 되새기며 나는 제법 뿌듯한 미소로 리비의 궁금증 가득한 시선을 흘려 넘겼다.

어허, 기다리면 다 알게 되느니라.

"그건 나중에 혼자서도 그림 그리는 게 돼서 웬만큼 잘 그리게 되면 그때 그릴 거야."

물론 그때까지 엄청나게 시간이 걸리겠지만.

하지만 그만한 가치가 있는 것이었다. 그건.

*　*　*

내가 돌아와서 좋았던 것 중 하나는 역시 가끔 내 후원에서 열리는 티타임이었다. 늘 그렇듯 내 어린 소꿉친구와 좋아하는 사람들을 불러 모아 함께 이런저런 이야기를 하는 시간이었다.

별거 아니라고 생각했던 일상이었는데, 이 모임이 이리 감격스럽다니. 마음이 조금 이상했다.

"도대체 언제 그런 사이가 된 거야?"

그나저나 이건 놀라운데.

나는 입을 모아 감탄하며 이블린을 바라보았다. 내 시선에 부끄러운지 이블린이 조신하게 고개를 숙인다.

나는 다시 그레시토를 쳐다보았다. 그레시토도 내 시선을 마주치지 못하고 시선을 돌린다.

아니, 분명 전쟁터도 나갔었잖아……?

내가 가출하느라 비운 한 달 남짓 사이에 대체 무슨 일이 일어났던 것인가.

"둘이 사고 쳤어?"

"아, 아니에요, 공주님!"

……아니, 그렇게 부정할 건 없잖아. 의심스럽게.

가늘게 뜬 눈으로 이블린과 그레시토를 번갈아 보니 이블린이 제 붉어진 뺨을 쥐고 고개를 숙인다.

그 소녀 같은 모습에 나는 더 이상 둘 사이를 추궁하는 걸 그만뒀다. 뭐, 그래도 결혼 소식이라니. 놀라우면서도 실감이 나지 않는다.

아무리 그래도 이블린이 벌써……???

떨떠름한 나와 달리 쌍둥이들은 마냥 기쁜 모양이었다. 오랜만에 열린 티타임에서 발표된 두 사람의 결혼에 쌍둥이는 바로 그레시토에게 달려들었다.

"해냈구나!"

"그래, 넌 남자였어!"

"자식, 잘했다."

근데 결혼하는 거랑 남자랑은 대체 무슨 관계지? 게다가 쌍둥이는 보는 내가 의아할 정도로 기뻐하고 있었다. 진짜 셋이서 무슨 작당 모의라도 한 것인가.

저걸 계속 쳐다보기도 뭐하고 일단 기쁜 일은 기쁜 일이니까 축하는 해야 할 텐데…….

그래도 아직은 얼떨떨했다.

"음, 음음."

그래도 부끄러워하는 건 두 남녀가 똑같네.

따로 떼서 볼 땐 몰랐는데, 이렇게 보니 잘 어울리는 한 쌍이었다. 게다가 시토도 오랜 짝사랑을 이뤄 낸 셈이니까. 그래, 그렇게 생각하니 이제야 미소가 지어진다.

"아무튼 축하해."

내 미소에 감격한 듯 이블린이 제 손을 바로 모았다.

"역시 공주님께선 바다와 같이 넓은 마음을……!"

"거기까지! 더 말하면 선물 안 준다?"

"헙."

이 와중에도 이어지는 찬양 메시지는 더 이상 사양이었다. 이블린이 그만큼 날 좋아한다는 건 알지만 뭐랄까. 음, 오늘은 그걸 들어주고 앉아 있을 만큼 여유가 없다고 해야 하나.

둘의 결혼이라고 해도 어차피 몇 달 뒤에나 열릴 텐데, 나는 벌써부터 뭘 챙겨 줘야 하나 그 고민으로 머릿속이 가득 찼다. 특히 신부가 될 이블린은 내가 아끼는 친구 겸 여동생이고, 그레시토 또한 내 친구이자 오빠이니까.

그래, 맞아. 대놓고 오빠라는 말은 절대로 안 하지만.

내가 한참 고민에 잠겨 있는데, 시토와 단합해 그레시토를 괴롭히던 발르가 나를 툭 건드렸다.

"그러는 리아는 정했어?"

"뭘?"

"결혼 상대."

……?? 이게 무슨 소리야?

예상치도 못한 소리에 내가 의문을 표하니 발르가 씨익 웃는다. 그 미소에 내 등골은 순식간에 오싹해졌다.

뭔가 불안한데, 이 자식?

"형한테 청혼 받았잖아. 프레치아 황제한테도."

"정말요, 공주님?!"

"진짜?!"

아, 이 망할 놈.

반응은 바로 옆에서 튀어나왔다. 이블린이 엄청 커진 눈으로 날 쳐다본다.

너 그러다 눈 튀어나오겠다.

시토랑 산세 역시 놀란 표정이었다. 그걸 확인하고 나는 바로 이를 갈았다.

발토르타 이 망할 놈. 이놈은 좀 조용하다 싶으면 사고를 쳐요, 아무튼.

"아니야."

"정말 아니야?"

아오.

"아니라니까."

"아니긴 뭐가 아니야—."

저 자식이!

아무튼 사람 곤란하게 하는 데 뭔가 있는 놈이었다. 발르가 이쯤 나오니까 다들 심각해져서 나를 쳐다본다.

아, 아니라고! 그런 거! 그런 진지하고 심각한 청혼이 아니었는데, 어쩌다 이런 상황에 처한 걸까.

아, 진짜 저 망할 자식.

눈앞에서 싱긋 웃고 있는 얼굴을 한 대 쳐 주고 싶다. 이가 저절로 갈렸다. 그 와중에 가장 충격을 받은 건 산세인 모양이었다.

한참 멍하니 있던 산세가 나를 똑바로 쳐다보더니 느릿하게 묻는다.

"정말…… 아힌 형이 리아에게 청혼했어?"

"응."

"……."

딱히 나를 향한 질문은 아니었다. 막상 대꾸는 바로 옆에 있던 발르가 했으니까.

그것도 내가 대답하기도 전에!

아니, 저건 왜 하필 여기서 그 이야기를 꺼낸 거야?!

내가 노려보자 발르가 무섭다는 표정을 지으며 슬그머니 도망간다. 산세 뒤에 숨는 발르를 보며 나는 시선으로 경고했다.

넌 나중에 죽었어, 발토르타.

"산세, 산세?"

충격을 받은 건지 창백해진 표정이 어째 안 좋아 보인다. 걱정 가득한 나와 달리 산세는 다른 것에 집중했다.

"리아는 어때?"

"응? 뭐가?"

"청혼 받은 거."

너까지 이러기냐…….

아무튼 쌍둥이 아니랄까 봐. 작게 한숨이 나오는 걸 어떻게 막을 수가 없다.

대체 뭐라고 대답해야 한담.

나는 그냥 대답을 회피했다. 사실 나도 잘 모르겠으니까. 그렇다고 싫은 건 아니었다.

그래, 그건 확실해.

"산세는 괜찮아?"

"아니."

산세가 날 좋아한다는 건 알고 있었다. 그건 어릴 적부터 이어져 온 끈 같은 것이었으니까. 아마 쭉 옆에 있던 이성이 나밖에 없고, 게다가 누나로 같이 놀았지만 그래도 친누나는 아니니까 자연스레 그런 감정을 품었을 거라 생각하지만…….

모르겠다. 내 감정이 아니라서 나는 마냥 조심스러웠다.

"하지만 아힌 형이라면…… 괜찮아."

이번에 놀란 건 나였다.

조용히 이어진 산세의 말에 무언가 내 안에 잔잔한 파문이 인다. 무어라 대꾸하고 싶었는데, 아무 말도 못하겠다. 뭐라고 해야 하지?

"리아를 믿고 맡길 수 있으니까."

"산세……."

이런 사랑을 받을 수 있다는 거, 뭐랄까. 엄청 축복받았다는 생각이 문득 든다. 이 마음을 예쁘게 받아서 기억해야겠다는 생각이 문득 들었다.

"기특하네, 우리 산세."

내가 웃으니 산세도 따라 웃는다. 웃는 건지 우는 건지 모를 미소였지만 나는 그게 웃고 싶은 거라고 생각했다.

묘하게 흐르는 침묵.

발르조차 이 순간엔 무슨 말을 꺼내야 할지 모르는 모양이었다. 한숨을 내쉬는 게 내 눈에 보인다. 이블린과 시토도 눈치만 보고 있고.

그래, 내가 나서마.

"그나저나 이블린, 무슨 선물을 해 줄까? 뭐 원하는 거 있어?"

"어……. 황궁으로 신혼여행 오게 해 주세요!"

"기각."

"칫."

그건 대체 누구한테 들은 거냐.

물론 황궁으로 신혼여행을 온 간 큰 부부가 하나 있긴 했지만 더 이상은 안 됐다.

그게 그렇잖아. 여기가 관광지도 아니고!

나는 머리를 짚으며 한숨을 내쉬었다.

"대신 내 소유의 북쪽 섬에 있는 성으로 신혼여행 다녀와."

"어, 설마 그?"

이블린이 반색을 하며 좋아한다. 나는 고개를 끄덕이며 네가 생각하는 그것이라고 확인해 주었다.

"그래, 내 여덟 살 생일 선물로 받은 그 성이야."

"좋아요!"

이블린의 눈이 유난히 부담스럽게 반짝였다. 애초에 저렇게 좋아할 줄 알면서 말을 꺼낸 거였으니 어찌 보면 당연한 반응이었다.

하지만 역시 좋아하는 걸 보는 건 좋구나.

나도 모르게 입가에 미소가 번진다.

아그리젠트에서도 풍경이 아름답기로 유명한 북쪽 섬.

그중에서도 카이텔이 내게 생일 선물로 준 섬은 주변 경치가 가장 빼어나기로 소문 난 큰 섬이었다. 푸른 바다와 신록의 조화가 어찌나 시리게 아름답던지. 나도 몇 번 가 본 게 전부지만 꽤 좋아했다. 물론 가끔 포상으로 내 시종들을 그쪽으로 여행 보내 주면 다들 좋다고 그 얘기만 떠들었으니까.

"보기 좋네."

내가 신혼여행을 보내 준다니, 시토와 이블린이 기대에 가득 찬 얼굴로 대화를 나눈다. 조곤조곤 이블린이 말을 하면 시토가 들어주며 대꾸하는 식이었다.

아까도 어울린다고 생각은 했지만 막상 둘이 저러고 둘만의 세상을 만들어 내니, 그 생각이 더 굳어진다. 뭣보다 그게 보는 입장에서 보기 좋다는 걸 부정할 수 없었다. 저렇게 예쁜 커플을 또 어디서 본담.

"그러게. 괜히 결혼하고 싶어지게."

옆에서 대꾸한 건 다름 아닌 발르였다.

산세라면 모를까 발르가 이런 소리를 하다니 놀라운데?

"오, 부러워?"

"그런 건 아냐."

"아니긴 뭐가 아냐."

부럽구나? 내가 눈을 가늘게 뜨니 발르가 살짝 인상을 찌푸린다. 더 놀리면 재미없을 줄 알라는 무언의 경고였다.

재미없을 줄 알라니.

"그러는 리아는 부럽지 않은가 봅니다?"

"부러운데."

내가 솔직하게 인정하니 발르가 아깝다는 듯 얼굴을 구긴다. 나는 그냥 웃었다.

자식, 귀엽긴.

* * *

티타임이 끝나고 오후의 일정 역시 끝났다.

원래 오후엔 별다른 일이 없었지만 요새는 그림을 그리면서 보냈더니 한동안은 꽤 빠듯했다.

이렇게 여유로운 것도 오랜만이네.

그래도 빡빡한 일정이 부담스럽지 않은 걸 보면 정말 그림이 그리고 싶구나 싶어서 나 자신이 신기하고 좀 그랬다.

으아, 날씨 좋다.

이제 봄이 오는 희사원을 천천히 걷고 있으려니 멀리서 낯익은 인영이 눈에 들어온다. 나는 그 모습을 확인하고 빙그레 웃었다.

자연스레 내 뒤로 와 나를 따르는 한 사람.

하나밖에 없는 내 기사님.

"아시시."

내 미소에 아시시가 서툰 미소로 화답한다.

처음엔 웃어 주지도 못하는 기사님이었는데. 그걸 생각하니 더 환하게 미소가 번진다.

봄을 부르는 따뜻한 햇살이 우리 둘 사이에 따사롭게 내리쬐었다. 이렇게 빛나는 세상에서 이렇게 멋진 기사님이랑 같이 산책을 나올 수 있다니.

난 정말 행운아이구나.

문득 그런 생각이 든다.

"아시시, 그거 알아?"

아시시가 뭐냐는 듯 나를 내려다보았다.

평소와 같은 별것 없는 작은 행동이었는데, 이상하게 지금만큼은 특별하게 느껴진다. 그 눈동자를 똑바로 마주 보며 나는 작게 웃었다.

"만약 내가 조금만 더 나이가 많았거나, 아시시가 조금만 더 어렸으면 분명 난 아시시랑 결혼했을 거야."

"……예?"

"분명해. 확신할 수 있어."

놀란 아시시의 얼굴이 보인다. 전혀 생각도 못했다는 얼굴이었지만 어째서인지 나는 단호하게 말할 수 있었다.

이것만큼은 날 믿어도 좋아!

"왜냐면 난 아시시를 정말정말 좋아하거든."

분명 떼를 써서라도 결혼하고 말았을 거야.

벌어지지 않은 일이었지만 이상하게도 환히 알 수 있었다. 분명 내가 떼를 써서 아시시랑 결혼했겠지. 아시시는 어물쩍대다가 결국 내 손아귀에 들어와서 내가 하자는 대로 해 줬을 터였다.

응응, 아시시라면 가능해.

그래, 만약 내가 환생을 한 게 아니라 내 몸 그대로 왔다면 아시시랑 사랑에 빠져서 결혼했을 게 분명했다. 물론 아시시가 나에게 반해 줘야 가능한 이야기였지만.

"하지만 아시시는 내 기사님이잖아?"

내 반문에 아시시가 고개를 끄덕였다.

"아시시랑 결혼 안 해도 상관없어. 그래도 날 평생 지켜 줄 테니까."

아시시를 좋아한다. 정말로.

이게 연민인지 애정인지 사랑인지 가족애인지 인류애인지는 모르겠지만 어쨌든 아시시가 정말로 좋았다. 이 마음이 얼마나 크고 넓은지 아시시를 볼 때마다 자꾸 깨닫게 된다.

내가 아시시를 정말 좋아한다는 걸.

아빠를 좋아하는 그 마음과는 다르지만, 또 비슷하기도 한 이 마음을 대체 어떻게 설명할 수 있을까.

"하지만 아시시도 나 말고, 우리 아빠 말고, 페르델 식구들 말고 따로 소중한 사람들을 더 많이 만들었으면 좋겠어. 힘들겠지만 우리 하나씩 해 보자."

아시시의 얼굴이 굳어진다.

나는 이 입에서 무슨 말이 튀어나올지 바로 예감했다.

"잠깐, 이미 공주님께서 계시니 필요 없다는 말은 절대 안 된다!"

"……예."

진짜 그 말을 하려고 한 건지 아시시가 뒤늦은 한숨을 내쉰다.

어휴, 선수 치길 잘했네.

"부담스러우면 말해. 안 할 테니까."

"예."

싫은 기색이긴 했지만 별다른 저항은 없었다. 그리고 그게 어쩐지 좋은 신호처럼 느껴져서 나는 마냥 행복했다.

꼭 아시시가 가족을 만들었으면 좋겠다는 생각은 아니었다. 그냥 아시시의 세계가 점점 더 넓어져서 언젠가는 아시시가 가진 그 모든 상처가 치유되었으면 하는, 그런 바람일 뿐이었다.

힘들다면 굳이 그 안에서 나오지 않아도 된다고 생각한다. 계속 나오자 하는 마음만 있으면 되는 거니까. 그럼 언젠가 모든 걸 훌훌 털어 버릴 그런 날도 오지 않을까.

"아, 맞아. 나 요새 그림 배운다?"

"스헤르토에서 데려오신 그 화가분 말이신가요."

"응. 그림을 그리는데, 역시 난 그림엔 소질이 없나 봐. 너무 어려워."

그림의 '그' 자도 모르는데, 역시 너무 무모한 일이었나 보다. 그래도 하루에 두세 시간씩 그리고 있으니까 아예 맨 처음 시작할 때보단 나았다. 선 긋기 연습도 이제 익숙해져 가고, 딕의 도움을 받아 그리는 그림도 이제 웬만큼 틀이 잡혀 가고 있었으니까.

내 말에 아시시가 살짝 굳은 얼굴로 말을 한다.

"그림 그리는 일은 천한 일이라고 시녀들이 싫어한다는 소리는 들었습니다."

"음, 아시시는 어때? 싫어?"

"공주님이 하시는 일이시라면."

그래, 그 말이 왜 안 나오나 했다.

그래도 마냥 흐뭇하니 나도 중증이다. 어쩌겠어, 좋은 걸.

"응. 그러면서 느낀 건데……. 역시 그림은 그리고 싶은 걸 그리는 게 최고인 것 같아. 나 요새 뭐 그리는 줄 알아?"

"폐하?"

"땡!"

"그럼 뭡니까?"

곧바로 묻는 아시시를 보며 입술을 삐죽였다.

"뭐야. 지금 아빠만 말하고 정답 맞추기를 포기한 거야?"

"음……."

곤란한 듯 아시시가 입을 다문다. 와중에 좀 더 열심히 생각해 보려는지 고민에 빠진 기색이라 그 모습이 제법 좀 귀여웠다.

다 큰 아저씨가 귀엽다니, 이게 대체 무슨 일이래.

그래, 옜다. 내가 인심 좀 썼다.

"아시시를 그리고 있어."

"예?"

내 말에 놀란 듯 아시시가 두 눈을 동그랗게 뜬다.

"물론 모델을 서 주지 않아서 모르고 있었겠지만 말이야."

낮은 탄식과 무언가를 깨달은 듯한 얼굴이 보기 좋다. 평소의 아시시가 보여 주지 않는 표정.

아시시는 놀라면 이렇게 표정이 바뀌는구나.

마치 내 눈에 새기듯 아시시를 뚫어져라 응시한다. 내 시선에 아시시가 눈을 마주쳤다.

예전엔 피하기 바쁘더니.

"필요하시면 언제든지 말씀해 주십시오."

"아니요. 필요 없어요~."

조금 더 앞서 가며 아시시의 손을 잡아당긴다. 아시시는 끌려오면서도 내 말 하나하나를 놓치지 않으려는 듯 집중했다.

귀를 쫑긋하는 게 꼭 토끼 같네.

"왜냐면 내가 더듬어 가면서 그리고 싶거든. 아시시는 내 소중한 기사님이니까. 물론 나 혼자 그리는 건 아니야. 기술적인 건 아무래도 내가 초보라서 딕의 도움을 많이 받고 있어."

기술적인 건 그렇다고 하지만 그 하얀 캔버스 안을 채워 나가는 건 온전히 나의 몫이다.

마치 보석처럼 찬란히 지나가는 이 순간순간을 새겨 넣고 싶다는 작은 바람으로 시작한 일이었지만 이 일이 꽤나 맘에 들었다. 아무도 잊지 않고, 아무도 잊히지 않고 어딘가에 기록해 놓을 수 있는 거니까. 만약 사진이 있었더라도 나는 지금 이 순간을 그림으로 그리고 있었을 것 같았다.

"그림을 그리게 되니까 말이야, 그 사람을 더 주의 깊게 보게 되더라. 얼굴 생김새가 정확히 어떻게 생겼고, 눈 사이는 어느 정도이고, 뭐 이런 사소한 것부터 시작해서 화났을 때 미간이 살짝 찌푸려져 있다든가 입술을 꾹 깨문다든가 하는 거 말이야. 평소에는 보지 못하고 지나쳤던 많은 게 내 눈에 들어오더라 이 말이야."

알고는 있었다. 하지만 섬세하게 신경 쓰진 못했던 부분들이었다. 그림을 그리려고 하니 자꾸 확인하면서 다시 되새기게 된다. 우리 아시시는 이랬구나, 하면서.

"그게 참 사소한데, 정말 중요한 것 같아. 그래서 말이야, 나 요즘 너무 행복해."

내가 웃으니 아시시도 함께 웃는다. 이제 제법 부드러운 그 미소가 나는 무척 마음에 들었다.

"그렇게 하나하나 그려 가려고, 내 소중한 사람들을."

"좋은 생각이십니다."

"그치?"

아시시가 동조하듯 고개를 끄덕인다. 나는 뿌듯하게 웃었다.

"생각해 봤는데 내가 언제까지나 이렇게 모두와 함께 살 수는 없을 것 같아."

"공주님."

질책하듯 아시시가 질겁을 하며 나를 부른다.

나는 걱정하지 말라는 듯 아시시의 손을 붙잡았다. 따듯한 내 온기에 아시시가 안심하는 듯 표정을 누그러뜨린다.

"있잖아, 내가 자란 것만큼 아빠도, 스승님도, 아시시도 나이를 먹었잖아. 앞으로 더 먹게 되겠지. 그럼 언젠가 날 떠날 날도 오지 않을까, 뭐 그런 생각이 들기 시작한 거야."

불편한 이 이야기가 싫은 건지 아시시가 슬그머니 이마를 찌푸린다. 손을 들어 검지로 그의 미간을 문지르며 나는 방긋 웃어 주었다.

날 따라 웃어 봐요, 아저씨.

"그래서 내 소중한 사람들을, 내가 사랑하는 사람들을 내 손으로 기억하고 싶어. 내 머릿속에만 있는 예쁘고 소중한 기억을 내 손으로 그려서 어디에다 남기고 싶어. 나중에 그걸 본 사람들이 '아, 이 공주는 이런 행복한 기억들이 있었구나.' 누구나 알 수 있게."

사근사근.

내 목소리가 바람결에 흘러들어 사뿐히 내려앉는다.

아시시의 입가에 맺은 작은 미소에 나는 더 깊은 미소를 지었다. 그릴 건 넘쳐나는데, 왜 굳이 첫 번째 타자로 아시시를 꼽은 거냐고 묻는다면 내가 할 수 있는 대답은 하나밖에 없었다.

—아시시밖에 생각이 안 났으니까.

“그 맨 처음이 아시시야. 어때? 영광스럽지?!”

“예.”

눈을 동그랗게 뜬 아시시가 이내 이를 꽉 깨문다. 그 모습을 보고 나는 괜히 장난기가 발동했다.

“어? 울 거야?”

“……아닙니다.”

“아닌데? 눈가에 눈물이 맺혔는데?”

내가 놀리자 아시시가 시선을 회피하며 대꾸한다.

“눈에 뭐가 들어가서 그럽니다.”

“눈에 뭐가 들어가. 바람도 안 부는데.”

아시시가 침묵한다.

나는 그걸 보고 혼자 낄낄 웃었다. 아, 여기까지만 놀려야지. 아쉬웠지만 어쩔 수 없었다. 더 놀리면 아시시가 정말 울 것 같은걸!

“아시시가 맨 처음이야. 오래 걸리겠지만 아시시를 다 그리면 페르델이랑 시르비아랑 세르이라랑 일린, 발르, 산세, 하카, 오디, 이블린, 시토, 리비, 그리고 또 누구 있더라. 아무튼 다 그릴 거야. 물론 아빠까지.”

“꽤 장기 프로젝트네요.”

“그치?”

죽기 전에는 다 그리고 죽을 셈이었다. 그때까지라면 어떻게 다 그릴 수 있지 않을까?

너무 안일한가 고민하고 있는데, 아시시가 넘어질 뻔한 내 허리를 잡아 주었다.

발을 잘못 디뎠나 보네.

다행히 발목이 삐진 않았다. 걱정스러운 듯 아시시가 보지만 나는 괜찮다고 고개를 가로저었다.

“근데 이제야 뭔가 제대로 아귀가 맞물리는 거 같아. 있지? 나 요새 너무 행복해. 막 하루하루 내가 눈을 뜨고 숨을 쉬고 살아갈 수 있다는 게 너무 고맙고, 감사하고, 행복하고, 막 그런다? 웃기지?”

“아니요.”

아니야?

내가 시선으로 되물으니 아시시가 고개를 끄덕였다. 강한 의지에 나는 괜히 놀랐다.

“좋은 겁니다.”

“정말?”

“네.”

정말 그렇게 생각해 준단 말이지?

뭔가, 이해받으리라고 생각하진 못했는데, 아시시가 지지해 준다니까 마음이 더 편해진다. 뭔가 안도되는 기분이 들기도 했다. 아무도 내가 이러는 거 몰라 줄 줄 알았는데.

역시 우리 기사님밖에 없다니까!

“아시시가 그렇게 말하니까 앞으로 더 그래야겠다.”

내가 다짐하듯 대꾸하자 아시시가 확신을 주기라도 하겠다는 듯 고개를 끄덕였다.

발르가 호위할 때도 나쁜 건 아니었지만 역시 아시시가 돌아오니 느낌이 다르다. 내가 어릴 때부터 단 한 번 쉬는 틈도 없이 날 지켜 주었던 그 이력은 정말 무시할 수 없는 것이었다.

"공주님께서 대형 극장이라는 걸 짓는다는 소식은 들었습니다."

"응? 아, 그거……. 그게 올해 내 생일 선물이래. 아빠가 멋대로 시작해 버렸어. 나는 한 오 년 후쯤 지으려고 했었는데."

거기다 수도보다는 다른 쪽에 지으려고 했는데, 카이텔이 멋대로 수도에다 지으라고 명령을 내렸다.

생일 선물이라는 데 타박을 할 수도 없고.

나는 그냥 카이텔이 하는 대로 지켜볼 뿐이었다.

어쩌겠어? 해 주는 것만으로도 감지덕지인데.

사실 그 건물이 돈을 꽤 잡아먹어서 돈 모아서 만들려고 했던 거라 더 그랬다. 그런 건물을 그냥 지어 준다니…….

역시 우리 아빠야.

"그래서 요즘 고민은 그게 완공되면 거기서 할 수 있는 게 뭐가 있을까 하는 거야. 좀 여러 가지를 구상 중이야. 아직 아무도 시도해 보지 못한 거 말이야."

"너무 무모하지 않을까요?"

"애초에 그걸 짓는다는 게 무모한 일 같은데."

음악 콘서트나 오케스트라 같은 것, 아니면 뮤지컬이나 연극 같은 걸 생각하고 있었다. 건축업자한테도 최대한 무대에서 시작된 소리가 관객들한테 다 잘 전달될 수 있도록 만들어 달라고 했으니까.

당장 뭔가를 전한다는 건 힘들겠지만 차근차근 하나씩 해내면 언젠가 꽤 멋진 그 무엇이 나오지 않을까? 뭐 그런 기대감에 설레는 탓도 있었다.

"정 안 되면 서커스 같은 것도 해 보지, 뭐."

마술도 괜찮을 것 같은데. 마법이랑은 다르지만 그것도 꽤 구경하는 재미가 있단 말이지.

"그런 생각들은 어떻게 나오는 건가요? 공주님 머릿속에 어떤 계획들이 세워져 있는지가 정말 궁금합니다."

"안 돼. 특급 비밀이야."

내가 입술에 검지를 가져다 대자 아시시가 웃음을 터뜨린다.

"그래도 아시시에겐 조금 알려 줄게."

호들갑을 떠느라 미처 발밑에 있는 꽃을 보지 못했다. 아시시가 나를 당겨 주지 않았다면 밟을 뻔했다.

다행이네. 그래도 좀 신기한걸? 대리석을 깔아 만든 길인데, 그 틈새에도 꽃이 피는구나.

그 꽃을 보자마자 시녀들이 인상을 쓰며 뽑아 버리려는 걸 눈짓으로 말렸다.

이것도 생명인데, 내가 넘어질 뻔했다고 해서 뽑을 순 없지.

아무튼 그건 그거고.

"지금은 별거 아니고, 자리도 안 잡힌 미미한 것들이지만 분명 나중엔 도움이 될 거야. 그래서 말이야, 내 목표는 지금 백성들뿐만 아니라 후세의 후손들에게도 우리 아빠는 비록 나쁜 놈이지만 그래도 나름 열심히 이 나라를 먹여 살렸습니다 하고 알리려고. 그게 내 최종 목표야."

내 계획을 들은 아시시가 의아한 표정을 지었다. 과연 그게 통할까요라고 말하고 싶은 얼굴이었는데, 통하건 말건 나는 일단 할 생각이었다.

"어때, 멋지지?"

"응원하겠습니다."

"고마워."

그래, 어쩌면 그 응원 한마디가 다른 말 백 마디보다 더 간절한 시기일지도 몰랐다.

"원하시면 재정적으로도 후원해 드릴 수 있습니다."

"음, 그건 고맙지만 사양할래. 우리 아빠 등쳐 먹으면 되거든."

이건 오로지 딸만이 할 수 있는 대사죠. 암, 그렇고말고.

대놓고 아빠를 등쳐 먹겠다는 데도 아시시는 아무 말도 없이 고개를 끄덕였다.

저기, 있잖아? 그래도 네 주군이거든?

날 그냥 놔둬도 되는 거야?!

뭐, 그래 주면 나야 좋지만 좀 찜찜하긴 한데.

"그것도 그렇지만 요새 페르델이 심심한가 봐. 내가 하려는 사업에 관심이 지대하거든. 페르델도 부자니까 거기 돈 좀 써 볼까 하고 있어."

그 말을 들으니 뭔가가 생각난다는 듯 아시시가 고개를 돌렸다.

"아, 시르가 요새 식물원이라는 걸 비테르보 영지에 짓고 있단 소리는 들었습니다."

"아, 그거! 들었어?"

"알고 계셨습니까?"

당연하지. 나는 열심히 고개를 끄덕였다.

"그거 내가 추천한 거야!"

"그렇습니까?"

"그래! 시르는 식물을 정말 좋아하니까. 지금 시르 온실도 훌륭하지만 좀 더 본격적으로 해 보는 건 어떨까 하고 의견을 냈는데, 시르가 너무 좋아하더라고. 나도 그렇게 빨리 시작할 줄은 몰랐어."

그도 그럴 게 그 이야기가 나온 게 불과 일주일 전이었다. 대체 일주일 사이에 무슨 일이 있었기에 벌써 영지에 식물원을 짓는단 말인가. 그것도 스케일이 보통이 아니었다. 누가 카이텔의 사촌 아니랄까 봐 시르가 영지에 짓는 식물원의 규모가 수도에 있는 비테르보 저택만 한 크기라는 소문이 벌써부터 수도 안에 파다하다.

"원래 행동력 하나는 빠른 아이니까요."

"그건 그래."

어느새 희사원을 반 바퀴 돌고 겨울나무가 있는 곳에 도착했다. 봄이 오는 소리가 들리는 건지 겨울나무에도 하얀 이파리가 작게 돋아나 있었다.

"나중에 아시시는 기사 학교 같은 거 지어 봐. 어때?"

"기사 학교…… 말입니까?"

"지금처럼 기사로 뽑아서 훈련시키는 것도 좋지만, 아예 자질이 있는 애들을 불러들여서 체계적으로 가르치는 것도 어떨까 싶어서."

그냥 한번 생각해 본 것뿐이었는데, 아시시도 나쁘지 않은지 고개를 끄덕인다.

"좋은 생각입니다."

"그래?"

어차피 자바이칼은 돈이 많으니까 굳이 내가 돈을 대줄 필요도 없었다.

분명 아시시는 일을 안 하는데, 돈이 왜 그리도 많을까?

정말 아그리젠트 3대 미스터리 중 하나였다. 기사 녹봉으로 그렇게 돈이 모이진 않을 텐데 말이지.

걷다 말고 아시시를 빤히 쳐다보고 있으려니 아시시가 시선을 외면한다.

응?

왜 외면하고 그래. 내가 뭘 어쨌다고!

"요새 예하와 자주 만나시는 것 같습니다."

"응? 아……."

아힌 이야기인가.

"뭐, 그렇게 됐어."

어째서인지 모르겠지만 정확히 한 달에 한 번씩 아힌이 스헤르토헨보스에서 아그리젠트로 넘어왔다.

그러다 보니 나도 자연스레 아힌을 한 달에 한 번씩 만나고 있었다. 아무리 그래도 국내에 온 귀한 손님을 어떻게 얼굴도 안 보고 배웅을 하겠어?

순수하게 그런 의도일 뿐이었는데, 아시시는 의심스런 표정으로 날 보고 있었다.

어허, 아시시! 날 의심하고 그러면 안 되지!

"프레치아의 황제도 매일 서신을 보내오는 것 같던데요."

"아, 그거."

그 생각을 하자마자 바로 인상부터 구겨진다.

아오, 그 나쁜 놈.

"몰라. 그놈은 사상부터 글러 먹었다고! 나쁜 놈이야, 그거."

그 이야기는 더 이상 꺼내지 말라는 듯 내가 고개를 가로저으니 아시시가 왠지 안심한 얼굴이 된다. 뭔진 모르겠지만 아시시가 안심하니 좋은 거겠지.

“어? 아빠다.”

겨울나무를 지나 솔레이 너머로 향하고 있는데, 낯익은 얼굴이 보인다. 멀리 서 있는 아빠를 보며 나는 바로 웃으며 달려갔다.

“아빠!”

“이제 오는 건가.”

“이제 오긴, 산책한 지 십 분도 안 지났는데.”

다 나은 지 얼마 되지 않았지만 멀쩡히 서 있는 아빠는 불과 몇 달 전까지만 해도 침대 밖으로 나오지도 못했던 사람이라는 게 믿기지 않을 만큼 쌩쌩했다.

뒤늦게 따라온 아시시가 조용히 카이텔을 보고 고개를 숙인다. 아시시가 말없이 그대로 뒤로 빠지는 걸 보고 나는 조용히 웃었다. 꼭 바통 터치 하는 것 같다.

“아빠.”

“왜?”

“아빠!”

“왜, 따님.”

내가 이러는 게 새삼스럽지도 않은지 통명스레 대답하는 모습이 제법 익숙하다.

나는 두 눈을 가늘게 뜨고 아빠를 쳐다보았다.

“이제 이렇게 걸어 다녀도 돼? 안 아파?”

“아팠다면 깐깐한 태의 영감이 방 밖으로 나가지 못하게 했겠지.”

"그래도."

걱정이 되는 건 어쩔 수 없다. 아빠 성격이 워낙 급해야 말이지.

"그러는 따님은 괜찮은가."

따님이라니, 아까는 그냥 넘어갔지만 지금은 아니었다. 이 인간이 가만히 놔두니까 자꾸 따님이래.

"아빠, 따님은 남의 딸을 부르는 말이라고요."

"그래, 따님."

"어휴, 정말!"

어릴 때부터 이렇게 불러서인지 카이텔은 전혀 그 말버릇을 고칠 생각이 없어 보였다.

어휴, 내가 길을 잘못 들였어! 처음부터 딸이라고 부르는 습관을 들여 놨어야 하는 건데. 그냥 따님이라고 부르는 걸 냅뒀더니, 결국 딸인데도 따님이라 불리는 처지에 놓이게 되었다.

남의 딸이냐, 내가!

아, 모르겠다. 나는 그냥 외면하기로 했다.

"아, 오늘 날씨 좋다."

"어디 여행이라도 갈까?"

"어? 보내 주는 거야?"

"아니."

……그럼 그 말은 대체 왜 꺼낸 거야. 엉?

원망 어린 내 시선에도 카이텔은 아랑곳하지 않고 길을 걷는다. 내 손을 잡고서.

자연스레 잡은 손을 내려다보며 나는 괜히 웃음이 나왔다. 하긴 내가 카이텔의 무릎도 안 닿는 키였을 때부터 우린 손 잡고 이렇게 산책했다.

음, 나름 유서가 깊은데.

"아빠, 아시시한테도 양녀 같은 거 붙여 주면 어떨까? 완전 잘 키울 것 같은데."

멀찌감치 떨어져 뒤따라오는 아시시에게는 들리지 않게 조심스레 말해 본 건데, 어째 그 말을 들은 카이텔의 반응이 심상치 않다. 똥이라도 씹은 듯한 표정에 괜히 기분이 상했다.

"왜, 반응이 왜 그래?"

"그딴 거 생각하지 말고 네 할 일이나 잘해."

"와, 너무해. 그딴 거라니! 내 상냥한 배려를!"

"상냥 같은 소리 하네."

이 아빠가 진짜!

나 사랑한다고 그렇게 그렇게 애절하게 말하더니, 이 반응 봐라! 이게 날 사랑한다는 아빠 맞아?! 나 사랑한다며? 나밖에 없다며? 내가 최고라며!

아, 물론 내가 최고란 소리는 안 한 것 같지만…….

"그래, 뭐, 아시시가 잘하겠지. 어련히 알아서 잘하겠어? 안 그래?"

"이제 뭘 좀 아는군."

내 대꾸에 만족스럽다는 듯 카이텔이 고개를 끄덕인다.

어이구, 좋아요? 괜히 웃음이 나온다.

내가 웃자 아빠가 왜 웃냐는 듯 쳐다봤지만, 아까 아빠가 그랬듯 굳이 설명해 줄 생각은 눈곱만큼도 없었다.

흥, 실컷 궁금해 해라.

"와, 나비다!"

진짜 봄이 오는구나.

아직 눈이 녹지 않아 그대로인 풍경에 새록새록 자란 새싹이라니. 그런 풍경에 나비가 날아드는 것까지 보고 있자니 어째 어울릴 듯 어울리지 않는 게 마냥 신기했다.

아, 맞아. 그러고 보니—.

"아빠, 시르 또 임신했대!"

"……."

카이텔이 또냐는 듯 인상을 찌푸린다.

발르가 전해 준 소식에 나는 마냥 기뻤다. 비록 하카가 아직 네 살이긴 해도 하카 밑에 또 누가 생긴다니, 신기하지 않은가. 시르와 페르델, 둘의 깨지지 않는 금슬도 좀 놀랍긴 했다.

"이번엔 딸이었으면 좋겠다. 그치?"

"그 자식은 평생 딸 못 가질걸."

"응? 왜?"

그 나이에도 심술이십니까, 아버님.

"내가 허락 안 할 거니까."

"어우, 뭐래."

누가 들으면 어디 전지전능하신 분인 줄 아시겠어요, 폭군 아저씨. 이런 인간 밑에서 엄청 구른 페르델이 괜히 불쌍해졌다.

하, 가여운 사람. 대신 내가 널 위해 울어 주마.

나오지도 않는 눈물을 쥐어짜고 있는데, 카이텔이 갑자기 날 노려봤다.

왜?

"요즘 이상한 놈을 만난다는 소문이 있던데."

"이상한 놈? 아……."

아힌.

순간 생각했다.

어쩌다가 이상한 놈이 되었을까. 아까도 그렇고, 지금도 그렇고. 이러다가 아그리젠트 황궁에서 '이상한 놈' 하면 전부 다 아힌을 떠올리는 불상사가 조만간 생길지도 몰랐다.

본래의 이름을 잃은 우리 예하에게 잠깐의 묵념을.

"그냥 차 같은 거 마시는 것뿐이야. 건전한 토론! 몰라, 아빠?"

하지만 아빠는 내 말을 믿지 않았다. 의심 가득한 시선에 괜히 식은땀이 흐른다.

"나 요새 하고 있는 거 상담하기도 하고. 그런다고."

그래도 저 불신의 눈동자를 해치우기엔 역부족이었다. 우리 아빠가 언제부터 나에게 이렇게 불신 가득한 사람이 되었던가.

"어휴, 정말 아니라니까?"

"……아빠는 우리 딸 믿는다."

"그래, 믿어!"

좀 믿어 달라고!

절대 그렇고 그런 사이가 아닙니다. 네?!

안 그래도 한 달 뒤에 있을 이블린과 그레시토의 결혼 때문에 괜히 카이텔이 긴장하고 있었다. 벌써 그레시토가 결혼하니 같은 또래인 나도 결혼할 시기가 아닌가 하고 걱정한다고 세르이라가 말해 주긴 했는데.

따지고 보면 이블린은 나보다 어린 데 결혼하는 셈이었다. 아빠가 기준을 그레시토로 잡는 걸 다행으로 여겨야 하나?

"벌써부터 남자 친구는 안 돼. 넌 아직 어려."

"알았다니깐?"

어휴, 진짜 이걸 뭐라고 대답해야 하나.

누가 팔불출 아니랄까 봐.

어리다는 핑계를 대고 있지만 이미 씨알도 안 먹힐 이유였다. 어쩌다 우리 아빠가 이렇게 되었을까? 정말 오래 살고 볼 일이다.

내 투덜거림에 카이텔이 알아서 입을 다문다. 그 모습이 귀여워 보이니 나도 글러 먹긴 매한가지였다.

어쩌겠어? 이런 아빠의 이런 딸인걸.

자연스레 내 입가에 미소가 퍼진다. 둘이 잡은 손에 힘을 주며 나는 아빠 팔을 잡아당겼다.

"아빠, 나 낳은 거 후회 안 해?"

"그딴 걸 했을 거면 이미 죽였어."

아빠답다, 진짜.

대답이 너무 아빠다워서 할 말이 없었다. 그래, 아빠가 날 낳은 걸 후회했으면 이미 난 이 세상에 없었겠지. 그래, 그랬을 터였다.

"아빠."

"왜?"

"낳아 줘서 고마워."

우뚝.

카이텔이 멈춰 선다.

아무 말도 못하는 카이텔의 얼굴을 마주하는 것이 얼마나 큰 즐거움인지. 무심코 처음 만났던 카이텔의 얼굴이 머릿속에 스쳐 지나간다.

그때만 해도 상상도 못했던 모습.

누가 알았겠는가. 내가 그 남자의 손을 잡고 이렇게 행복한 미소를 짓게 될 줄이야.

"낳아 주셔서 감사합니다, 아버지."

카이텔은 뭘 잘못 들은 사람처럼 나를 내려다봤다.

놀란 얼굴. 정말 놀랐을 때 아빠가 짓는 표정. 이제는 이 무표정한 얼굴에서 미미하게 떠오르는 감정마저 읽을 수 있는 사이가 되어 버렸다.

뭔가 뿌듯한데.

따뜻한 감각이 온몸에 마약처럼 퍼져 나간다.

어쩌겠어? 이미 중독되어 버린걸. 아마 영원히 벗어날 수 없을 거다.

"사랑해요, 아빠."

"나도."

당연하게 들려오는 대답.

하지만 이젠 그 뒤에 서툴지만 무뚝뚝한 한마디가 더 딸려 온다.

"나도 사랑한다."

서서히 잠겨 간다.

이 안온한 감각에. 질식할 정도로.

이대로 어딘가 깊은 곳으로 빨려들 것만 같다.

이렇게 행복해도 되는 걸까? 불안할 정도로 행복한 감각이 내 온몸을 채운다.

어느새 둘 다 발걸음이 멈춰 있었다.

내가 자라고, 내가 난 이 땅.

걸음마를 하던 시절부터 아빠와 늘 함께 걸었던 이 길.

소중하지 않은 것이 없다. 지금 잡고 있는 이 손마저도.

카이텔이 나를 내려다본다. 상냥하거나 자상한 눈빛은 아니었지만 충분히 부드러운 그 시선에 내 마음에 무언가 따뜻한 감각이 들어찬다.

나는 그 눈에 눈을 맞추고 가만히 마주 보고 웃었다.

늘 그랬던 것처럼—.

* * *

한 살의 겨울에 당신을 만났다.

열아홉의 봄이 오고야 비로소 나는 당신과 제대로 마주한다.

— End. The only Emperor

아그리젠트 제국의 역사를 논하자면 첫 번째로 빠지지 않고 등장하는 한 남자가 존재한다.

아그리젠트의 거의 모든 분야의 기틀을 잡은, 제국 역사상 가장 풍요로웠다는 시대를 이룩한 분.

그 시대의 제국 수도 지르젠토가 얼마나 아름다웠을지는 감히 상상조차 할 수 없다. 그 시대보다 몇 천 년이나 뒤지만 같은 땅에서 살고 있다는 것조차 감격스러울 정도이다.

아그리젠트의 역사, 문화, 경제, 정치, 예술, 과학까지 모든 분야를 통틀어서 이 남자가 빠지면 논할 수 있는 분야는 존재하지도 않는다.

길다면 길고 짧다면 짧다고 할 수 있는 아그리젠트의 고작 한 시대. 그러나 그 시대가 가지는 역사적 의의나 정치, 문화적인 파급력을 생각한다면 고작 한 시대라 감히 칭할 수 있을 것인가.

겨울나무로부터 시작된, 신화시대부터 존재해 온 유서 깊은 아그리젠트. 그 아그리젠트의 역대 최악의 폭군暴君이자, 아그리젠트 역대 최고의 성군聖君.

아그리젠트인이라는 누구나 알고 있는 그 이름—.

카이텔 르슈 바이비즐 루안 아그리젠트

483~589

아그리젠트의 제21대 황제, 아리아드나 공주의 아버지.

— End. Good night, Mr

"하나만 약속해 줘요."

한여름.

늦게 지는 석양 아래에서 봄을 닮은 소녀가 말했다.

사뭇 처음 보는 진지한 얼굴, 심각한 표정.

항상 미소만이 머물렀던 눈동자엔 그 어떤 장난기도 엿보이지 않았다.

부드럽게 흐트러지는 벚꽃빛의 머리카락이 괜스레 시야를 붙잡는다. 단호한 시선을 보내는 벚꽃색의 눈동자 역시 마찬가지였다. 닿으면 그대로 흩어질 벚꽃처럼 마냥 아름다운 소녀는 그 꽃잎 같은 보드라운 입술로 지키기 힘든 약속을 부탁했다.

"나중에 태어날 우리 아이들에겐 더 괜찮은 세상이 기다릴 거라고."

*　*　*

내 인생에는 지대한 영향을 끼친 사람이 단 세 명 존재한다.

아시시, 시르비아, 그리고 카이텔.

길다면 길었고 짧다면 짧은 인생이지만 부모와 형제를 제외하고 그 셋을 제외하고선 내가 살아온 나날을 논할 수는 없다. 그만큼 가장 소중하거나 그만큼 사랑하거나, 혹은 그만큼 복잡했다.

그리고 마지막 언급한, 복잡한 관계라는 게—.

바로 카이텔과 나의 관계다.

"공주님께서 사라지셨습니다!!"

유프레치아에서 가출한 리아를 붙잡은 뒤, 카이텔은 빨리 돌아갈 생각밖에 하지 않았다. 물론 자신을 이렇게 골탕 먹인 따님을 어떻게 괴롭혀 줄지 고민했었던 것도 같았지만 어차피 리아가 이길 게 뻔했으므로 상관하지 않았다.

일은 우리가 아그리젠트로 돌아가는 배에 도착하고 나서 벌어졌다.

마차가 뒤바뀌었다는 사실을 카이텔이 알게 된 건 그때였다.

정확히 아리아드나를 붙잡고 나서 다섯 시간 정도 지났을 때였다.

분명히 수십의 호위를 세워 놓고 앞뒤로 철통처럼 지켰으므로 그 누구도 카이텔 몰래 리아를 빼돌릴 수는 없었다. 그렇지 않았다면 카이텔이 왜 굳이 리아를 마차에 타라고 했겠는가.

자신의 딸이 사라졌다는 사실을 알게 된 카이텔이 어떻게 반응했을지는 굳이 예언자가 아니라도 알 수 있었다.

"카이텔, 일단……."

"닥쳐, 페르델."

어떻게 사건이 터지기 전에 막아 보려 했지만 역부족이었다.

어쩔 수 없나. 결국 벌어지는 사태를 손 놓고 지켜보는 것밖에는 할 수 있는 게 없었다.

카이텔은 믿을 수 없다는 듯 마차로 향했다. 그러고는 혼란스러운 듯 휘청거렸고, 그 이후의 반응은 정해진 듯 오히려 당연한 것이었다.

스릉.

검집에서 칼이 빠져나오는 소리가 날카롭게 울린다.

빼 든 카이텔의 칼이 향한 곳은 마차의 호위를 담당하는 책임자였다. 멍하니 있다 자신 목에 닿아 오는 날카로운 칼날에 기사가 새하얘진 채 굳는다.

카이텔이 고저 없는 목소리로 물었다.

"여기 있어야 할 내 따님이 어디로 가신 거지?"

"폐, 폐하."

기사가 무어라 말을 하려는 찰나, 날카로운 칼이 그대로 움직였다.

칼날에 묻은 피가 붉은 궤적을 그린다.

다른 사람은 몰라도 오랫동안 카이텔을 지켜본 자신만은 알았다. 카이텔은 이미 처음부터 살려 줄 생각 자체가 없었다.

그랬다면 묻지도 않았을 테니까.

칼끝이 땅 끝에 닿은 순간 그 피마저 칼날을 따라 깨끗이 흘러내렸다. 소리조차 못 내고 쓰러지는 기사를 보며 사방에서 비명이 튀어나온다.

또 사고를 쳤구나.

사람 하나가 눈앞에서 죽어 나갔는데 재상이라는 놈이 한단 생각은 고작 그것뿐이었다. 망할 놈의 황제가 또 사고를 치고 있다는 것.

이런 것 보면 나도 정상은 아니야.

사안이 사안인지라 자신의 일에 불성실한 기사를 죽인 걸 가지고 황제한테 뭐라 따져 물을 수는 없었다. 하지만 잔인한 처사였다는 데엔 이견이 없다.

카이텔의 처분은 너무 극단적이었다.

물론 그게 카이텔이 제 자신의 솟구치는 분노를 어찌 제어할 수 없어서 저지르는 학살이라는 사실은 잘 알고 있었다. 그걸 알고 있어서 더 문제였다.

"우리 따님은 어디 있는 걸까. 응?"

카이텔은 그대로 다른 기사에게 시선을 돌렸다.

다음 타깃이 된 기사는 자기 목으로 들어오는 칼을 천천히 지켜보며 불쌍할 정도로 와들와들 떨기 시작했다. 이미 자신이 어떻게 될지 알고 있어서인지 더 그랬다.

물론 카이텔은 이번에도 기사가 대답할 시간을 주지 않은 채 그대로 목을 내리쳤다. 애초에 봐줄 생각이었다면 그렇게 몰아붙이지도 않았을 거였다.

뒤에서 비명이 울리고, 옆에서 신음을 삼킨다.

이미 상황은 최악이었다.

둘이나 죽였는데 카이텔의 화는 풀리지 않았다. 오히려 더 미쳐 날뛸 뿐이었다. 거칠어지는 숨을 삼키는 소리가 멀리서도 크게 들린다.

카이텔은 제 뺨에 묻은 피조차 신경 쓰지 않고 다음 기사에게 칼을 겨누었다.

“네가 말해 볼래? 우리 공주님이 어딜 가셨지?”

그저 운 없이 걸려든 불쌍한 어린양에게 애도를.

노골적으로 비치는 살의에 기사들조차 기에 눌려 입도 제대로 열지 못한다.

카이텔이 웃었다. 그건 좋아서 웃는 게 아니었다.

주위가 환해지는 듯한 선연한 미소에 기사는 더 공포에 질렸다.

“살려 주십시오. 폐하, 살려 주십시오. 잘못했습니다.”

“뭘 잘못했는데?”

“잘못했습니다. 사, 살려만 주신다면…….”

아, 못 보겠다.

외면했지만 어떤 상황이 벌어지는지는 소리로도 충분히 알 수 있었다.

기사의 말은 이어지지 못했다. 다시 고개를 돌렸을 땐 자비를 모르는 칼만이 진한 피를 흠뻑 마시고 요사스럽게 빛날 뿐이었다.

“형편없군. 이런 놈들이 전부 내 기사란 말인가.”

낮게 뇌까리는 목소리마저 살벌하다.

누군가를 노리고 한 말은 아니었지만 그 자리에 있는 병사 모두에게 한 말이었다.

까마득하다.

벌써부터 머릿속엔 저 기사들의 가족에게 어떤 이유를 대고 어떤 보상을 해 줘야 하나, 그 고민만 가득했다.

하지만 더 제 머리를 골치 아프게 하는 건 이걸로 이 피바람이 끝나지 않을 것이란 사실이었다.

"그만해. 지금 그러고 있을 때가 아니잖아."

도무지 끝이 보이지 않는 피비린내에 참다못해 한마디를 하니 카이텔의 시선이 내게로 돌아온다.

서늘하고 예리한, 한 번 마주하면 압도당해 아무 말도 할 수 없게 만드는 제왕의 눈빛. 끓어오르는 분노가 눈동자에서 엿보인다. 그나마 다행인 건 카이텔이 냉정은 잃었어도 이성은 잃지 않았다는 점이었다.

순순히 검을 거둔 카이텔이 제 군사들을 되돌아보았다.

정말 그나마 다행이었다.

"찾아내. 네 목숨을 다해서라도."

낮게 깔린 목소리가 사납게 윽박지른다.

황제가 폭군으로 악명 높은 건 둘째 치고, 전쟁터에 나가서도 두려움 없이 명예롭게 싸우는 웬만한 기사들마저 카이텔이 두려워 숨을 죽였다.

그건 비단 카이텔이 황제이기 때문에 일어나는 일이 아니었다. 카이텔의 전신에서 뿜어져 나오는 살기가 이 공간을 압도적으로 짓누르고 있기 때문이었다.

언제 카이텔의 손에 있는 칼이 제 목을 칠지 알 수 없어 병사들은 그저 덜덜 떨 뿐이었다.

이렇게 날뛰는 걸 하루 이틀 본 것도 아니고. 금방 잦아들 기세는 아니었다. 그건 제 품 안에 원하는 걸, 아니, 정확히 리아를 안겨 줘야 진정될 성질의 것이었다.

그리고 자신은 당장은 그게 어려울 거라는 사실 또한 너무나도 잘 알고 있었다.

"무사히 데려와야 네놈들의 목숨을 그대로 보존할 수 있을 거다."

황제의 이름으로 당장 모든 군사들이 움직인다. 죽을 위기에서 잠시나마 유예를 얻은 병사들은 황급히 자리를 벗어났다. 그 모두가 전부 사라진 아리아드나 공주를 찾으러 흩어졌다.

그러다 보니 현재 자신들에게 남은 건 얼마 안 되는 호위 군사 몇 십 명. 고국으로 돌아가려고 불렀던 아그리젠트 군함.

그리고 흔적도 없이 사라진 아리아드나.

사라진 공주님.

아리아드나 공주가 사라졌다—.

그 사실에 충격 받지 않은 사람은 이 안에 아무도 없었다. 차이는 그 충격을 얼마나 빨리 회복하느냐.

결국 이번에도 수습은 제 몫이었다.

"일단 어디 들어가자."

아그리젠트로 돌아가는 건 꿈이겠지.

이런 상황에서 돌아가자고 해 봤자 카이텔과 괜한 입씨름만 할 게 뻔했다. 리아에 대한 단서를 하나라도 찾지 못한다면 카이텔은 결코 이곳을 떠나지 않을 것이다.

오히려 그걸 제 자신이 너무 잘 알고 있다는 게 짜증스러웠다.

밀린 업무도 산더미 같은데…….

"아시시, 카이텔을 지켜."

이제 정신을 차린 아시시가 돌아본다. 마주치는 시선에서 혼란을 읽어 냈지만 뭐라 그 혼란을 잠재우기엔 아직 모든 게 너무 미미했다.

"괜찮으실까?"

한참의 침묵 끝에 겨우 묻는 질문.

괜찮다고 말해 주고 싶었지만 끝끝내 그런 말은 나오지 않았다.

"설마 별일이야 있겠어."

* * *

말은 그렇게 했지만 별일이 없을 수는 없었다.

불안하지 않다면 그건 거짓말.

무슨 일이 있지 않다면 그 철통 보안 속에서 리아가 흔적도 없이 사라질 수는 없는 법. 애초에 그건 말도 안 될 정도로 일어나기 힘든 일이었다.

하지만 그 말을 밖으로 내뱉으면 누구누구에게서 돌아올 반응이 너무 뻔한지라 그냥 입을 다물었다. 얌전히 닥치는 편이 오늘과 더 나은 내일을 위해 필요했기 때문이었다.

물론 카이텔도 이 사실을 잘 알고 있겠지.

고국으로 돌아가자는 말을 죽도록 듣지 않을 누구누구 덕에 결국 향한 곳은 유프레치아에 위치한 아그리젠트 영사관이었다.

황제에, 재상에, 심지어 엄청난 문제까지 맞이한 대사는 아무 말도 하지 못하고 자리를 비켜 줄 수밖에 없었다.

원래대로라면 대사가 쓰고 있을 집무실에 임시로 앉아 일단은 다급한 일부터 손을 댔다. 다들 공주의 실종에 정신이 팔려 있지만 자신마저 그럴 수는 없었다.

"밀린 결재 서류가 벌써 한 무더기입니다."

"일단 거기서 처리할 수 있는 건 처리해 줘."

"각하께서 직접 손보셔야 하는 문제들이 태반인데요."

"그럼 부유선이라도 타고 네가 직접 날아와."

정령석에서 흘러나오던 목소리가 갑자기 한숨을 내쉰다. 제로도 피곤한 모양이었다.

그럴 만도 하지.

이해하지 못하는 건 아니었다. 벌써 자리를 비운 지도 두 달. 밀려 있는 국정이 얼마나 많을지 생각하는 것조차 몸서리쳐졌다. 그렇다고 카이텔을 두고 가 버릴 수도 없고.

정말 미치겠군.

당장 카이텔이 멋대로 대륙 횡단을 하며 엉켜 버린 외교 문제는 둘째 치고, 두 달 동안 재상부에서 처리해 주었어야 할 크고 작은 문제들이 재상의 직인 없이 임시로 굴러가고 있다는 게 가장 큰 문제였다.

만약 복귀한다면 한 달은 꼼짝 없이 관저에만 처박혀 있어야 하리라. 아득한 미래에 한숨부터 나온다. 그렇다고 두 손 두 발 다 들고 넋을 놓을 수는 없었다.

그래, 내 인생에 휴가라는 건 없지.

"이게 한계인가."

서류를 놓고 간헐적으로 까딱이던 손가락이 멈추었다. 머리에서 여러 가지 생각이 동시에 들끓었지만 그래도 역시 가장 신경 쓰이는 건 하나였다.

지금 대외적으로 벌여 놓은 일쯤이야 크게 놓고 본다면 사실 그리 큰일은 아니다.

카이텔 또라이 자식, 미친놈이라고 욕은 하고 있지만 그건 그만큼 귀찮고 성가시기 때문이었다. 카이텔은 카이텔이니까 워낙 저질렀던 전적이 화려해서 이런 사건쯤 그냥 묻는 것도 어렵지는 않았다. 유야무야 어르고 달래는 시간이 좀 필요한 것뿐이지 이런 걸로 큰 문제가 될 리는 없었다.

애초에 그쪽에서 먼저 전쟁을 하자고 할 리는 없으니까. 오히려 치명적인 걸로 따지자면 이 개월간 국정에 손을 놓은 쪽이 더 심각할 정도.

근데 그것도 야근을 하면서 때우면 어떻게든 되지 않을까? 안일한 생각이었지만 그다지 틀린 말도 아니었다.

결국 문제는 다른 것이었다.

"카이텔."

아그리젠트의 주인이자 모두가 무서워하는 황제.

펜 끝을 바라보는 시선이 서늘하게 식는다.

그래, 그놈이 얌전히 황궁에만 처박혀 있을 리가 없단 말이지. 그런 희망을 가지기에는 자신은 카이텔을 너무 잘 알고 있었다.

"썩을 놈."

얌전히 있어만 준다면 좋겠는데…….

무리라는 걸 너무 잘 알고 있어서인지 기대조차 없었다. 처리할 서류가 산더미처럼 쌓여 있지만 그걸 없애고자 하는 의지도 이미 꺼져 버렸다.

의자 등받이에 몸을 기대며 눈을 감는다.

너무나 선연하게 떠오르는 한 사람.

"망할 자식."

애초에 시르비아만 아니었다면 이런 일도 없었어.

마치 손에 쥔 모래가 빠져나가듯 모든 게 흩어진다. 감은 눈을 다시 떠 봐도 그런 눅눅한 기분은 사라지지 않았다.

카이텔을 처음 마주한 건 일곱 살의 어느 날이었다.

차가운 겨울날, 화려하게 터지는 파티의 조명이 닿지도 않는 정원 한구석에서 아시시를 사이를 두고 마주쳤던 소문만으로 들었던 이반 황제의 14번째 황자.

전혀 신경 쓸 일도 없던, 이미 권력 싸움에서 밀린 버림받은 황자.

우연히 마주친 거지만 누구인지 별다른 설명 없이도 알아봤다. 저 소년이 곧 죽어도 이상하지 않을 카이텔 황자라는 것을.

어린 나이였지만 그때도 알 수 있었다.

이 인간이랑 나는 정말 지독하게도 맞지 않을 거라는 사실을.

애초에 아시시가 없었다면 만나지도, 만난 적도 없었을 녀석. 시르비아가 아니었다면 신경도 쓰지 않았을 녀석이었다. 관심도 없었고, 애정이라고 부를 수 있는 건 더더욱 없다.

그랬다고 생각했다.

내 나이 열세 살에 카이텔이 실종되지 않았더라면.

그래, 카이텔 궁 전소 사건.

그것만 아니었다면 카이텔과 둘만 엮일 일도 없었겠지.

처음엔 사망이었다. 까맣게 불타오른 그의 궁을 보며 그 누구도 그가 살아 있을 거란 생각을 못했다. 당연한 일이었다. 나조차도 죽었을 거라고 생각했으니까.

어차피 죽을 수밖에 없는 녀석이라는 건 알고 있었다. 또 다른 이복형이 정권을 장악한 상황에서 적통이라는 핏줄은 도리어 그에게 방해만 될 뿐이었다.

하지만 그런 일이 직접 벌어졌다는 건 생각 이상으로 충격이었다. 아시시와 달리 난 우리가 카이텔과 접점을 가졌다는 게 카이텔에게 죽을 이유가 되었다는 걸 알고 있었으니까.

카이텔도 알고 있었을 게 분명했다. 아시시와 자신이 그냥 친구라고 내버려 두기엔 위협적일 만큼 권위 있는 가문의 자식이었다는 걸. 그게 칼날이 돌아오는 이유가 되기에 충분하다는 것도.

6황자가 멍청하지 않다면 그냥 내버려 둘 리가 없었다.

그래서 다시 카이텔이 돌아왔을 때 모두가 그의 생존에 당황했다. 다음다음 대의 황제로 공공연히 군림하고 있던 6황자 역시. 살아 있어선 안 되는 사람이 살아 돌아왔으니까.

카이텔은 그 6년간 죽은 사람이었다.

"날 도와. 그럼 네가 원하는 걸 전부 주지."

열아홉 살의 어느 날.

카이텔이 돌아온 지 얼마 되지 않았던 날.

그것은 카이텔이 야밤에 남의 침실에 멋대로 찾아와서 한 소리였다.

아니, 찾아온 것도 아니지.

쳐들어왔다는 표현이 옳았다. 아그리젠트 최고의 명장 가문 비테르보 저택을 그것도 암살자처럼 쳐들어온 것도 황당했는데, 그보다 더 황당한 건 그가 한 제안이었다.

자신을 도우면 내가 원하는 모든 걸 주겠다니.

이게 무슨 헛소리란 말인가. 진지하게 술은 얼마나 먹었냐고 물어보고 싶었지만 찰나 마주친, 창 밖에서 들이친 별빛에 반사된 눈빛만은 진지했다.

그래서 저도 모르게 물었다.

"뭘 줄 건데?"

"네가 원하는 것 전부."

그때 무슨 생각을 했던 것인지는 확실치 않다. 미미하게 남아 있던 희미한 죄책감이 자극받았던 건지, 아니면 진심으로 도울 마음이 생겼던 것인지는 지금까지 자신도 알 수 없었다.

중요한 건 결국 카이텔을 돕기로 했다는 것이리라.

그 제안을 받아들이지 않는다고 해도 제 자신과 비테르보의 광명엔 문제가 없었다. 오히려 제안을 받아들임으로써 벌어질 일이 더 책임질 수 없을 것이 명확했다.

하지만 받아들였다.

그리고 카이텔은 황제가 되었다.

그 선택에 지금도 후회는 없다.

카이텔은 나름대로 능력 있는 황제였다.

그래, 다 썩어 문드러진 아그리젠트를 일으켜 세운 것도, 내전으로 다 망해 갔던 나라를 전쟁으로 일으킨 것도 전부 자신이 한 일이지만 만약 카이텔이 황제로 있지 않았다면 불가능했던 일들이었다.

그 누구도 자신과 동등할 수 없는 황제라는 위치에서 그만큼 빛나 보이는 것 또한 능력이리라. 황제의 고독함 따위, 평생을 고독하게 자라 온 카이텔에겐 별문제가 되지 않았다.

간혹 자비 없는 잔혹한 성미가 걸림돌이 되기도 했지만 그걸 덮을 정도로 출중한 능력이 카이텔의 허물을 덮어 준다. 일신의 능력 못지않게 제법 똑똑한 놈이기도 했으니까.

정통성, 권위, 카리스마, 능력.

단순히 겉모양만 본다면 어느 것 하나 부족할 것 없는 완벽한 황제를 그 누가 적으로 돌리려 하겠는가.

그런 황제 밑에서 재상이 된 것도 나름 행운이라면 행운이리라.

재상의 자리엔 불만이 없었다. 애초에 황제에 필적할 수 있는 전권을 약속받은 자리였기 때문에 가능한 이야기였다. 일이 좀 고되긴 하지만 뭣보다 이 나라를 제 맘대로 주무를 수 있다는 게 제일 마음에 들었다. 게다가 이 나라는 이미 기존 세력이라는 것 자체가 사라져서 정말 마음대로 휘두를 수 있어 자신이 원하는 나라를 만들 수 있었다.

그리고 그건 꽤나 보람찬 일이었다.

그래, 꽤 괜찮았었다.

"누구 하나만 제외하면 말이지."

서로가 서로에게 절대적으로 필요하면서 사실은 서로에게 제일 거슬리는 관계. 그게 바로 황제와 재상이라는 지위에 있는 자신과 카이텔이다.

"제로."

"예?"

작은 정령석 너머의 제로가 의아한 목소리로 대꾸한다. 무언가 말하려 했지만 아직 생각이 제대로 정리가 되지 않았다.

뭐, 어쩔 수 없나.

"내가 예전에 넘겨줬던 서류, 기억해?"

"무슨 서류 말씀이십니까?"

"내 재상 일지."

그건 지난 이십여 년간 재상 자리에 있으면서 직접 만들었던 수기였다. 나중에 누군가 이 자리를 물려받게 되면 한 번쯤은 봤으면 좋겠다 싶은 것들을 정리한 것.

만약 내가 자리를 비운다고 해도 그 자리를 대신할 사람이 들어오면 어떻게 해 주었으면 좋겠다고 생각해서 정리해 놓은 것들이었다.

"아……. 예. 기억합니다. 근데, 왜?"

이걸 왜 지금 말을 하는 건지 제로는 이해가 되지 않는 모양이었다.

하지만 내겐 무엇보다도 중요한 사안이었다.

"그거 너 가져."

"예. ……예?!"

놀란 제로가 뭔가 더 말을 하고 싶어 했지만 통신은 그걸로 끝이었다. 어차피 애초에 그건 제로에게 넘겨주기로 생각했던 것들이었으니까.

마음은 어지러웠지만 이미 결정은 끝났다.

"가만히 있어 준다면 정말 좋겠는데."

그건 기적이겠지.

멀거니 지껄이다 자연스레 보이는 제 자신의 반응에 쓴웃음을 지었다. 이미 처음부터 깨끗하게 마음을 비운 상태라 오히려 더 슬펐다.

"사육사도 없는 호랑이를 잡아 놓으라니. 그냥 죽으라는 소리지."

하지만 어쩌겠는가. 방법이 없는 걸.

카이텔을 막을 수 있는 건 지금 제 자신에게 아무것도 없었다. 뭐, 그나마 다행인 건 예전보다 인간이 됐다는 점? 그러나 그것도 사랑해 마지않는 제 딸 앞에서만 그런 것이라 지금은 소용이 없다.

지금 카이텔은 많이 변했다. 가끔은 자신마저 놀랄 정도로.

그 전엔 인간도 아니었지. 그래, 그때 카이텔은 걸어 다니는 재앙이었다. 하루에 열 명 이상이 카이텔의 손에 죽어 나가고, 황궁에 피가 마르는 날이 없었다. 그나마 전쟁으로 황궁이 빌 때면 숨통이 텄지만 그마저도 잠시뿐.

페르델은 인상을 찌푸렸다. 짧은 기간이었지만 카이텔을 도와

황위로 올려놓은 게 잘못된 선택이 아니었을까 후회하기도 했었다. 지금은 그런 생각조차 희미해졌지만.

사람의 본성은 쉽게 변하지 않는 법이다.

"나아지긴 했지만……."

그건 예상외의 문제였다.

카이텔이 딸에게 그리도 애정을 쏟게 될 줄은 자신조차 몰랐으니까. 아무리 딸이라고 해도, 자신의 핏줄이기에 더 사랑할 수 없을 거라 생각했다. 그런 환경에서 자라 온 녀석이니까.

카이텔은 6황자와 관련되어 있다는 이유만으로 아그리젠트를 대대로 지켜 온 공신들을 줄줄이 죽여 버리고, 6황자를 지지하고 도와주었다는 이유만으로 주변국을 모조리 갈아치웠다.

한참 앞뒤 모르고 날뛰던 시기인 카이텔을 모욕한 히블리스 황제의 기막힌 타이밍엔 그저 애도를 보낼 뿐. 천둥벌거숭이처럼 주제도 모르고 나댄다고 비웃던 남제국의 황제는 얼마 지나지 않아 제 두 딸을 뺏기고 나라마저 뺏겼다. 본인은 수치스럽게 목이 잘렸고, 카이텔은 거기서 멈추지 않고 기어코 프레치아의 모든 왕족을 죽여 버렸다.

"사방이 적이라는 건 본인이 제일 잘 알고 있겠지."

그런 식이었다. 모든 게.

거리낌 없는 행보에 사방에 적이 생기는 것은 오히려 당연한 일. 언제 죽어도 이상하지 않았다.

카이텔은 오늘 죽을 사람처럼 살았다. 마치 내일이라는 건 없는 것처럼. 그래, 리아가 카이텔의 시선을 사로잡기 전까지. 그 이전의 카이텔은 언제든지 자기가 가진 걸 버릴 수 있는 그런 인간이었다.

모든 걸 다 쥐었는데, 그걸 얼마든지 버릴 수 있는 인간이라니.

약점이란 존재하지 않는, 그 무적의 황제가 얼마나 많은 군중들의 두려움의 대상이 되었는가.

카이텔을 두려워하지 않는 나라는 없었다. 수많은 전쟁을 거치며 써 내려간 필승의 역사도, 그 어떤 왕가도 살려 두지 않고 씨를 말리는 잔혹한 손속도, 모든 게 경외의 대상이다.

그랬기에, 그랬기에 더더욱 리아를 감싸고 돌 수밖에 없었겠지.

"본인도 잘 알 테니까."

자신의 유일한 약점이자 가장 큰 약점.

본인도 모르지 않았을 거다. 이렇게 되리라는 걸.

하지만 알면서도 끝내 막지 않고 곁에 둔 것 또한 카이텔이었다. 하긴 그 구구절절한 사랑이 그렇게 좋아하던 전쟁도 그만두고 단숨에 황궁 안에만 가만히 들어앉게 만든 경지였으니, 이해 못할 일은 아니었다.

"이제 끝내야지."

사방이 적이기에 조금이라도 틈을 주지 않으려 한다. 가둬 놓고, 눈을 가리고, 귀도 가리고, 종국엔 팔도 다리도 묶으려고 했겠지만.

결국 리아 스스로 카이텔의 눈을 가리고 도망쳤다.

그의 손이 닿지 않을 만한 곳으로. 그의 보호가 사라진 곳으로.

그럴 것까지 이미 알고 있었지만 페르델이 할 수 있는 건 없었다. 그저 지켜보는 방법뿐.

"어쩔 수 없지."

이미 일은 저질러진 걸.

*　*　*

카이텔이 찾아온 건 그로부터 정확히 5시간 33분 12초가 지난 뒤였다.

그 일은 갑자기 터졌다. 신원 불명으로 카이텔에게 온 한 장의 초대장. 그리고 그 속에 적혀 있는 '네 딸을 구하고 싶다면 혼자 오라' 는 단 한마디의 용무.

그걸 읽은 카이텔이 가장 먼저 한 일은—.

내가 있는 집무실로 쳐들어오는 것이었다.

얼마나 힘을 줘서 문을 연 건지 문을 여는 소리가 문이 부서지는 소리처럼 느껴진다. 각오는 하고 있었지만 다짜고짜 집무실로 들이닥친 카이텔은 생각보다 무시무시했다.

예상보다 더 살벌한데.

"말해."

"뭘?"

"너지."

카이텔은 조용히 거칠어지려는 숨을 골랐다.

그리고 찰나 검집에서 빠져나온 칼이 자신의 목을 겨누었다.

스르릉.

익숙한 소리와 함께 쇠붙이가 닿은 목덜미가 서늘해진다. 한두 번 카이텔의 심기를 거스를 때마다 겪었던 상황이지만 지금만큼은 달랐다.

이건 진심을 담은 살기였으니까.

"말해. 어디지?"

싸늘하게 내려앉은 목소리는 무자비했다. 오랜만에 보는 은색의 칼날이 목덜미를 서늘하게 만든다. 닿기만 해도 베일 것 같은 날카로운 예기가 등골을 오싹하게 만들었다.

많이 참고 있네. 예전 성질 같아선 최소한 목은 베지 않았더라도 이미 팔 하나쯤은 베어 냈을 텐데.

카이텔은 용케 제 성질을 참고 있었다. 어둡게 가라앉는 눈동자가 자신을 내려다본다.

서로가 어떤 생각을 하고 있는지 알 것 같다.

그래, 그만큼 우리는 서로를 너무 잘 알고 있었다.

"날 속이고 내 품에서 내 걸 빼 갈 수 있는 건 너밖에 없지. 안 그런가, 페르델?"

비뚜름하게 비틀린 입매가 싸늘하다. 저절로 웃음이 나왔다. 노려보는 눈동자는 살기를 담고 있었으나 정작 그 살기를 받는 자신은 아무렇지도 않았다.

심기가 불편한지 카이텔이 인상을 썼으나 그 외의 반응은 없었다. 카이텔이 재차 재촉한다.

"우리 따님은 어디 있는 거지?"

지금 여기서 그걸 대답할 수 있을 거라 생각하는 건가.

"그래서 지금 내가 리아를 빼돌렸다는 거야?"

웃으며 되묻자 카이텔은 대답하지 않았다. 그저 노려봤을 뿐.

재미있네.

항상 언젠가 이런 날이 올 거라 생각은 했지만 그게 지금이라는 건 나름 흥미진진했다. 자신을 겨누는 칼을 건드려 본다. 아니, 비웃었다.

“그렇다고 해도 내가 말을 할 거 같아?”

카이텔의 시선이 한층 더 매서워졌다.

윽, 이건 좀 무서운데.

그러거나 말거나 중요한 건 지금 제 목을 겨누고 있는 칼이 불편하다는 사실이었다. 마음에도 없는 위협 따위. 손가락으로 슬며시 칼등을 밀어낸다.

놀랍게도 쉽게 밀려났다.

그래, 애초에 죽일 거였으면 이런 협박 말고 바로 그어 버렸겠지.

“말해, 어디 있는지.”

“그걸 내가 어떻게 알아?”

“모른다고 발뺌이라도 할 생각인가.”

카이텔이 인상을 찌푸린다. 나는 고개를 갸웃했다.

“내가 널 배신이라도 했다는 거야?”

“그건 네가 잘 알겠지.”

“난 모르는 일인데.”

빙그레 웃는 내가 열 받는지 카이텔이 이를 간다.

숨도 쉬지 않고 주고받는 대화에 주변에서 더 숨 막혀 했다. 흥분한 카이텔을 상대하는 건 별로 힘들지 않았다. 오히려 예상한 대로 흘러가서 시시했을 뿐.

"이런다고 해결될 일은 아니잖아. 안 그래?"

카이텔이 비식 웃는다.

흡사 금방이라도 터질 것 같은 시한폭탄을 보는 기분이라 근방의 모든 사람들이 긴장하는 기색이 내게도 전해졌다.

"죽여 줄까?"

"그러든가."

그런 협박에 덜덜 떨기엔 내가 널 좀 많이 알고 있다는 생각은 안 드냐?

거슬리는 게 있으면 말보다 행동으로 보여 주는 놈이 협박이라니. 애초에 협박을 한다는 것 자체가 죽일 생각이 없다는 소리였다.

카이텔의 칼이 내게 향해 있는 건 두려울 게 없었다. 자신을 죽이면 피곤해지는 건 본인이라는 사실을 누구보다 더 잘 알고 있는 것이 카이텔이니까.

모든 게 자기 맘대로지만 감당할 수 없는 짓은 벌이지 않는다. 그러면 자신 또한 무너진다는 걸 카이텔은 너무나 잘 알고 있었다.

다시 한 번 시선이 허공에서 부딪혔다.

"네가 할 수 있다면."

카이텔의 얼굴이 가차 없이 구겨진다.

이 정도 참은 것도 장하다고 할 수 있는데, 아직도 제 더러운 성질머리를 참고 있다는 사실이 조금 신기하긴 했다.

하지만 그것도 잠시였다. 갈아 버릴 듯 노려보던 카이텔이 손에 쥔 칼을 던져 버린다. 칼날이 바닥에 꽂히는 소음이 날카로웠으나 별로 신경 쓰지 않았다. 그저 어깨만 으쓱였을 뿐.

이대로 끝나는 건가.

별거 아니었다고 생각한 순간, 불시에 발길질이 날아왔다.

"윽."

진심을 담은 건지 복부를 강타한 힘이 제법 셌다. 반사적으로 배를 움켜쥐다 식은땀을 흘렸다.

이거 장난이 아니구나.

날아가지 않은 게 다행이었다.

뭐라고 더 하기도 전에 또 다른 발길질이 날아온다. 다리에 옆구리를 얻어맞고 그대로 바닥에 쓰러졌다.

잠깐. 이게 대체 무슨 일이지?

정신을 차려 보려고 했는데, 바로 멱살을 잡고 일으켜 세워 주먹을 날린다. 정말 작정이라도 한 건지 쉴 새 없이 날아오는 공격에 제대로 반격 한번 못하고 그대로 쓰러졌다.

한참을 두들겨 팬 카이텔이 거칠어진 숨을 고른다.

자식, 성질머리 하곤.

"제대로 말하지 않으면 이번엔 진짜 죽인다."

더 이상 자비는 없다는 협박을 담은 목소리가 마치 짐승처럼 터져 나왔다.

카이텔은 제 뒤에 있는 기사의 검을 뽑아 들었다. 검을 뺏긴 기사가 당황했지만 카이텔은 그저 내 배를 밟고 그대로 목에 칼날을 겨눌 뿐이었다.

"거기 써져 있잖아. 안 보이냐?"

"여기 써져 있는 게 맞는 건가."

"거기가 본진은 아니지만."

한참을 모래주머니처럼 두들겨 맞았건만 다행히 죽지는 않았다. 단지 육신대는 고통에 몸부림치고 있었을 뿐.

내리치려던 카이텔의 손이 움찔한다.

카이텔은 질린 표정이었다.

그래, 오히려 맞고 나니 정신이 바짝 든다. 이편이 가만히 앉아 있는 것보다 나았다.

"말해. 어떤 새끼야!"

이쯤이면 본인도 짐작하고 있지 않나. 확신이 필요해 굳이 언급을 요하는 거라면 굳이 숨기고 있을 의향은 없었다.

그래, 말해 주지. 누가 네 소중한 공주님을 데려간 건지.

"시오른."

지금 자신이 들은 게 사실인지 확인해 볼 생각도 없이 카이텔이 멈춰 섰다. 당황한 건지 굳어 버린 카이텔을 보는 건 생각보다 쏠쏠한 재미였다.

짐작은 했겠지만 정말 그놈이라는 건 상상하기 힘들었겠지. 그렇게 찾아 죽이려 했어도 머리카락 한 올 나오지 않던 놈이니까.

한참을 침묵하던 카이텔이 이내 물었다.

"아직도 살아 있었나?"

"글쎄."

성의 없는 대답.

카이텔이 인상을 찌푸렸다.

불편한 침묵이 흐른다. 그것은 익숙하면서도 낯선 정적이었다.

"난 널 좋아하지 않지만 신뢰는 하고 있었다."

“나도 널 좋아하진 않지만 신뢰는 하고 있어.”

“지금 이게 그 신뢰의 대가인가?”

글쎄, 어떨까.

어디서부터 말을 해야 하는 건지 감이 잡히지 않는다. 아니, 애초에 어디서부터 말을 한다고 해도 무의미한 일이었다. 그랬다면 이러지 않았을 테니.

하지만 언제고 언급을 해야 한다는 건 알고 있었다. 그 말을 해 줄 수 있는 게 나밖에 없을 테니.

“내가 6황자를 왜 살려 뒀는지 알아?”

카이텔의 몸이 움찔한다.

짐작은 하고 있었지만 진짜로 6황자를 살려 준 게 나라는 걸 확인당한 카이텔은 조금쯤은 상심한 기색이었다. 아니, 저건 분노한 건가.

“내가 그딴 것까지 알아야 하나?”

“그러니까 알려 주려고 하는 거잖아.”

“죽으려고 발악을 하는군.”

쯧쯧, 아직 정신을 덜 차렸군. 안쓰러워서 자꾸 웃게 된다.

근데 내가 웃을 때마다 구겨지는 카이텔의 얼굴이 재미있었다. 지금은 날카로운 성격이 많이 무뎌졌지만 우리가 둘 다 열아홉일 땐 그렇지 않았다. 그때의 카이텔은 정말 가차 없었다.

막상 카이텔을 도와 그를 황제의 자리에 올려놨지만 6황자를 살려 준 것 또한 자신이었다.

카이텔이 황제가 되던 그날.

자신은 곤궁에 처한 6황자에게 찾아갔다. 가만있었다면 카이텔의 손아귀에 가장 처참하게 죽을 게 자명했던 6황자. 시오른은 아무것도 모른 채 자신이 마련해 준 뒷문으로 무사히 도망을 쳤고, 그곳에서 유일하게 살아남은 황족이 되었다.

"카이텔, 넌 완벽한 황제야. 그래. 황제로서 소양이나 능력, 그 어디에도 흠 잡을 데가 없이 완벽하지."

"이런 상황에서 내 얼굴에 금칠할 생각은 아니겠고, 무슨 헛소리냐."

"근데 너한텐 한 가지 치명적인 단점이 있어."

왕이 되고 싶어서 왕이 된 게 아니라는 것.

카이텔에게 결여된 가장 큰 단점.

"넌 이 나라를 생각하지 않아."

천천히 일어나 카이텔 앞에 선다. 아무도 자신을 저지하지 않았다. 카이텔마저.

"넌 이 나라가 어떻게 되건 상관없어. 네가 주인임에도 불구하고 망하든, 흥하든 그저 거슬리지만 않으면 될 뿐이지. 너를 섬기는 백성도, 너에게 맹세하는 기사도, 너에게 충성하는 귀족들마저 필요 없으면 언제든 거리낌 없이 버릴 거잖아?"

카이텔은 아무 대답도 없이 잠잠히 노려보기만 했다.

그 어떤 반박도, 그 어떤 항의도 들려오지 않는다. 그 허전한 침묵에 씁쓸한 기분마저 느껴졌다. 알고는 있었지만 정말로 확인사살을 당하는 건 언제나 이런 비참한 기분이었다.

알고는 있었다.

아그리젠트라는 나라에 대해 생각하고 고민하고 아그리젠트를 좀 더 좋은 곳으로 만들기 위해 애쓰는 건 나밖에 없다는 걸. 다들 다른 곳을 쳐다보는 것쯤 알고 있었고, 그걸 이용해 왔던 것 역시 자신이었다.

하지만 자신의 위에 유일하게 있는 황제마저 그렇다는 건, 이 나라의 주인 역시 그렇다는 건 쉽사리 수긍할 수 없었다.

카이텔이 어째서 황제가 되었는가는 이미 알고 있다.

애초에 모든 것이 6황자를 죽이기 위함이었다.

황제라는 자리마저 6황자 새끼한테 뺏기기 싫으니 스스로가 황제가 되었다. 황제가 된 이후엔 6황자가 살아 있었기에 이 나라를 돌아봤다. 이 나라를 다시 뺏길 수 있으니까. 물론 무능했던 제 아버지에 대한 혐오도 한몫했겠지.

그런데 과연 6황자가 없었어도 카이텔이 황제의 의무를 다했을까?

자신이 내린 대답은 '아니다' 였다.

그리고 그 증거를 지금 눈앞에서 지켜보고 있었다.

깊은 정적이 내려앉는다.

카이텔은 대답하지 않았다. 쓴웃음만이 입가에 맴돌았다.

황제가 될 수 있었지만 카이텔에겐 황제가 되고 싶은 마음이 없었다. 그런 카이텔을 건드리고 움직이게 만든 게 바로 6황자 시오른.

그래서 6황자를 살려 줬다. 그리고 그동안 카이텔 눈에 띄지 않게 잘 숨겨 뒀던 것이었다.

아마도 리아가 없었다면 평생 숨겨 뒀겠지.

딸이 생기고, 그 딸에게 애정을 주면서 좋은 아버지가 되려고 노력이라는 걸 하는 카이텔을 보지 않았다면 이런 일은 아예 처음부터 존재하지 않았을 터였다.

"그런 말로 네 죄가 덮어질 거라고 생각하는 건 아니겠지."

한참이나 입을 굳게 다물고 있던 카이텔이 문득 한마디를 내뱉는다.

"죄라니? 무슨 죄? 난 죄 없어."

카이텔이 잔뜩 으르렁거렸다.

"재상이 황제와 나라를 배신하고 반역 세력을 도왔는데, 그럼 살려 두나?"

"증거는 있어?"

안 맞은 데가 없어서 온몸이 욱신거리지만 입은 맞지 않아서인지 팔팔했다.

카이텔이 당장이라도 다시 패 죽이고 싶다는 표정을 지었지만 그럴 시간이 없겠지. 물론 증거는 없어도 증인은 있겠지만, 그 증인들이 지금까지 살아 있을지는 장담할 수 없었다. 6황자 성격에 살아 있을 리가 없지.

"증거 없이 절 죽이면 아무리 폐하라고 해도 무사하진 않으실 겁니다. 내가 누구인지 잊은 건 아니겠죠, 황제 폐하."

머리끝까지 열 받은 건지 검을 잡은 카이텔의 손이 흔들린다. 그래 봤자 카이텔이 저를 죽일 수 없다는 걸 너무 잘 알고 있었다.

"엄밀히 말하자면 배신은 아니야. 나는 너도, 6황자도 좋아하지 않으니까."

"만약 리아가 죽었다면 넌 죽는다."

냉정한 목소리가 칼같이 내려앉는다. 그 말만큼은 자신의 마음을 무겁게 만들었다.

리아…….

다행히 카이텔이 죽기 전까지 리아의 생명은 안전했다.

6황자가 미치지 않았다면 제 손에 들어온 마지막 기회를 그냥 날려 버리진 않겠지. 물론 리아가 죽는다면 자신 역시 제정신으로 버틸 수는 없었다. 안타깝게도 카이텔 또한 그 사실을 알고 있었다.

"재상 페르델을 해면시킨다."

뭐, 이럴 거라 각오는 했지.

어깨를 으쓱이니 카이텔의 눈썹이 신경질적으로 구겨졌다.

"말해."

"또 뭘?"

"그 교활한 6황자 새끼가 그동안 그냥 네 말을 들었던 건 아니겠지. 뭔가 이유가 있었을 거야. 그걸 내놔. 그걸로 네 가족에게까지 죄를 묻진 않겠다."

아무튼 머리 하나는 잘 돌아간다니까.

가족까지 들먹이는 걸 보니 정말 급하다는 생각이 든다. 이놈이 이런 놈이었던가. 의외로 카이텔은 자신의 분노를 잘 참고 있었다.

이건 정말로 의외였다.

"말해 줄 것 같아?"

"진짜 죽여 버린다."

이번만큼은 진심인지 카이텔이 단언했다.

"시르비아 역시 살려 두지 않겠다."

뭐, 이렇게까지 말을 하는데 어쩔 수 없나.

어깨를 으쓱이자 카이텔의 표정이 변한다. 딱히 무언가를 알려 준 것은 아니었다. 그냥 눈짓으로 가리켰을 뿐.

눈치 빠른 카이텔이 방 안을 뒤지는 걸 뒤에서 빤히 쳐다보았다. 자신이 지난 두 달 동안 짊어지고 다녔던 짐에서 찾은 무언가를 가져가는 걸 보고도 일언반구 아무 말도 하지 않았다.

애초에 이건 내가 해결할 게 아니었으니까.

"내 손은 떠났네."

이제 할 수 있는 건 없었다.

그냥 아그리젠트끼리 지지고 볶는 걸 보는 일밖엔.

* * *

카이텔은 당장 영사관을 떠났다.

무얼 하러 가 버린 건지 알고 있었지만 궁금해 하는 많은 사람들의 호기심은 굳이 채워 주진 않았다.

어차피 이미 저질러진 일.

더 이상 카이텔의 곁에 있을 필요가 사라졌으므로 자신이 한 일은 저 홀로 부유선을 타고 아그리젠트로 돌아가는 일이었다. 영사관에서는 해결할 수 없는 수많은 문제가 아그리젠트에 산재해 있었으니까.

비록 재상 자리에선 잘렸지만.

바로 부유선을 타고 돌아온 터라 황궁에 도착한 건 채 하루도 걸리지 않았다. 물론 자신에게 휴식 같은 건 허락되지 않았다.

"재상님, 왜 이제 오셨어요!"

"밀린 결재 서류가 벌써 한 무더기입니다."

"일단 제일 급한 세금 문제부터 처리해 주세요!"

"재상님, 이 문제도 아주 급한 건데……."

오랜만에 집에 돌아가 발 닦고 푹 쉬며 사랑하는 아내님이랑 귀여운 아들놈들이랑 오순도순 지내보려 작은 소망을 품었거늘. 그런 소망 따위 단박에 짓밟혔다.

"나 이제 재상 아닌데."

"농담이시죠?"

"진짠데."

카이텔한테 직접 해면당했다는 말을 해도 포더르의 그 누구도 믿지 않았다. 결국 수많은 업무가 주는 압박에 어쩔 수 없이 눈물을 삼키며 끌려가는 수밖에.

그래, 내 인생에 휴가라는 건 없지.

"일주일은 야근 예약이네. 집에도 못 들어갈 것 같은 예감이 들어."

"일주일로 끝나면 그나마 다행일 것 같네요."

제로가 기어코 한마디를 한다.

제로를 흘겨보다 그냥 한숨을 내쉬었다. 어쩌겠는가. 두 달 동안 자리를 비운 제 탓이거늘.

"남부 지역에서 큰일이 하나 터졌습니다."

"알아. 프레치아가 한 짓이라지?"

현 아그리젠트에서 북부의 일을 제외하고 가장 큰일은 프레치아에서 국경을 침범해 온 사건이었다.

국정이 혼란한 틈을 타 공격을 하다니, 제법인 놈들일세.

하긴 직접 마주해 봤지만 프레치아 황제가 그동안의 일을 그냥 넘어갈 거라 생각하진 않았는데, 제대로 일을 쳤다. 이미 그에 대한 대비는 충분했으므로 큰일은 아니었지만 문제는 생각보다 군대가 많이 밀린다는 사실이었다.

카이텔은 북쪽에서 리아를 찾느라 여념이 없으니, 결국 이 문제는 이쪽에서 알아서 해결해야만 했다.

"설마 시오른 이 뱀 같은 놈이 그새 하벨 황제와 거래를 한 건가."

그랬다면 제법인데.

아무리 생각해도 타이밍이 절묘하다.

랑그르 사막에서 얌전히 숨죽이고 있을 것이지. 하기야 6황자를 숨겨 주기로 한 랑그르 자체가 이 아그리젠트를 별로 좋아하지 않았다. 셋이 모종의 서약을 맺고 일을 도모한다고 해도 그리 놀랍지 않으리라.

아니, 오히려 그렇게 되길 바랐으니 불평할 처지는 아닌가.

"어차피 이차르타 땅은 있으나마나니까 조금 놔둬 볼까?"

프레치아도 그리 오래 전쟁을 할 수는 없었다. 카이텔이 전면으로 나서는 경우를 제외하고도 전쟁은 돈이 드는 것. 수많은 군수물자와 병사들을 어떻게 충당할지가 문제가 될 터였다.

그러니까 결국 시오른이 카이텔을 붙잡고 있는 동안 남부 지역에서 무언가를 도모해 보겠다는 속셈일 건데.

'쉽지 않을 텐데.'

무엇보다 시오른이 랑그르와 어떤 거래를 한 건지는 이미 감이 왔다.

그래도 가능성이 희박하다. 카이텔이나 리아 둘 중 하나라도 죽이는 데 실패한다면 황위를 계승한다는 것 자체가 불가능할 테니까. 아니, 뭐 따지고 보자면 성공한다 해도 6황자가 얌전히 아그리젠트에 돌아올 수 있는 확률이 거의 없었다. 본인을 지지해 주던 모든 귀족들은 이미 전부 다 멸절당했으니까.

"희박한 가능성이라도 붙잡고 싶어서 도박을 건 것인가."

프레치아 황제도 알고 있겠지. 그러니까 랑그르에서 연합해서 쳐들어오진 않은 거겠지. 랑그르도 애초에 아그리젠트를 적으로 삼는 게 부담스러웠을 테고.

한참 남부 문제를 어떻게 해결하면 좋을까 고민하고 있는데, 별안간 굳게 닫혀 있던 집무실의 문이 열렸다.

명색이 재상 집무실인데, 이곳에 멋대로 들이닥칠 사람은 그리 많지 않다.

의아하게도 들어온 건 발르였다.

아들놈의 심각한 표정을 미루어 보건대, 왜 온 건지 그 이유를 짐작하는 데엔 그리 오랜 시간이 걸리지 않았다.

"정말로 아버지가 리아를 6황자에게 넘기신 겁니까?"

누구한테 들은 걸까, 대체.

웬만하면 몰랐으면 했지만 알았다고 해서 상관없었다.

"마음대로 생각하거라."

대답이 끝나기도 전에 날카로운 소리가 울린다.

칼을 꺼내 든 발르가 바로 앞에서 노려보고 있었다. 서늘한 쇠붙이가 목덜미에 닿는다.

이젠 하다하다 아들놈에게까지 이 짓을 당하는구나.

"무례하구나."

살짝 인상을 찌푸리며 입을 여니 발르가 이를 꽉 깨문 채로 대꾸한다.

"베고 싶은 걸 참고 있는 겁니다."

"그렇다면 이미 베었어야지."

들고 있는 펜으로 칼을 밀어내니 벨 생각은 없는지 쉽게 떨어진다. 몇 번을 당해도 목에 칼이 들어오는 건 별로 좋은 경험이 아니었다.

발르가 잔뜩 동요한 시선으로 입술을 깨물었다. 아들을 저렇게 곱게 키운 기억이 없는데 발르는 이 사실이 꽤나 충격인 모양이었다.

뭐, 음, 이해를 못하는 건 아니지만.

"산세는 이 사실을 알고 있습니까?"

"모를걸."

"어머니도 알고 계시는 겁니까?"

진심으로 알 거라 생각하고 묻는 건가. 잠깐이지만 궁금했다.

"네 어머니가 이 사실을 알고도 웃을 수 있을 것 같나?"

"……."

충격 받은 어깨가 크게 움직인다. 발르의 얼굴이 구겨지는 걸 지켜보는 자신의 마음도 그리 편하지만은 않았다.

"그럼 제가 리아를 이끌고 다니며, 어딜 갔는지, 누굴 만났는지 알려 드렸던 것 전부…… 6황자에게 넘어간 거란 말입니까, 아버지."

"마음대로 생각하거라."

발르가 다시 한 번 칼을 쳐든다.

죽일 마음도 없이 드는 검 따위 얼마든지 쳐 낼 수 있었다. 쳐 낸 칼이 큰 소리를 내며 바닥에 떨어졌다.

"한 번은 봐줬지만 두 번은 아니다, 아들."

큰 소리를 듣고 밖에 있던 기사가 바로 안으로 들어왔다.

아버지와 아들 사이의 일을 바깥으로 알리고 싶지 않았지만 이렇게 된 이상 어쩔 수 없지. 게다가 발르는 머리를 식힐 필요가 있었다.

"무슨 일이십니까, 각하."

"기사 발토르타의 대기 발령을 명령한다. 재상에게 칼을 겨눴으니 숙소로 돌아가 자신의 과오를 천천히 되새기며 반성하도록 하라."

"예?"

놀란 기사가 다시 묻는다. 그러더니 이내 고개를 끄덕였다.

"예, 각하."

발르가 기사에게 끌려 나가는 걸 보고 있는데, 잠시 나가 있었던 제로가 들어왔다.

"발르 군이 무슨 일로……."

"있어. 아버지와 아들 간의 그렇고 그런 일."

무슨 일인지 의아한 모양이었지만 제로는 거기서 더 묻지 않았다. 묻는다고 해도 대답해 주지 않았을 거지만.

"일단 기사단을 보내자."

"예?"

"가을별과 겨울달을 남부 전선에 배치시키자고. 어떻게 생각해?"

아들이 칼부림을 했는데, 바로 업무 이야기를 하는 자신이 제로의 눈엔 이상하게 비추어진 모양이었다.

이상하게 쳐다보는 제로의 시선에 어깨를 으쓱이며 새로운 군사 명령 서류를 작성했다. 그 안에 산세가 포함되어 있다는 건 알고 있지만 상관없었다.

"각하."

"응?"

"북부에 간 군사들은 대체……."

북부에 간 군사들을 데려오면 되지 않느냐는 물음이었지만 거기엔 그저 쓴웃음밖에 해 줄 대답이 없었다.

아무것도 모르는 제로가 미미하게 미간만 찌푸린다. 그 모습을 지켜보면서도 딱히 해 줄 수 있는 것이 없어서 뭔가 조금은 씁쓸했다.

"있잖아, 제로."

"예?"

내게 향하는 제로의 시선을 마주하니 저절로 미소가 지어졌다.

"이 자리는 아무도 볼 수 없는 걸 보고, 누구도 생각할 수 없는 걸 생각해야 하는 자리야. 우리가 이렇게 고뇌하고 결정한다고 해도 아무도 알아주지 않는 자리지."

하지만 누군가는 해야 하는 걸 하는 자리다. 그래야 좀 더 먼 미래를 볼 수 있고, 바뀔 수 있고, 변하면서 일어나는 혼란을 막을 수 있다. 서서히, 조금씩, 천천히.

그동안의 아그리젠트는 너무 급격하고 큰 변화를 겪었다. 하지만 앞으로의 아그리젠트는 달라져야 했다.

"해낼 수 있겠어?"

"……각하."

제로가 인상을 쓰며 망설인다.

영 내켜 하지 않는 기색. 하지만 본인이 이 자리를 원하건 원하지 않건 이미 내가 이 자리에서 물러나는 건 예정이 되어 있는 일이었다.

카이텔이 어떤 결론을 내서 돌아오건, 이 일이 일어난 책임은 공식적으로든 비공식적으로든 자신의 책임이었다. 비록 증거는 없다고 해도.

물론 얼마든지 화려한 은퇴식을 하고, 이 자리에서 물러날 수도 있었다.

그편이 보는 쪽에선 좀 더 나았겠지.

그동안 고생도 좀 했고, 이뤄 놓은 것도 많으니까 얼마든지 으스대면서 물러나 유유히 중년과 노년의 삶을 즐겨도 되었다.

하지만 그러지 않았다.

그런 데엔 다른 이유가 있었다.

황제 못지않은 전권을 가진 재상. 아그리젠트 역사상 자신만큼 오래 재상의 지위에 있던 귀족이 없었고, 자신만큼 손에 꼽는 업적을 낸 재상도 없었다. 당연히 아그리젠트의 모든 정책이 자신의 머리에서, 손에서 나왔고, 이 땅에 사는 모든 사람들이 자신이 만들어 놓은 법전을 따르며 살았다.

항상 그것이 고민이었다.

과연 그런 이 나라에서 자신이 은퇴를 한다고 해도 그게 진정한 의미의 은퇴가 될 수 있을까?

이 나라에 자신이 드리운 그늘이 크기에 그만큼 자신 없이 굴러가려면 많은 혼란이 있을 수밖에 없었다. 개중엔 자신을 추종하며 제2의 페르델이 될 거라고 구는 놈들도 생길 수 있다.

그리고 그건 자신이 원하는 일이 아니었다.

"각하."

똑똑똑.

손기척에 고개를 돌리니 조심스레 문을 열고 들어온 초서관이 보인다. 초서관은 뭔가 당황스러운 듯한 표정이었다.

"비테르보 백작 부인께서 오셨습니다."

시르비아가?

놀란 건 제로도 마찬가지였다.

문이 열리고 늘 보았던 여인이 사뿐한 걸음으로 집무실에 들어온다. 시르비아의 등장에 제로마저 자리를 비켜 줬다.

불과 얼마 전에 발르를 내쫓았던 터라 잠시 어색한 침묵이 흘렀다. 그러나 시르비아는 그 어색한 기류를 단번에 화사한 미소로 날려 버렸다.

"두 달 동안 해외에 가 있다가 겨우 돌아와 놓고 집에도 들어오지 않는 남편을 뵈러 왔습니다."

그러면서 시르비아가 내려놓은 건 갈아입을 옷가지와 가벼운 도시락이었다.

직접 만든 것이 분명한 정성이 가득한 도시락에 문득 이상한 기분이 든다. 딱히 밥을 거르고 있다는 생각은 하지 않았는데, 이렇게 제대로 영양에 균형이 잡힌 식사를 보자니 조금 낯설었다.

이제야 기억을 더듬어 보니 한동안 제대로 된 식사를 하지 못했다. 그걸 깨닫지도 못할 만큼.

그래도 이상한 기분인데.

시르가 직접 싸 와서 그런 건가.

쉽게 먹지 못하고 빤히 도시락을 쳐다보고 있으려니 시르비아가 환하게 웃는다. 언제나 그래 왔듯 그 미소는 봄날의 햇살처럼 따스하고 다정했다.

"분명 엄청 어려운 고민을 하고 있는 거죠?"

"응. 어떻게 알았어?"

"얼굴에 다 써 있어요."

그런가. 남들은 다 내 생각을 모르겠다고 불평하는데 시르만큼은 다르다. 어떻게 그리 자신의 생각을 잘 알아차리는지 신기할 지경이었다.

밥을 목전에 두고 있는데, 식사도 제대로 안 해서 배가 고프기는 한데, 이상하게 먹을 생각은 들지 않았다. 모래라도 삼킨 것처럼 입안이 까슬까슬했다.

"무슨 걱정이라도 있나요, 페르델?"

상냥한 음성에 저절로 고개를 들게 된다.

여리고 가녀린 여인일진대, 대체 무슨 힘을 가지고 있는 건지 자신의 복잡한 마음을 단번에 어루만져 주었다. 그래도 입이 쉽게 떨어지는 건 아니었지만.

"있잖아, 시르. 그게 나 엄청 대형 사고 하나 쳤거든? 어쩌면 우리 작위도 뺏길지 몰라. 물론 그럴 일은 없겠지만 그래도 만에 하나—."

"상관없어요."

무언가를 더 말하려고 했었는데, 너무나 단호한 한마디에 모든 게 끊어졌다. 정말이냐는 듯 쳐다보아도 시르는 아무렇지 않은 듯 고개를 끄덕일 뿐이었다. 그러더니 환하게 웃는다.

"분명 그래야만 했던 이유가 있었던 거겠죠?"

다 안다는 듯, 그렇게 건네는 한마디에 저도 모르게 안심하게 된다. 이유가 있는 건 맞지만.

그래도, 그래도.

"응."

"그럼 됐어요."

무얼 고민했던 걸까.

이럴 거라는 걸 알고는 있었지만 그래도 막상 맞닥뜨리고 보니 이 기분은 삼키기엔 너무나 격한 감정이었다.

어찌 사랑하지 않을 수 있을까.

매 순간 순간마다 되새기게 된다.

어떻게 감히, 사랑하지 않을 수가 있을까.

고개 숙인 내 머리를 쓰다듬으며 시르가 옆으로 다가왔다.

작고 여린 몸이 두 팔을 벌려 안아 준다. 그 품 안이 너무나 따스해서 일순 그 어떤 생각도 할 수 없었다.

"이 자리에 앉아 있는 당신을 보면 항상 생각했어요. 어쩌면 당신에게 내가 너무 큰 짐을 지운 것이 아닐까. 항상 내 부탁이라면 무리를 해서라도 들어주려고 애를 쓰니까 내가 너무 멋대로 어리광을 부린 것이 아닐까 하고요."

조곤조곤 사뿐히 내려앉는 목소리를 들으며 고개를 가로젓는다. 절대 그런 일은 없었다.

"그럴 리가."

"그래도 항상 그런 생각을 했어요."

단호하게 말을 끊고 시르비아가 웃었다.

미미하게 남아 있던 불안, 자신 안에 존재하는지도 몰랐던 희미한 걱정. 가끔씩 튀어나와 머릿속을 복잡하게 헝클어뜨리던 고민까지 모든 것이 서서히 봄날에 눈이 녹듯 사그라진다.

이런 걸 해낼 수 있는 사람은—.

이 세상에 단 한 사람밖에 없었다.

놓치기 싫어 자신을 안아 주는 시르비아의 팔을 붙잡으니 시르비아가 살며시 물러났다. 마주치는 시선이 오늘따라 더 부드러워졌다.

"근데 말이죠."

다소곳이 내리깐 시선이 어딘가 처연하다. 그 위로 가느다랗고 온화한 목소리가 나비처럼 내려앉았다.

"그래도 당신이 만들어 준 우리 나라는 제가 생각한 것보다 공정하고 평화롭고 살기 좋아서 조금만, 조금만 더 당신이 이 자리에 앉아 있기를 바라고 바랐어요."

그랬던 건가.

오히려 항상 밖으로만 나돌아 미안했던 건 자신이었다. 이 일에 쉰다는 건 용납될 수 없었기에 항상 매일 황궁으로 입궁해야 했다. 그런 자신 때문에 본가에 가고 싶었을 텐데도 황도에 묶여서 쉽사리 외가에도 가지 못하는 시르에게 항상 미안할 뿐이었다.

이런 자신의 마음을 아는지 모르는지 시르비아가 웃는다. 자신이 그 얼굴에 항상 존재하기를 바랐던 그 미소였다.

"그동안 고생했어요. 이제 쉬어도 되요."

무언가가 울컥한다.

슬프지도 않는데 눈가에 눈물이 스며들었다.

막연한 깨달음이 잔잔하게 부딪힌다. 이 한마디를 듣기 위해, 내가 그렇게 아옹다옹했던 것이구나.

그랬던 것이구나.

"응."

내 대꾸에 시르비아가 살며시 손을 뻗는다. 하얗고 가는 손가락이 눈가를 쓰다듬으며 지친 내 마음을 위로했다.

"고마워요, 페르델."

* * *

"하나만 약속해 줘요."

그렇게 말하며 바라보는 젖은 눈동자가 거역할 수 없을 만큼 어여뻤다.

숨이 막힌다는 게 이런 기분일까. 자신을 바라보는 소녀는 슬픔에 젖어 있는 모습마저도 눈이 멀 정도로 아름다웠다. 순간이지만 그런 생각을 했다.

"나중에 태어날 우리 아이들에겐 더 괜찮은 세상이 기다릴 거라고."

그 명령을 제가 어찌 거역할 수 있겠습니까.

온 세상을 갖다 바치라 해도 기꺼이 갖다 바칠 텐데, 여리고 사랑스러운 소녀는 자신에게 다른 걸 바라고 있었다. 자신이 얼마든지 할 수 있을 거라 여기고서.

소설에 나오는 기사들이 이런 기분이었을까.

자신이 기사는 아니지만, 눈앞의 소녀 역시 공주는 아니었지만 그런 생각을 했다. 꼭 무슨 일이 있어도 지켜 달라고 요청을 받은 기사 같다는 생각. 물론 전혀 다른 상황이었지만.

"그래."

하지만 그게 아니라도—.

기꺼이 전부를 바칠 각오가 되어 있었다.

"약속할게, 시르비아."

Arca Ⅳ

하데이언력 510년, 1월 1일.
못생겼다.

하데이언력 512년, 6월 27일.
못생겼어. 가끔 좀 귀엽다.

하데이언력 514년, 2월 30일.
못생긴 게 말도 안 들어.

하데이언력 517년, 9월 17일.
요새 말대답을 한다. 못생긴 게.

하데이언력 520년, 4월 22일.
그만 자랐으면 좋겠다.

하데이언력 531년, 1월 22일.
사랑한다, 우리 따님.

-궁에서 발견된 작자 미상의 일기에서 발췌-

Epilog. The only daughter of Emperor

카이텔 대제 시대엔 황실과 관련한 수많은 야사가 존재한다.

여기에서는 논의할 가치가 없는 야사는 제쳐 두고, 사료로서 가치가 있는 야사를 다루어 보고자 한다.

이 시대를 언급한 수많은 사료, 그중에서도 제일 신뢰도가 높은 야사의 자료로 손꼽히는 일기 몇 권이 금세기 초 포더르 궁 복원 사업 중 발굴된 것은 유명한 일화이다.

이 일기장의 실소유주가 정확히 누구인지는 아직도 논란의 여지가 많은 문제이지만 아그리젠트 역사상 최고의 미인, 절세가인으로 유명한 아리아드나 공주의 측근인 시녀가 최초로 작성했던 문건이라는 점에서는 학계의 그 누구도 이견이 없다.

비교적 근래에 밝혀진 사실이지만 이 첫 소유주이자 일기의 최초 작성자는 바로 일린 남작 부인이었다. 왕실부에서 공개한 카이텔 대제 시대의 시녀와 시종들의 목록과 남작가의 장서 공개를 통해 이는 명명백백하게 증명되었다.

일린 남작 부인은 처녀일 적 어린 아리아드나 공주의 시중을 들었고, 혼인을 해서도 가끔 황궁으로 와 시중을 들던, 공주의 총애가 남달랐던 시녀였다. 비공개로 되어 있지만 아리아드나가 직접 그린 아그리젠트 황궁 풍경에 가장 많이 등장하는 인물 중 하나라는 것 또한 많은 사람들에게 잘 알려진 사실이다.

하지만 이 일기가 놀라운 점은 그것에서 끝나지 않는다. 바로 이 일기가 다른 사료들보다 가치 있다고 평가받는 이유는, 이 일기장에 그 시녀뿐만이 아니라 몇몇 다른 작성자들도 같이 아리아드나 공주에 대해 적고 있다는 사실이다. 확실하진 않지만 페르델 재상, 심지어는 카이텔 대제의 글인 듯 보이는 장도 있다!

이런 인물들이 어떤 연유를 가지고 일개 시녀의 일기장에 돌아가며 글을 남겼는지는 아직도 이유가 불분명하지만 분명 카이텔 대제 시대의 역사를 연구하는 데 있어서 형용할 수 없을 정도로 큰 가치를 지니고 있음에는 학문을 하는 사람으로서 다들 동의할 것이다.

아무래도 사적인 일을 가감 없이 적는 일기장이다 보니 정치적 사안보다 가벼운 신변잡기 류의 서술이 많아 이 일기장의 가치를 폄하하고자 하는 일부 몰지각한 학자들이 있다는 것이 가슴 아플 뿐이다.

고무적인 것은, 근래 들어 다른 시각이 제기되고 있다는 점이다. 일기장이 발견된 곳이 아리아드나 공주의 소장품들 중 가장 수수해 보이는 귀중품 상자의 비밀 서랍 속임을 고려해 보았을 때, 일기를 여러 사람이 번갈아 가며 작성했다는 건 어떤 특수한 목적이 있었을지도 모른다는 가설이 현 학계에서 힘을 얻고 있다. 가령 대제와 공주가 비밀 신분을 가장해 암호 연락책으로 남긴 서적이라는 가설이 대두되는 것이 그렇다.

무엇보다 카이텔 대제와 아리아드나 공주는 대제의 말년에 두 분만의 부녀 여행을 떠나 다시 제국의 품으로 돌아왔다는 기록이 없다. 우리가 알고 있는 생몰 연도는 아그리젠트 법에 따라 실종 5년 후 사망 처리로서 가상의 사망 연도를 황실 기록에 정식 기재한 것일뿐이다.

신비로운 퇴장 덕분인지, 아니면 생전 모든 이들에게 사랑을 받은 공주 때문인지 민간에서는 이들 부녀 황족의 전설이 많이 남아 전해진다. 두 분이 그 후에도 암행을 계속하며 여러 가지 치적을 남겼다는 이야기가 제국 전역에 민간전승의 형태로 남아 매년 학계에 몇 가지씩 발표되고 있는 것이다. 제국의 아이들이 유년기에 읽는, 백성의 고혈을 빠는 관리를 소탕하는 카이-리아 부녀 이야기가 대제와 공주의 이후 행적에서 비롯되었다는 설 또한 제국민들이라면 거의 정설처럼 받아들이는 이야기다.

이런 상황에서 자료가 없다는 것만으로 이와 관련된 논의를 게을리한다는 것은 역사를 공부하는 이로서 책무를 던져 버린 무책임한 일이다.

지금까지는 입증할 자료가 없어 야사로 묻혀 있었지만 이번 일기의 발견으로 어쩌면 지금까지도 두 황실 가족이 살아 계실 수도 있다는 항간의 우스갯소리가 진실일 수도 있는 가능성이 열린 것이다.

-『전설이 된 인물들,

카이텔 대제와 아리아드나 공주』에서 발췌-

END

작가 후기

안녕하세요, 윤슬입니다.

이렇게 책 뒤에 달린 후기로 만나 뵙는 건 처음이네요.

우선 『황제의 외동딸』을 5권까지 읽어 주신 독자 여러분들께 감사드립니다. 읽어 주시느라 힘드셨을 텐데, 다시 한 번 감사드려요.

『황제의 외동딸』 이하 「황외」는 제가 정확히 2012년 9월에 시작한 소설입니다. 아마 그래서 카이텔과 리아의 생일이 9월이랑 가깝게 정했던 걸로 기억해요.

처음부터 그랬지만 이 소설은 첫째도 아빠와 딸, 둘째도 아빠와 딸, 셋째도 아빠와 딸에 관한 이야기입니다. 정확히는 카이텔이 리아로 인해 딸바보가 되는 거죠!

완결을 낸 지금 되돌아보면 일단 첫 번째 목표는 달성했다고 봅니다. 리아와 카이텔의 관계는 이제 그 어떤 걸로도 흔들어 놓을 수 없는 견고한 관계니까요.

쓰면서 항상 생각한 바이지만 가족이 제일 어려운 것 같아요. 제일 가까우면서도 제일 복잡한 관계가 가족이 아닐까 합니다. 사랑하면서도 증오할 수 있고, 이 세상의 그 무엇보다 가까운 존재이기 때문에 줄 수 있는 상처도 제일 큰 것 같아요. 흔히 하는 말 중 하나가 학대받은 아이가 나중에 커서 아이를 낳으면 똑같이 학대한다고 하잖아요. 카이텔도 사랑받고 자란 아이는 아닌지라 세르이라가 없었다면 리아가 참 힘겹게 자랐을 거예요.

같은 이유로 리아의 성장에 관해서도 고민이 좀 많았습니다. 사실 리아는 이미 성인의 사고를 가지고 성인의 삶을 조금이나마 살다 다시 태어난 셈이잖아요? 근데 다시 태어났다고 그 사고가 쉽게 바뀔까요? 아무리 몸은 유아라고 해도 이미 성인으로 완성된 사고력이 자리 잡혀 있기 때문에 십팔 년을 다시 산다고 해도 새 사람이 되지 않을 거란 결론을 내렸습니다.

그 십팔 년은 사실 적응기라고 생각했어요.

새로운 세상과 새로운 관계와 새로운 삶에 대한 준비 기간.

아예 기억을 잃어버렸다면 모를까 이미 다 깎아 버린 조각을 다시 조각하는 건 정말 힘들잖아요. 그만큼 이미 다 자란 성인의 사고나 관점을 바꾸는 건 오랜 시간이 걸릴 거라 생각했습니다. 게다가 황궁에서만 살았으니 곱게 자란 셈이고, 심각하게 철이 들 사건이 필요했습니다.

그래서 벌어진 게 4권의 납치였죠.

이 납치는 뭐 카이텔에게도 중요한 사건이지만 리아 본인에게도 중요한 사건이었습니다. 앞으로 더 어떻게 변할 것인가는 리아 본인에게 달려 있겠지요.

5권이 좀 늦게 나왔습니다.

저도 압니다. ~~죽을죄죠……~~. 그래도 기다려 주신 여러분, 감사합니다.

사실 5권 완성은 1월 즈음 다 되어 있었는데, 아무리 봐도 마음에 들지 않아 네다섯 번을 엎어서 지금의 결말로 이끌어 냈습니다.

중간에 6황자가 내뿜는 포스에 비해 참 허무하게 하차하는데, 이게 다 그거 때문이에요. 6황자가 뭔 짓을 벌이니까 5권 내로는 수습이 안 되는지라 그냥 보냈습니다.

마찬가지로 하벨과 아힌도 미안.

좀 더 스포트라이트를 주고 싶었는데, 그냥 뭐……. 아빠가 더 중요하니까 비중이 줄어드는 건 어쩔 수 없네요.

뭣보다 후기이니까 하는 말이지만 하벨과 아힌은 이 소설이 출판되면서 소꿉친구로 리아와 함께 자라는 설정이 생략되어서 뭘 어떻게 연애 라인을 꾸미기엔 저에게 무리였던 것 같습니다.

슬픔, 하.

저 두 친구의 소꿉친구로부터 시작된 사랑은 다른 소설에서나 써 봐야겠어요. 사실 러브 라인에 너무 집중하다 보면 카이텔과 리아 둘의 이야기가 줄어드니까 어쩔 수 없이 그냥 적당적당하게 버무려서 끝냈습니다.

이 소설을 보시면서 한 번이라도 재미있으셨다면 만족합니다. 보면서 부모님 생각이 조금이라도 들었다면 대만족이고요.

다른 소설로 찾아뵐 수 있다면 그때 뵙겠습니다.

그럼 그때까지 가내 두루 평안하시옵고, 안녕히 계세요!

윤슬 올림.

BLACK LABEL CLUB 004

황제의 외동딸 5

1판 1쇄 발행 2014년 5월 26일
1판 12쇄 발행 2019년 2월 25일

지은이 윤슬
펴낸이 신현호
편집부장 예숙영
편집 박상희
편집디자인 한방울
마케팅 · 관리 김민원 조인희
물류 이순우 최준혁 박찬수

펴낸곳 ㈜디앤씨미디어
출판등록 2002년 5월 1일 제117-90-51792호
주소 서울시 구로구 디지털로 26길 111 JnK디지털타워 503호
대표전화 (02)333-2513 **팩스** (02)333-2514
전자우편 dncbooks@dncmedia.co.kr
디앤씨북스 블로그 http://blog.naver.com/dncbooks

ISBN 978-89-267-6231-8 (04810)
ISBN 978-89-267-6140-3 (SET)